Les Histoires de Kaede

MASATERU KONISHI

Les Histoires de Kaede

Traduit du japonais
par Mathilde Tamae-Bouhon

CALMANN LEVY

CALMANN LÉVY
ÉDITEUR DEPUIS 1836

Titre original :
名探偵のままでいて (MEITANTEI NO MAMA DE ITE)
Première publication : Takarajimasha Inc., Tokyo
Les droits de la traduction française ont été cédés en accord
avec Takarajimasha Inc. par l'intermédiaire
de The English Agency (Japan) Ltd. et New River Literary Ltd.

COUVERTURE
Maquette : Caroline Gioux
Illustration : © HifuMiyo

ISBN 978-2-7021-9060-9

Livre 1

Du rouge parmi les cellules grises

1

— Un tigre bleu est entré ce matin, annonça grand-père. Je me demande comment il s'y est pris pour tourner le bouton de porte… Quelle dextérité !

Plus que la présence d'un tigre en milieu urbain, plus encore que l'étonnante couleur de sa fourrure, c'était la capacité du félin à ouvrir la porte d'entrée de son habitation qui semblait surprendre le vieil homme.

— Une chance qu'il ne t'ait pas mordu, répondit Kaede d'un ton qu'elle voulait léger.

En son for intérieur, cependant, elle était un peu déçue de l'entendre encore débiter de telles élucubrations dans un de ses rares moments d'éveil. La jeune femme lui rendait visite une fois par semaine, mais elle le trouvait presque toujours endormi. Et les quelques fois où il était conscient, il ne lui parlait que de ses hallucinations. Jusqu'à ce qu'elle reparte, il continuait de pérorer, sans qu'une véritable conversation puisse avoir lieu.

Malgré tout, Kaede l'écoutait patiemment lui raconter ses histoires de « tigre bleu », sans oublier d'acquiescer de temps à autre. Car rien ne pouvait rivaliser avec ces moments qu'elle passait dans la maison de son grand-père, qui était aussi celle où elle avait grandi.

— Mais tu ne sais pas le meilleur…

Grand-père imita la démarche de l'animal, une patte devant l'autre.

— Au moment de passer devant moi, il a esquissé un sourire heureux.

— Le tigre ? Il t'a souri ?

Et c'est reparti…, songea Kaede avec amertume.

Elle n'avait pas d'autre choix que d'écouter sérieusement ses fariboles. Oui… elle commençait par feindre l'intérêt, mais – peut-être parce que grand-père était un conteur talentueux – elle finissait toujours par se laisser happer malgré elle dans son univers. Et alors, comme en cet instant, il lui semblait voir un tigre bleu bondir des pages d'un des innombrables livres rangés dans la bibliothèque.

Visiblement satisfait d'avoir pu aller au bout de son histoire, grand-père ferma lentement les paupières.

Le vieil homme passait ses journées entières dans cette pièce, tranquillement installé dans son fauteuil de relaxation électrique. Il avait choisi un grand modèle, en adéquation avec sa haute stature, mais le confort offert par le siège avait dû dépasser ses attentes, car depuis, il ne le quittait plus. Belle erreur de calcul.

Contre la petite table placée à proximité était adossée une canne en bois, dont l'assistance lui était devenue indispensable pour marcher. L'aide à domicile qui lui avait recommandé cette canne avait insisté pour qu'il l'utilise dans tous ses déplacements, mais il lui avait rétorqué que l'accessoire le dérangeait lorsqu'il voulait choisir un livre dans sa bibliothèque. « Prenez garde à ne pas tomber », avait grommelé l'aide avec un soupir.

Aujourd'hui encore, il aime les livres. Leur contenu, en revanche... Sa pauvre tête ne retient plus les informations, pensa tristement Kaede.

Dans l'étude remplie à craquer de vieux ouvrages flottait une odeur d'encre rance – un parfum qui rappelait à Kaede ce quartier de Jinbôchô qu'elle aimait tant, avec ses innombrables librairies d'occasion.

Derrière elle, les rayons du soleil filtrant à travers les arbres visibles par la fenêtre tombaient sur le visage endormi de grand-père pour y dessiner un motif camouflage. L'arête de son nez aquilin et les rides qui lui plissaient le coin des paupières formaient des ombres complexes sur sa peau dénuée de toute tache malgré ses soixante et onze ans. Il n'avait plus le menton et les joues aussi charnus qu'autrefois, mais cela ne faisait que rehausser la finesse de ses traits. Sa longue chevelure soigneusement départagée par une raie droite au milieu du front se constituait à soixante-dix pour cent de cheveux blancs, parmi lesquels les rares fils noirs qu'il lui restait dessinaient un dégradé avec un effet tridimensionnel digne du profil d'un empereur romain gravé sur une pièce. Nul besoin d'être sa petite-fille affectueuse pour lui trouver une apparence majestueuse.

Il devait avoir du succès, en son temps !

Kaede remonta la couverture jusqu'au cou fin et élancé de grand-père. Puis, après avoir fait le ménage, elle vaporisa un peu de spray antibactérien, en prenant soin de ne pas asperger les livres sur les étagères. La solution, à l'odeur de savon, ne servait pas uniquement à maintenir la propreté dans la pièce. Grand-père croyait souvent apercevoir de petits insectes, tels que des moustiques. Dans ces moments-là, le produit faisait un parfait insecticide improvisé.

Le physiothérapeute n'allait pas tarder à arriver pour la séance de rééducation.

À plus, grand-père. Je repasserai.

Près de la porte de l'étude se dressait une coiffeuse qui avait appartenu à feu sa grand-mère. Avec le passage du temps, le meuble avait évolué plus qu'il ne s'était dégradé. Le grain du cadre en bois avait pris des nuances variées, lui donnant un caractère affirmé. Kaede saisit la brosse à cheveux rangée dans le tiroir pour se refaire rapidement une beauté avant d'inspecter son reflet avec une grimace.

Allez, souris !

Ouvrant la porte coulissante sans un bruit afin de ne pas réveiller grand-père, elle sortit dans les rues de Himon'ya.

2

Sur le chemin du retour, dans une rame cahotante de la ligne Tôyoko, Kaede jeta un regard à la vitre et n'y vit que le reflet d'un visage inexpressif. Il n'y avait plus la moindre trace du sourire qu'elle s'était bricolé plus tôt.

Dehors, le crépuscule colorait déjà le ciel comme recouvert d'une fine couche de rouge à lèvres. En ce début d'automne, les cumulonimbus avaient disparu pour laisser place à une constellation de nuages de forme et de taille variées.

Soudain, un souvenir de grand-père traversa l'esprit de Kaede.

C'était vingt-trois ans plus tôt, alors qu'elle n'avait que quatre ans. Sur le porche, installée sur les genoux de son grand-père assis en tailleur, elle contemplait le ciel teinté d'un rouge garance. L'homme avait baissé sur elle son regard clair, étincelant d'intelligence.

— Kaede, dis-moi à quoi ressemblent tous ces nuages. Essaie d'inventer une histoire à chacun d'entre eux.

À la réflexion, c'était comme une de ces improvisations de rakugo où le conteur humoriste doit broder sur trois thèmes imposés par le public. Peut-être voulait-il donner des ailes à l'imagination de sa petite-fille…

Sans doute était-ce sa façon bien à lui d'éduquer sa sensibilité.

La fillette avait répondu du tac au tac.

— Ce nuage-là, c'est un petit vieux minuscule. Le nuage là-bas, c'est un petit vieux tout plat. Ensuite… Le plus gros nuage, c'est un très gros petit vieux, encore plus gros que toi.

— On ne peut pas faire une histoire avec ça ! avait répondu grand-père en souriant de toutes ses dents.

Puis, devant sa petite-fille ébahie, il avait improvisé un conte intitulé « Les Trois Petits Vieux ».

Kaede ne se souvenait plus des détails de l'histoire. Elle se rappelait néanmoins que le « très gros petit vieux » à l'appétit insatiable, après avoir ingurgité tous les médicaments en poudre du monde (qu'il avait pris pour du sucre) et essuyé les moqueries de la populace, finissait par vivre plus longtemps que tous ses congénères…

Peut-être s'agissait-il d'une leçon pour la petite Kaede qui n'appréciait guère le goût amer des médicaments. Mais le récit en soi avait été si divertissant que la fillette avait applaudi avec joie.

— Regarde, Kaede.

Dans le ciel, il ne restait plus que le plus grand des nuages – le « très gros petit vieux ». Le « petit vieux minuscule » et le « petit vieux tout plat », eux, s'étaient littéralement évaporés. Comme à la fin du conte ! Ébahie, Kaede avait regardé tour à tour son grand-père et le « très gros petit vieux ». Sans doute le conteur avait-il observé discrètement l'évolution des nuages tandis qu'il concoctait son récit. S'il n'était plus resté que le « petit vieux minuscule » ou le « petit vieux tout plat », l'histoire se serait terminée différemment.

— Dis, grand-père ! Raconte-moi une autre histoire. Sinon…

La petite Kaede avait tiré sur un poil du grain de beauté qui ornait le cou de son aïeul. Elle se souvenait d'avoir ri à gorge déployée devant la facilité déconcertante avec laquelle il s'était arraché.

Et si, à l'époque…, songea-t-elle.

Et si c'était sur le fil de son intellect que j'avais tiré ?

Six mois seulement s'étaient écoulés depuis que sa santé s'était altérée de façon notable.

Un jour, alors qu'elle l'accompagnait dans sa promenade, sa foulée lui avait paru clairement réduite.

— Grand-père, tu n'aurais pas grossi sans que ça se voie ? Tes jambes n'arrivent plus à te soutenir.

— C'est l'âge, avait-il plaisanté en hochant la tête.

Kaede elle-même avait tout d'abord mis cette faiblesse sur le compte d'une prise de poids ou du passage des ans. Ou plutôt, elle avait tenté de s'en convaincre.

Mais depuis, les changements s'étaient accélérés.

Sa main s'était mise à trembler lorsqu'il tenait sa tasse de ce café dont il était si friand. Lors de ses visites, elle le trouvait toujours assis dans son étude, en train de ramer dans une barque invisible, à moitié endormi. Sa posture s'était avachie, ses moindres mouvements se trouvaient ralentis.

Mais il n'y avait pas que ça, hélas.

Jamais, de toute sa vie, Kaede n'oublierait le choc ressenti ce jour-là.

Son smartphone avait sonné en pleine nuit. Lorsqu'elle avait décroché en frottant ses yeux ensommeillés, une voix – un jeune homme, semblait-il – lui avait annoncé comme à contrecœur :

— Euh, bonjour, c'est le service des urgences...

Puis il avait poursuivi en bégayant :

— Vous êtes bien mademoiselle Kaede ? C'est bien ce que je me disais. Je me suis permis de vous téléphoner après avoir trouvé votre numéro affiché sur le mur comme personne à contacter en cas d'urgence... Votre grand-père a été admis après avoir appelé les secours. Et, euh, comment dire...

— Que s'est-il passé ?

— Il nous a dit vous avoir trouvée étendue dans une mare de sang.

La clinique où il était suivi lui avait d'abord diagnostiqué la maladie de Parkinson, sans en être tout à fait sûre, avant de l'envoyer consulter dans un grand hôpital – un centre universitaire, où on lui avait fait passer des examens complémentaires, parmi lesquels un scanner.

— C'est une démence à corps de Lewy, avait annoncé la jeune doctoresse au patient tandis qu'il somnolait sur sa chaise.

Kaede avait eu du mal à accepter cette réalité – que son grand-père, naguère si vif d'esprit, soit atteint de démence alors qu'il venait tout juste de fêter son soixante-dixième anniversaire. Mais après avoir mené des recherches sur internet et parcouru la documentation qu'elle s'était procurée, elle avait dû se rendre à l'évidence : tous les symptômes de son grand-père correspondaient à cette maladie.

Rien qu'au Japon, plus de quatre millions et demi de personnes étaient atteintes de démence sénile, avait-elle appris – mais aussi qu'il existait en réalité plusieurs types de démences.

On en distinguait trois grandes catégories. La plus courante était la maladie d'Alzheimer, qui représentait environ soixante-dix pour cent des cas. Elle serait provoquée par le dépôt d'une protéine appelée bêta-amyloïde dans le cerveau. C'était à cette maladie que la plupart des gens pensaient lorsqu'ils entendaient parler de démence.

Le deuxième type le plus courant était la démence vasculaire découlant d'un accident vasculaire cérébral. Elle s'appliquait à vingt pour cent des cas.

L'une comme l'autre présentaient souvent des symptômes similaires, tels que des troubles de la mémoire qui poussaient le patient à répéter plusieurs fois la même histoire, ainsi qu'une désorientation, sous l'effet de laquelle le patient perdait la notion du temps et de l'espace ou se mettait à errer à l'extérieur.

La démence à corps de Lewy ou DCL – celle diagnostiquée au grand-père de Kaede – concernait quant à elle dix pour cent de la totalité des cas. Elle avait été nommée ainsi en 1995, ce qui en faisait l'une des maladies les plus récemment identifiées dans la longue histoire de la médecine. Ces dernières années, ce mal avait attiré l'attention comme étant la « troisième forme de démence », si bien que les connaissances sur cette pathologie progressaient à grande vitesse, tant dans l'élaboration des traitements qu'au niveau des tests cliniques.

Le cortex et le tronc cérébral des patients atteints de DCL présentaient des structures vermillon ressemblant à de minuscules œufs au plat – les fameux « corps de Lewy ». Ces inclusions neuronales étaient responsables des symptômes évoquant la maladie de Parkinson, tels que les tremblements et les difficultés à marcher, des troubles du sommeil paradoxal pendant lesquels le patient parlait à voix haute, une somnolence et des troubles de la perception spatiale avec notamment des difficultés à évaluer les distances.

Cependant...

Un symptôme particulier distinguait la DCL des autres formes de démence : les hallucinations. Monochromes ou en couleur suivant les cas, elles présentaient un dénominateur commun : il s'agissait toujours d'une vision « claire et nette ».

Par exemple, dès le réveil, le patient voyait une dizaine de personnes debout dans sa chambre, qui le toisaient d'un regard perçant, sans dire un mot. Ou un gros serpent qui ondulait sur la table du dîner. Ou encore une fillette coiffée de deux grandes tresses qui le suivait toute la journée, où qu'il aille. Les visions surréalistes n'étaient pas rares : un cochon bipède qui se pavanait devant ses yeux, une fée qui sautillait sur une assiette avec grâce. Ou encore ce fameux tigre bleu qui hantait les journées de grand-père. Aussi étrange que cela puisse paraître, dans la plupart des cas, ces visions n'étaient pas accompagnées d'hallucinations auditives. Ces « choses qui se tortillaient » devant les yeux du patient se contentaient d'accaparer sa vue, sans lui adresser la parole.

Mais des cinq sens, la vue est celui qui permet à l'humain de capter quatre-vingt-dix pour cent des informations extérieures. Autrement dit, pour la plupart des personnes atteintes de DCL, ces « choses qui se tortillaient » étaient indéniablement réelles. Sans doute ces patients reprendraient-ils sans hésiter la célèbre phrase de saint Thomas : « Je ne crois que ce que je vois. » Car après tout, ces choses apparaissaient clairement devant leurs yeux. Leur entourage aurait beau nier leur existence, il serait très difficile de convaincre les malades concernés qu'elles n'existaient pas. Il arrivait même que le patient se mette en colère à force de s'entendre dire qu'il n'y avait rien, que c'était impossible, qu'il ferait mieux de se ressaisir.

Voilà pourquoi on disait souvent qu'il était difficile de s'occuper d'un patient atteint de DCL, comme Kaede avait pu le lire dans le manuel destiné aux aidants.

Lorsque le patient se plaint d'hallucinations visuelles, en disant par exemple « je vois un énorme insecte » ou « j'ai peur », plutôt que de lui rétorquer que ce n'est que son imagination ou de balayer l'incident au prétexte qu'il est dû à sa maladie, mieux vaut taper dans vos mains avant de lui annoncer d'une voix douce : « Regarde, il a disparu ! Tout va bien. » C'est par ailleurs un bon moyen de rediriger la conversation.

Voilà qui semblait tenir du bon sens.

D'ailleurs, Kaede faisait tout pour éviter une situation à même de provoquer des disputes avec ce grand-père qui, pas une seule fois auparavant, ne s'était fâché contre elle. C'est pourquoi elle se gardait d'évoquer sérieusement sa pathologie et évitait soigneusement de réfuter la réalité de ses hallucinations en présence de l'intéressé. De par la nature de cette maladie, il est presque impossible de faire comprendre au patient qu'il est atteint de démence – et quand bien même ce serait faisable, ce serait bien trop cruel.

Mais…

Kaede ne pouvait dissiper une sensation d'inconfort face à sa propre perception et son comportement, comme si elle était confrontée à une division simple qui aurait produit un résultat inattendu. C'était un peu différent de ses tentatives pour fuir la réalité – ces pensées, ou plutôt ces vœux pieux selon lesquels son grand-père n'était pas atteint de démence ni en train de perdre la tête.

Non, il y a autre chose…

Mais quelle était la nature exacte de ce sentiment d'inconfort ? Kaede ne parvenait pas à se l'expliquer de façon concrète.

3

Kaede habitait un studio dans une résidence à quinze minutes en bus de la gare de Gumyôji.

Lorsqu'elle arriva chez elle, un livre l'y attendait : un recueil d'essais de Takeshi Setogawa, un critique littéraire particulièrement féru de romans policiers, publié le 1er avril 1998, à en croire l'achevé d'imprimé. Si la mémoire de Kaede ne lui faisait pas défaut, l'auteur était mort peu de temps après, à l'âge de cinquante ans. Il s'agissait là de son chant du cygne.

Dès son plus jeune âge, sous l'influence de son grand-père, Kaede était devenue une fanatique de polars. Bientôt, les seuls romans n'avaient plus suffi à satisfaire sa curiosité, et elle s'était plongée dans les recueils de Setogawa qu'elle avait trouvés sur les étagères, dans l'étude de son aïeul.

Cette découverte l'avait laissée pantoise. Le critique y disséquait diverses œuvres au scalpel pour commenter avec art et selon son point de vue singulier leur pouvoir de séduction, dans des essais qui se révélaient souvent – pour ne pas dire systématiquement – plus intéressants encore que les romans eux-mêmes. Par exemple, dans sa série intitulée « Le Pèlerinage des chefs-d'œuvre », il examinait les opus majeurs des trois plus grands auteurs de polar classique, Ellery Queen, Agatha Christie et

John Dickson Carr, pour interroger leur statut de chefs-d'œuvre. Son raisonnement sans faille faisait preuve d'une logique plus fascinante encore que celle des œuvres en question, mais – que Setogawa lui-même en eût conscience ou non – son amour immodéré pour ces auteurs débordait de chaque page avec une chaleur qui ne pouvait que toucher le lecteur.

Kaede sentit son cœur se serrer à l'évocation de cette icône qui lui avait fait aimer le polar classique à l'occidentale.

Au début des années soixante-dix, le jeune Setogawa avait été une figure centrale du légendaire Club du polar de Waseda, un cercle de l'université du même nom qui avait vu émerger nombre de sommités du genre, aussi bien auteurs que critiques. Ses membres avaient pour habitude de se réunir presque quotidiennement dans un café du quartier de Nishi-Waseda appelé *Mon Chéri*[1] pour y débattre avec ardeur. Au centre de ce cercle se trouvait toujours Setogawa, reconnaissable à ses sourcils broussailleux et ses traits aiguisés, un sourire sur les lèvres.

Grand-père lui-même avait été un membre éminent de ce club.

Le café se mariait bien avec les classiques du roman policier.

Mon Chéri : spécialiste du café. Cette enseigne verticale aux lettres blanches psychédéliques sur fond rouge avait, semble-t-il, le don de repousser toute clientèle potentielle à l'exception des « spécialistes du polar ». On y servait un élixir riche et amer, dont l'écume

1. En français dans le texte original. *(Toutes les notes sont de la traductrice.)*

tourbillonnante n'avait rien à envier aux énigmes les plus insondables, derrière une façade dont les carreaux de faïence jaune évoquaient volontiers *Le Mystère de la chambre jaune* de Gaston Leroux. Quant aux bruits de pas des acteurs de la troupe qui répétait dans le petit théâtre installé à l'étage, ils semblaient tout droit sortis de la nouvelle *Les Pas étranges* de G.K. Chesterton, ou du *Promeneur sous les toits* d'Edogawa Ranpo.

À présent que Mon Chéri avait disparu, on ne pouvait que déployer les ailes de son imagination. Nul doute cependant que l'établissement qui avait fait de Setogawa et de grand-père des conteurs hors pair possédait une aura comparable à celle de la villa Tokiwa dans le monde du manga, ou du mont Ryôzanpaku dans le classique de la littérature chinoise *Suikoden*.

Si seulement j'avais pu entendre leurs discussions, à tous les deux…

Les rêveries de Kaede prenaient une ampleur disproportionnée.

Hélas, Mon Chéri n'existait plus. Mais les livres, eux, demeuraient. Kaede tenait à garder ses ouvrages préférés à portée de main. Cependant, les tomes exposés dans la maison de grand-père, soigneusement recouverts de papier cristal, avaient les pages si intactes qu'elle n'osait les emprunter. Aussi avait-elle résolu d'acheter au moins ses propres exemplaires de l'œuvre complète de Setogawa.

Par chance, celui-ci est comme neuf. Il y a même le bandeau d'origine.

Kaede inspecta le livre avec satisfaction. À vrai dire, elle aurait aimé tous les acheter dans de nouvelles éditions. Mais cet ultime opus était épuisé, si bien qu'elle avait dû le commander auprès d'une librairie d'occasion en ligne. Voilà qui parachevait sa collection.

Quelle jeune femme de vingt-sept s'appliquerait à compléter une telle collection ?

Elle se mit à feuilleter l'opus tant convoité, non sans avoir conscience du sourire qui se dessinait sur son visage.

C'est alors que quatre petits bouts de papier s'échappèrent d'entre les pages pour tomber telles des feuilles de ginkgo sur le tapis.

Tiens ? Qu'est-ce que c'est ?

Avec précaution, Kaede ramassa les petits papiers pour les étaler sur la table avant de les inspecter d'un air songeur.

Il y en a trop pour que ce soient des marque-pages. Et à en juger par leur contenu… il ne peut s'agir de simples pense-bêtes.

Chacun de ces petits papiers avait été découpé dans un journal ou un magazine. Et chacun contenait une rubrique nécrologique au sujet de M. Takeshi Setogawa.

4

Kaede profita d'un jour férié pour se rendre à Himon'ya, dans l'arrondissement de Meguro, où elle n'avait pas mis les pieds depuis trois jours. C'était dans le quartier résidentiel proche du sanctuaire de Hachiman[1], divinité locale, que se dressait la demeure de son grand-père, petite maison en bois défraîchie à un étage.

Cerisiers et aralias étiraient leurs feuilles par-dessus le muret entourant le modeste jardin. Sur une plaque en bois était écrit le nom de grand-père, calligraphié à la main dans une encre luisante. L'écriture, familière, était celle de grand-père lui-même. La plaque, c'est un peu le visage d'une maison. Si la demeure en question gardait une allure digne et pleine de caractère, peut-être était-ce grâce à cette calligraphie. Une fois qu'on avait franchi le portail, cependant, elle perdait aussitôt de son charme.

Naguère, le chemin jusqu'à la porte d'entrée était signalé par des pavés, mais depuis que l'on avait diagnostiqué une démence à grand-père, ceux-ci avaient laissé place à un banal sentier de béton.

À peine eut-elle tourné le bouton de la porte d'entrée (dont on avait remis à plus tard les modifications)

1. Dans la religion shintô, Hachiman est le dieu de la guerre et le protecteur du peuple japonais.

qu'une odeur de savon lui emplit les narines. L'aide à domicile était-elle encore là ? Un rapide coup d'œil dans le vestibule lui indiqua que non : pas de chaussures en vue. Elle avait dû repartir après avoir fait le ménage et la lessive.

De nouvelles rampes avaient été installées dans le couloir – accessoires devenus indispensables pour permettre à grand-père de se déplacer dans la maison. Le processus de financement de tels équipements s'était révélé long et complexe, même s'il variait d'une municipalité à l'autre. En fin de compte, grand-père avait dû payer de sa poche le gros des dépenses.

Kaede pénétra dans le salon sur sa gauche et aperçut un pilier noir défraîchi sur lequel subsistait une série de lignes horizontales tracées au crayon à papier, souvenir du temps où grand-père mesurait la taille de sa fille (la mère de Kaede), puis celle de son unique petite-fille. Chiffres et dates s'étaient estompés, mais là encore, on reconnaissait bien l'écriture soignée du patriarche.

La jeune femme sentit son cœur se serrer à la vue de la poignée d'assistance qui était venue se ficher au milieu des inscriptions.

Tournant son regard vers la fenêtre, elle remarqua quelques tee-shirts blancs suspendus à sécher dans la pièce.

Oh, non… Encore une étourderie de l'aide à domicile.

Dans le cas d'une démence à corps de Lewy, il était déconseillé de mettre les vêtements à sécher en intérieur, car le patient risquait de les prendre pour des silhouettes humaines. Les tee-shirts blancs, en particulier, pouvaient servir de canevas à d'intenses hallucinations. C'était pour la même raison que Kaede s'était empressée de ranger toutes les photos encadrées dans des tiroirs après avoir entendu dire qu'il valait mieux ne laisser aucun portrait de proches ni d'animaux à la vue du patient.

Tandis qu'elle décrochait précipitamment les cintres, une voix retentit derrière elle.

— Désolé, c'est Kanae qui les a accrochés là. Peut-être n'étaient-ils pas encore tout à fait secs…

Une tasse de café à la main, grand-père entra à petits pas dans la pièce pour s'asseoir sur le lit. La chambre à coucher, située à l'étage, avait été convertie en débarras, si bien que les activités du vieil homme étaient à présent circonscrites dans ce salon, où l'on avait installé son lit, et dans l'étude qui se trouvait au fond.

À en juger par sa démarche, cependant, son état semblait meilleur que lors de la précédente visite de Kaede. Cela faisait partie des caractéristiques de sa maladie : sa forme physique variait considérablement d'un jour à l'autre.

— Non, c'était juste pour les défroisser, temporisa Kaede, avant de renoncer à décrocher les tee-shirts. J'en déduis que c'est maman qui est venue, et non l'aide ?

— Elle a dû partir en hâte car elle avait encore du travail. C'est dommage, tu as dû la manquer de peu.

Kaede retint un soupir de soulagement. Voilà qui valait mieux… Du moins pour aujourd'hui, alors qu'elle avait une question bien précise à poser à grand-père. Il était rare, ces derniers temps, de le trouver en si bonne forme. Elle comptait bien saisir cette chance.

— Même froid, le café de Kanae est toujours aussi savoureux.

Tout sourire, grand-père ajusta sa position sur son lit avant de porter sa tasse à ses lèvres d'une main frémissante.

— Je crois que je ne le renverserai pas, aujourd'hui. Si j'ose dire, je suis plutôt en forme. Mais je préfère quand même en avoir le cœur net, car ce n'est qu'une intuition.

Il sirota une nouvelle gorgée avant de poser sur sa petite-fille un regard aiguisé.

— Tu as quelque chose d'important à me dire. C'est écrit sur ton visage.

Kaede en eut les larmes aux yeux. Dans les prunelles brillantes de son aïeul luisait un éclair de tendresse. Il lui semblait avoir enfin retrouvé son cher papi. Était-ce sa mine alerte, ou sa diction claire ? À la réflexion, il y avait bien six mois qu'ils n'avaient pas eu de conversation digne de ce nom, tant elle s'inquiétait pour sa santé.

C'était le moment ou jamais. Kaede rassembla son courage.

— À vrai dire…, laissa-t-elle échapper. J'ai une question à te poser.

— Laquelle ?

— Grand-père… (Elle s'efforça de retenir ses larmes.) Tu dois bien avoir conscience de ta maladie, n'est-ce pas ? Tu sais que ces illusions que tu vois ne sont pas la réalité ?

Voilà qui n'allait pas : sa voix tremblait.

— Mais comme tu ne veux pas que je m'inquiète…

Ses larmes se mirent à couler, malgré tous ses efforts.

— Comme tu ne veux pas que je m'inquiète, tu fais semblant de ne pas t'en rendre compte ?

Sans se départir de son sourire doux, grand-père prit une nouvelle gorgée de café avant de poser sa tasse avec précaution sur la grande table à côté de son lit.

— En effet. Je suis atteint de démence à corps de Lewy, ça ne fait pas un pli.

Kaede ne s'y était pas trompée.

Derrière leurs iris aux allures de vitraux, les yeux vifs de son grand-père semblaient d'une profondeur insondable. Oui… Elle y retrouvait le même éclat d'intelligence que dans son souvenir. C'était là, précisément, la source de cet inconfort qu'elle-même n'avait pas réussi à identifier.

Durant ces deux jours où elle s'était renseignée en détail sur la démence à corps de Lewy, Kaede avait compris plusieurs choses.

Même parmi les patients souffrant de la même maladie, on observait de grandes disparités dans les atteintes aux fonctions mémorielles, spatiales et cognitives, suivant la zone touchée par les inclusions. Certains restaient effrayés par les hallucinations quand d'autres semblaient s'y habituer sans peine. Les symptômes étaient non seulement variables mais multidimensionnels. Il semblait même que, dans de nombreux cas, une fois l'équilibre parfait atteint entre les différents médicaments – parmi lesquels des produits dopants –, les hallucinations visuelles venaient à disparaître, comme si un brouillard s'était levé. Parfois, suivant la condition physique du patient, on n'observait même pas de déclin intellectuel notable.

Plus que tout, Kaede avait été surprise d'apprendre que certains patients étaient parfaitement conscients que leurs visions ne représentaient pas la réalité mais étaient le produit de leur maladie. D'aucuns, à l'attitude particulièrement positive, se faisaient une joie de voir leurs hallucinations dès le réveil et les dessinaient ensuite pour le plaisir.

Les connaissances scientifiques sur la DCL étaient encore lacunaires, ce qui pouvait facilement provoquer des erreurs d'interprétation. Il arrivait même que des médecins n'ayant qu'une compréhension superficielle des intenses hallucinations qui hantaient leur patient s'empressent d'y voir la progression de la démence. Mais l'apparition de la maladie n'impliquait pas nécessairement un déclin intellectuel.

Lorsque Kaede avait pris connaissance de cette réalité, cette curieuse sensation d'inconfort qui la gênait s'était aussitôt dissipée.

— Outre ces symptômes rappelant la maladie de Parkinson, dit grand-père, les yeux rivés sur sa main tremblante, il y a un moment déjà que j'ai remarqué que mon état mental n'est pas celui d'une personne en bonne santé. Par exemple, lorsque je regarde cette bibliothèque, je vois sur le côté une gravure très fine, comme celle qu'un charpentier chevronné aurait réalisée sur l'autel d'une divinité. Mais lorsque je l'effleure, je ne sens aucun relief. La paroi est parfaitement lisse. Alors, à quel sens dois-je me fier, la vue ou le toucher ? Il est impossible qu'on ait réalisé en une nuit, sans que je m'en aperçoive, une telle gravure sur toute la paroi. Et puis, qui aurait envie de s'introduire en douce dans la chambre d'un vieillard pour aller décorer sa bibliothèque ? Conclusion : je dois hélas me fier à mon sens tactile. Ma vue, elle, n'est plus digne de confiance.

Incapable de lui répondre, Kaede se contenta d'écouter sa confession.

— Dès lors, qu'est-ce qui a bien pu causer cette anomalie ? Mon ordinateur est cassé et ne m'est plus d'aucune utilité. J'ai bien essayé de me renseigner à l'aide de mon smartphone, mais comme tu peux le voir, mes mains ne sont plus aussi agiles. Et depuis que j'ai appelé les secours en leur disant que j'avais trouvé ton cadavre, Kanae m'a confisqué mon portable, si bien que je ne peux plus faire de recherches.

Grand-père esquissa un sourire malicieux.

— J'ai demandé à l'une des aides de me commander un taxi médical pour aller à la bibliothèque. J'ai dû y passer une journée entière, car le seul fait de suivre les caractères sur la page me provoquait des somnolences, mais... j'ai réussi à me faire une bonne idée de ma maladie. J'y songe, tu dois avoir déjà entendu parler des « petites cellules grises » ?

Grand-père affichait un sourire malicieux en citant l'expression favorite du célèbre détective belge Hercule Poirot.

— Dans mon cas, les corps de Lewy forment des inclusions orange qui se multiplient dans mes méninges, si bien que je me retrouve avec de « petites cellules vermillon ».

— Dans ce cas, murmura Kaede d'une voix rauque, pourquoi être allé jusqu'à me rebattre les oreilles avec tes hallucinations ?

— Ah, ça... (Grand-père hésita un peu.) C'est parce que dans ces moments-là, ton expression ne cessait de changer. Tu passais de la surprise à la joie. Et surtout, tu réagissais à voix haute. Alors, j'avais la certitude que tu étais bien là, en face de moi.

— Hein ? Mais qu'est-ce que tu racontes ! Tu sais bien que je suis toujours à tes côtés.

— Laisse-moi te l'expliquer autrement. Une fois, j'ai essayé d'évoquer avec honnêteté la façon dont j'envisageais mon avenir, du moins ce qu'il en reste... Je n'aime pas l'expression « prendre ses dispositions », car elle me semble trop détachée, mais je t'ai parlé franchement de ce qu'il faudrait faire de ma dépouille. Sur le moment, je me suis félicité d'être dans une forme presque parfaite. Je pensais même que c'était l'occasion ou jamais de t'en parler. Alors… j'ai dû monologuer pendant une bonne heure, je dirais. Mais pour une raison qui m'échappait, tu t'es contentée de m'écouter, sans la moindre expression sur le visage.

Grand-père s'interrompit et baissa les yeux.

— Puis, soudain, tu as disparu de ma vue. Ce n'était qu'une hallucination.

Était-ce parce que le café était resté trop longtemps sur le feu ? Un éclair d'amertume passa sur le visage du vieil homme.

— Je ne m'étais jamais senti aussi triste et misérable. Alors, j'ai décidé de ne plus jamais évoquer ma maladie devant toi, à moins que tu n'abordes spontanément le sujet. Peu importait que tu me prennes pour un vieillard dément, incapable de tenir une conversation… Du moins est-ce ce que je pensais.

Grand-père…

Un aïeul qui ne pouvait pas – ou plutôt, qui n'osait pas – évoquer sa fin de vie devant son unique petite-fille… Comment avait-elle pu ignorer si longtemps l'angoisse qui l'étreignait ? Il avait bien des hallucinations – et elles étaient fréquentes. Il souffrait également de troubles cognitifs, y compris des pertes de mémoire. D'autres symptômes de DCL émoussaient ses mouvements à l'extrême.

Mais son intelligence, elle, n'avait pas diminué d'un pouce.

5

La journée devait être finie pour les élèves de la maternelle voisine : on entendait des enfants passer devant la maison en chantonnant des comptines, dans une cacophonie étonnamment attendrissante.

Les traits de grand-père se détendirent spontanément.

La lumière déclinait vite en ces jours d'automne, même s'il restait encore un peu de temps avant la tombée de la nuit.

— À vrai dire, j'avais quelque chose à te montrer, annonça Kaede en sortant de son sac noir le recueil d'essais de Setogawa.

Si, comme à son habitude, grand-père avait été assoupi dans son fauteuil, elle l'aurait bordé à l'aide d'une couverture fraîchement lavée et aurait lu quelque temps à ses côtés avant de rentrer. Aujourd'hui, cependant, l'homme sortit ses lunettes de lecture de la poche de sa robe de chambre pour les chausser avant d'inspecter l'ouvrage avec circonspection.

— C'est le dernier opus de Setogawa, n'est-ce pas ? dit-il avec émotion. Ce n'était pas la peine de l'acheter, j'aurais pu te le prêter…

Je n'aurais pas pu accepter. Il est bien trop précieux, songea Kaede avec un sourire intérieur.

— Je suis étonné que tu aies réussi à te le procurer… Il doit être en rupture, non ?

— Tu serais surpris de voir la facilité avec laquelle on peut acheter les ouvrages les plus rares, de nos jours, grâce aux librairies d'occasion en ligne. Mais ce n'est pas tout. J'ai trouvé ceci coincé dedans.

Kaede ouvrit le livre et disposa sur la table les quatre rubriques nécrologiques.

Le critique de films et de romans policiers Takeshi Setogawa est mort.

Décès de Takeshi Setogawa. Son talent va nous manquer.

Au temps de la critique pluridisciplinaire : l'héritage de Takeshi Setogawa.

Polar et film : une alliance heureuse, telle que racontée par Setogawa.

— J'ai vu passer tous ces articles à l'époque, oui, dit grand-père d'une voix triste après avoir parcouru les titres. Si je me souviens bien, deux autres publications se sont fendues d'un papier. Bien sûr, j'ai tout consigné dans mon album.

— Je vois…

Une fois de plus, la mémoire de grand-père laissa Kaede interdite. Si le souvenir des événements récents se dissipait aussitôt sous l'effet de la maladie, le passé, lui, semblait bien à l'abri dans un tiroir toujours prêt à s'ouvrir.

— Vois-tu, grand-père, c'est là que commence le problème. Je me trouve devant une situation improbable, ce que tu appellerais un « mystère du quotidien ».

Grand-père acquiesça d'un air entendu.

— Un mystère intitulé : « Qui a bien pu insérer ces quatre coupures dans ce livre, et dans quel but ? »

— En effet. Pour commencer, il y en a trop pour que ce soient des marque-pages. Mais utiliser des rubriques nécrologiques comme pense-bêtes, ce serait un peu sinistre, non ?

— On se croirait chez Harry Kemelman[1], murmura grand-père en ôtant ses lunettes.

Il faisait allusion au chef-d'œuvre du romancier et novelliste américain, *The Nine Mile Walk*, dans lequel une phrase débitée en passant lors d'une banale discussion de pub (« Marcher neuf *miles*, ce n'est pas facile, mais alors, sous la pluie, c'est encore pire ! ») aboutit à la résolution d'une affaire de meurtre survenue la veille grâce à un faisceau de déductions logiques.

— Kaede. Tu veux bien me passer une cigarette ? implora soudain grand-père.

Dans sa bouche, la phrase résonnait comme une incantation.

Kaede sortit un paquet d'un tiroir du secrétaire. De marque française : des Gauloises. Même si elles n'étaient pas très chères, ces cigarettes-là ne se trouvaient pas n'importe où. La jeune femme avait l'habitude de les acheter lorsqu'elle errait à Jinbôchô, dans un petit bazar connu des initiés.

— Tu veux bien l'allumer pour moi, s'il te plaît ? Voilà, c'est parfait. Mes mains tremblent trop. J'essaie de ne pas en savourer quand je suis seul.

Grand-père ne parlait pas de « fumer », mais de « savourer » une cigarette – sans doute un vestige d'un autre temps, où la société n'était pas encore antifumeurs, et où le tabac, à l'instar de l'alcool, était considéré comme un luxe courant. Depuis sa jeunesse, il

1. Auteur de romans policiers, dont la série *Le Rabbin Small.*

avait coutume de « savourer » quelques cigarettes par semaine, et ces derniers temps, sa consommation s'était faite plus rare encore.

Il n'y avait pas de mal à lui autoriser ce petit plaisir, songeait Kaede. Un air d'extase apparaissait momentanément sur le visage de grand-père lorsqu'il fumait. Le parfum des Gauloises ne déplaisait pas à la jeune femme. Elle entrouvrit néanmoins la fenêtre, craignant que l'odeur ne s'incruste dans les tee-shirts en train de sécher.

— Bien, dit-il d'une voix nette tout en soufflant un nuage de fumée.

À croire que la cigarette lui aiguisait l'esprit…

— Quelle histoire peux-tu me tisser à partir de ces ingrédients, Kaede ?

Le cœur de Kaede battait la chamade. Depuis toujours, grand-père aimait à décrire ses hypothèses comme des « histoires ».

Elle le retrouvait enfin. Pour de vrai.

— Voici ce qui me vient à l'esprit…

Kaede s'efforça de garder son calme tandis qu'elle lui exposait ses suppositions.

— Première histoire : la personne qui a glissé ces articles dans le livre n'est autre que son ancien propriétaire. Il ou elle l'a fait afin de partager son deuil avec les autres fans de Setogawa.

Lorsqu'elle se risqua à jeter un coup d'œil à l'expression de son aïeul, celui-ci acquiesçait d'un air approbateur. Comme toujours, raconter ses « histoires » devant grand-père la rendait nerveuse. Mais…

Mais quel bonheur !

— Deuxième histoire… Voyons voir… (Kaede se ressaisit.) La personne qui a inséré les coupures dans le livre n'est autre que le ou la libraire à qui je l'ai acheté. Il ou elle était fan de Setogawa. Il y avait des décennies qu'on ne lui avait plus commandé d'ouvrage de cet auteur. Cela lui a procuré une telle joie qu'il ou elle a inclus les articles en guise de cadeau à l'attention de cette cliente qui partageait ses intérêts… autrement dit, moi.

Kaede avait la gorge sèche, peut-être sous le coup de la stimulation intellectuelle.

— Je ne sais pas… Pour l'instant, c'est tout ce que j'ai trouvé.

— Hmm, ce n'est pas mal, répondit grand-père. Les raisonnements se tiennent, mais, sans aller jusqu'à les décrire comme forcés, j'y vois une contradiction d'importance.

— Ah bon ?

Kaede se mordit la lèvre.

— Si tu le permets, voici l'incohérence relevée dans ta première histoire : est-ce qu'une personne assez fan de Setogawa pour avoir conservé les articles couvrant sa mort pourrait se séparer de ce livre qui lui est si précieux ? D'autant qu'il s'agit là du chant du cygne de l'auteur ! Il est plus probable qu'elle garderait précieusement cet ouvrage ainsi que ces coupures de presse dans sa bibliothèque personnelle.

Kaede fut contrainte d'acquiescer.

— Je vois. Il n'est pas toujours facile de saisir le raisonnement d'un bibliophile…

— Ta seconde histoire est déjà plus sympathique. Mais elle comporte elle aussi une incohérence : tant qu'à avoir la gentillesse d'inclure ces coupures de presse, pourquoi ne pas les accompagner d'un petit mot ? « C'est toujours un plaisir de faire connaissance avec d'autres fans de Setogawa ! Je me suis permis de vous offrir en bonus quelques articles relatifs à son décès, en signe de célébration. » Pourquoi s'épargner cette tâche ? Bref. Dans un cas comme dans l'autre, le récit souffre d'un défaut fondamental. Mais il existe une autre histoire.

— Dans ce cas, grand-père, peux-tu me raconter cette version alternative ? s'enquit Kaede.

Sans lui répondre, le vieil homme tira une ultime bouffée du mégot qu'il tenait encore entre le pouce et l'index. Lentement mais sûrement, ses yeux se plissèrent.

Il ne va quand même pas s'endormir ? s'inquiéta Kaede.

Crainte infondée.

— Le tableau vient de m'apparaître, décréta grand-père en rouvrant les paupières. Malheureusement, l'homme à qui appartenait ce livre est déjà mort.

— Hein ?

— Mais oui, regarde. Ne vois-tu pas son visage serein ?

Encore une hallucination. À ceci près que cette fois, Kaede en avait l'intuition, la vision se fondait sur un raisonnement logique.

— Cette troisième histoire, la voici. De son vivant, le cœur lourd, cet homme a glissé les nécrologies de son auteur préféré, Takeshi Setogawa, dans un livre qu'il chérissait. Après son décès, sans se douter de l'existence de ce trésor, son épouse a vendu l'ouvrage avec tant d'autres à une librairie d'occasion au moment de liquider ses biens.

Oui, c'est forcément ça…

Cela tombait sous le sens. N'était-ce pas là une « histoire » parfaite, convaincante, sans la moindre faille ? Mais Kaede n'allait pas lâcher l'affaire si facilement.

— Comment sais-tu qu'il s'agit d'un homme ? Cela aurait très bien pu être une femme.

— Impossible, rétorqua grand-père du tac au tac. À la mort d'un conjoint, seule une femme saurait gérer la situation avec calme en dépit de son chagrin. Les hommes, eux, en sont incapables. Moi y compris, pour tout dire.

Il baissa les yeux.

— À la mort de ta grand-mère, j'étais incapable de faire quoi que ce soit.

Les traits doux de la défunte se dessinèrent un instant dans l'esprit de Kaede.

Le silence s'étira un moment entre eux. Puis grand-père reprit la parole, le regard perdu dans la fumée de sa cigarette.

— Ah ah ah ! L'ancien propriétaire de ce livre est là-bas en ce moment, attablé chez Mon Chéri, en train de s'entretenir avec son idole. Ils sont bien partis pour discuter polar jusqu'au bout de la nuit.

Encore une hallucination. Mais quelle pouvait bien être cette vision fantasque ?

Kaede inspira profondément.

— Tout y est comme autrefois. Un nouveau souffle de mystère s'apprête à pénétrer les murs lambrissés de cèdre, imprégnés de l'arôme du café. Derrière le comptoir, le patron oisif dispute une partie de shôgi avec un étudiant. Tiens, le serveur se lève précipitamment. Qu'est-ce que cela signifie ?

Le visage de grand-père, devenu grave un instant, se détendit aussitôt.

— Ah, je comprends son agitation. Cette fois, on invoque Queen et Christie. Bientôt, c'est le nom de Carr qui rejoint la conversation. Voilà réunie la sainte trinité des auteurs de polar classique… Ou devrais-je dire le saint quatuor, puisque derrière le pseudonyme d'Ellery Queen se cachaient deux coauteurs ? Agatha Christie a investi la cuisine, où elle prépare son fameux thé à la mode du Devon, pour le plus grand plaisir de Setogawa et de son entourage. Carr, quant à lui, contemple la théière, la mine insondable, comme si rien de tout cela ne le concernait… Sans doute aura-t-il élaboré une nouvelle méthode d'empoisonnement. Tout le monde a l'air de bien s'amuser !

Qu'est-ce que c'est que ça ? Grand-père, qu'est-ce que tu racontes ?

Fallait-il y voir le fruit de la gentillesse du conteur qui aspirait à conclure son récit sur une fin heureuse ?

Kaede se mit à pleurer à chaudes larmes. Mais cette fois, un sourire s'esquissait sur son visage.

C'est bien une forme de réalité que voit grand-père en cet instant, il n'y a pas de doute.

Il n'y avait vraiment pas de raison de s'inquiéter.

À cet instant…

La cigarette de grand-père tomba avec un chuintement dans le cendrier rempli d'eau. Par la fenêtre entrouverte affluait le souffle doux du vent automnal, faisant onduler les tee-shirts suspendus sur leurs cintres.

Grand-père leur adressa un signe de tête poli.

— Vous faites tous partie de l'association pour le respect envers les anciens, n'est-ce pas ? Merci de vous être déplacés jusqu'ici.

À peine la braise de sa Gauloise s'était-elle éteinte que grand-père était redevenu un vieillard sénile.

Livre 2

Mystère en chambre close à l'*izakaya*

1

Une institutrice avait beau être employée de la fonction publique, cela ne voulait pas dire qu'elle pouvait rentrer chez elle à l'heure dite. Les aiguilles de l'horloge au mur de la salle des professeurs indiquaient déjà 18 heures tandis que Kaede corrigeait les contrôles.

Tout de même…

Le souvenir de cette étrange hallucination lui revint à l'esprit pendant qu'elle poursuivait sa tâche. Sur quel processus de réflexion pouvait bien s'appuyer cette capacité à voir un « tableau » de la réalité ?

À moins que… Le stylo rouge de la jeune femme se figea soudain.

Et si cette hallucination de grand-père était née de la conclusion à laquelle il était parvenu en se laissant guider par la logique, fort de son intelligence et de son érudition hors du commun ? Alors, peut-être, la fumée de sa cigarette qui obscurcissait le spectacle du réel tel un brouillard l'avait-elle aidé à voir plus facilement ce tableau…

Bien sûr, ce n'est qu'une simple théorie… Ah, non. Une histoire ?

Prise d'un petit rire, Kaede se détourna afin de ne pas attirer l'attention de ses collègues.

« Tout événement survenant dans ce monde est une histoire », avait l'habitude de dire grand-père.

Aussi loin qu'elle s'en souvenait, son aïeul avait toujours été directeur d'une école primaire. À sa première rentrée dans cet établissement, elle avait appris que celui qu'on surnommait « l'Essuie-glace » était l'enseignant le plus populaire. À l'exception des cérémonies de rentrée et de clôture de l'année scolaire, personne ne l'avait jamais vu en costume. Il était toujours en bras de chemise, en train de polir les fenêtres dans les couloirs, d'arroser les plantes de la cour, ou encore de récurer les toilettes avec la plus grande concentration. Ses manches retroussées laissaient voir des bras minces, mais dont les biceps saillants semblaient suggérer la pratique d'un sport ou d'un art martial.

Pour autant, il n'était pas professeur d'éducation physique. Chaque fois qu'il croisait un enfant, il mettait un point d'honneur à l'appeler par son prénom avant de lui demander : « Qu'est-ce que tu lis en ce moment ? » Si Kaede était surprise qu'il puisse identifier chaque élève, elle l'était encore plus de constater qu'il connaissait le contenu de presque tous les ouvrages qu'ils lisaient, dont il parlait toujours avec un enthousiasme non feint. Et quand venait la cérémonie de fin d'année, il remettait à chacun un livre avec son diplôme. Tous les genres y étaient représentés, de la littérature la plus exigeante au polar, à la SF, ou à la bande dessinée, en fonction de la personnalité de chacun.

Ces cadeaux ne se limitaient pas aux livres, d'ailleurs. Certains se voyaient remettre un jeu vidéo d'action horrifique. Car aux yeux de grand-père, même ces divertissements numériques proposaient des « histoires » précieuses au développement de l'individu. Il était persuadé que les bambins avaient aussi besoin de récits glaçants ou traversés d'un suspense insoutenable afin de cultiver leur sensibilité et leur créativité. Kaede avait même entendu dire qu'un des élèves en question avait fini par être embauché dans un studio vidéoludique, où il avait produit une série de jeux à succès, comme l'avait prédit son ancien directeur d'école.

Grand-père avait prononcé un discours des plus inhabituels lors de la cérémonie de fin d'études de Kaede. Soudain, il avait sorti un livre de sa poche pour en déclamer un passage avec une intonation particulièrement théâtrale.

— « Il est un mot qu'on n'entend plus guère, ces derniers temps. »

L'assistance tout entière avait été prise de court par cette « récitation » impromptue, que le directeur avait effectuée d'une magnifique voix de baryton qui aurait pu faire de lui un chanteur d'opéra.

— « Et même lorsqu'on l'emploie, ce n'est pas de façon sérieuse. Si on le prononce, c'est le plus souvent avec un rictus désobligeant. Savez-vous de quel mot il s'agit ? Je vous le donne en mille... »

Depuis son estrade, grand-père avait pris le temps de toiser son public avant de poursuivre :

— « C'est le mot *aventure.* »

Il s'était tu un moment. Puis, après avoir attendu que le calme revienne dans l'amphithéâtre en ébullition, il avait ajouté avec sa jovialité habituelle :

— Cette réplique célèbre est tirée d'un roman policier de Jack Finney intitulé *L'Attaque du Queen Mary*. Un mot ancien mais toujours nouveau, que chacun porte en lui et qui ne peut que faire naître l'enthousiasme. Voilà ce que représentent ces trois petites syllabes. Chers diplômés, l'avenir qui vous attend n'est pas infini. Chaque âge a ses limites. Toute chose a une fin. Cette arme qu'on nomme « jeunesse » se sera émoussée en un rien de temps. Afin de saisir l'avenir que vous souhaitez, je vous en prie, soyez aventureux. Merci de votre attention.

Pour Kaede, l'aventure, c'était de devenir institutrice, comme ce grand-père qu'elle admirait tant.

Ça, je ne risque pas de l'oublier…

Lors de sa remise de diplôme, elle avait reçu un recueil de nouvelles de Robert F. Young, avec pour opus central « La Fille aux cheveux d'or », un émouvant conte de science-fiction. La jeune fille du titre, dont la chevelure avait la couleur des pissenlits, y vivait une histoire d'amour qui transcendait les limites de l'espace-temps. Aujourd'hui encore, Kaede pouvait en réciter le texte par cœur, à commencer par cette célèbre réplique : « Avant-hier, j'ai rencontré un lapin, hier un daim, et aujourd'hui, vous. »

Kaede elle-même avait les cheveux châtains, hérités de sa mère Kanae. En ce sens, elle partageait une petite ressemblance avec l'héroïne… Peut-être son aïeul lui avait-il offert ce livre dans l'espoir qu'elle vive à son tour une grande histoire d'amour ?

Désolée, grand-père. Le grand amour… dans le fond, ce n'est pas pour moi.

Si la jeune femme devait analyser l'influence que cette nouvelle avait eue sur elle, sans doute celle-ci se retrouvait-elle dans son goût pour les fleurs.

— Mademoiselle Kaede ? Qu'est-ce qui vous met de si bonne humeur ? demanda une voix au-dessus de sa tête.

Lorsqu'elle se retourna, elle se trouva nez à nez avec un de ses collègues, Iwata.

— Est-ce l'odeur de mon gâteau au chocolat qui vous a déconcentrée ? Cette part est justement pour vous, déclara-t-il en brandissant une petite assiette.

Kaede bredouilla une protestation et se remit précipitamment à ses corrections.

En dépit de la saison, Iwata portait un simple polo. Il ne se passait pas une seconde dans l'année où il ne tentait pas d'exhiber fièrement ses biceps.

— Tenez. Mais peut-être le trouverez-vous trop sucré ?

— Oh, merci ! Il ne fallait pas…

Contrairement à ce qu'aurait pu laisser croire sa silhouette massive, Iwata adorait cuisiner et préparer des douceurs. À peine Kaede eut-elle enfourné une cuillerée que celle-ci fondit sur sa langue. Bien qu'un peu trop sucrée au premier abord, la pâtisserie avait un goût exquis qui délassa aussitôt son corps fatigué. Nul doute que les enfants, eux, devaient en raffoler.

— Merci beaucoup, c'est délicieux.

Les traits du pâtissier s'illuminèrent d'un sourire, puis il retourna à son siège, non sans se passer la main dans les cheveux d'un air gêné. Sa tignasse aux boucles vaporeuses qui paraissaient avoir été mises en pli dans un salon de coiffure lui donnait un air charmant.

Il n'avait pas échappé à Kaede que le jeune homme semblait en pincer un peu pour elle. C'était un garçon bien, à n'en pas douter. Mais, si Kaede appréciait son caractère jovial et dénué de toute malice, elle ne pouvait s'empêcher de le trouver un peu trop resplendissant. Étant pour sa part d'un naturel introspectif et réfléchi, peut-être n'était-elle pas très à l'aise face à cet homme dont le caractère solaire remportait tous les suffrages.

À la réflexion, depuis toujours, ses amies n'avaient pas manqué de la mettre en garde : « Kaede, mignonne comme tu es, tu devrais essayer de parler avec plus de décontraction, en évitant les mots compliqués. Ainsi, tu t'entendras plus facilement avec tout le monde. » Certaines, malgré leur réserve, ne cachaient pas leurs mauvaises intentions : « Ne ferais-tu pas mieux de lire tes livres sur smartphone ? Franchement, de nos jours, se balader encore avec un livre de poche, ça fait un peu aguicheuse… » D'autres encore n'hésitaient à moquer ouvertement son peu de goût pour les tenues aux couleurs vives : « Pourquoi es-tu toujours habillée en noir de la tête aux pieds ? J'ai entendu dire que quand on avait les cheveux clairs, il fallait porter des vêtements assortis. Enfin, après tout, tu es libre de faire ce que tu veux… »

Kaede ne savait jamais trop que répondre à de telles critiques. Elle-même avait l'impression d'avoir mûri trop vite pour ses vingt-sept ans. Non seulement elle en avait des complexes, mais cela mettait un frein à sa vie amoureuse. À moins qu'il ne faille y voir les effets nocifs de son addiction à la lecture ?

Non, si on creusait un peu la question…

Sans doute était-ce à cause d'un « certain événement » qu'elle n'était pas douée pour la romance, ni même pour socialiser avec les adultes, tout simplement. En digne héritière de son grand-père, elle ne s'entendait qu'avec les enfants…

— Vous m'écoutez, Kaede ?

— Excusez-moi.

Assis en face d'elle, Iwata était en plein monologue.

— Je viens de repenser à quelque chose… Alors, que disiez-vous ?

— Vous vous fichez de moi ? (Il pinça les lèvres.) Vous n'espérez quand même pas me faire répéter une histoire aussi effroyable ?

— Pardon ?

— Au fait, vous vous souvenez de cette izakaya où nous sommes allés boire un verre ? C'était il y a un an, environ… Un établissement appelé Haruno, au nord de Himon'ya.

— Oui, bien sûr.

Comment aurait-elle pu l'oublier ? C'était un endroit où grand-père avait ses habitudes, et qu'elle avait choisi elle-même, car elle n'était encore pas très à l'aise à l'idée de se retrouver seule avec Iwata. Elle se revoyait en train de savourer un verre au comptoir avec son aïeul après que son collègue, ivre, s'était écroulé sur la table.

— Oui, voilà, c'était là, confirma Iwata le plus sérieusement du monde. Il paraît qu'un meurtre s'y est produit hier soir.

On avait tué quelqu'un dans le restaurant préféré de grand-père ?

Mais ce n'était pas tout : un ancien camarade de lycée d'Iwata se trouvait sur les lieux au moment des faits.

— Il vient de me contacter, je dois aller boire un verre avec lui. Ça vous dit de m'accompagner ?

— Vous croyez ? Il ne risque pas d'être surpris de me voir arriver ?

— Ne vous en faites pas pour ça ! Vous savez, quand j'étais au lycée, je jouais au baseball.

— Première nouvelle.

— Ah bon ? Bref, des années encore après que j'ai fini mes études, les membres du club ont continué à me considérer comme leur aîné. Je ne vois pas pourquoi votre présence poserait un problème. Cela dit…

— Qu'y a-t-il ?

— Il a déjà bien assez de soucis comme ça. Pour tout dire, c'est le roi des excentriques.

2

Kaede arriva au bar italien – qui avait des allures de chalet – cinq minutes avant l'heure prévue.

L'endroit ressemblait un peu au fameux café *Mon Chéri*, songea-t-elle distraitement en voyant les murs lambrissés de pin scandinave. Le petit espace bien agencé n'abritait qu'un comptoir et deux tables. Celle du fond était occupée par un jeune couple qui dégustait une bouteille de vin. Sur l'autre trônait un petit carton *Réservé*. Une personne y était installée, et lisait un livre de poche. Sa chevelure lisse et raide ne permettait pas de déterminer son genre – mais à en juger par sa chemise bleue boutonnée à droite, il devait s'agir d'un homme. Pouvait-on parler d'un carré à ras la mâchoire pour un homme ? Sa frange, coupée bien droit et rabattue sur ses yeux, dissimulait ses traits. Kaede remarqua néanmoins ses doigts longs et fins.

— Excusez-moi…, se résigna-t-elle à dire. (Après tout, même si elle manquait d'aisance, elle était la plus âgée.) Vous êtes bien l'ami de M. Iwata ?

— Oui, répondit le jeune homme sans même lui adresser un regard.

Il tapota l'écran de son smartphone.

— Nous n'avons pas rendez-vous avant quatre minutes et vingt-cinq secondes. Il ne me reste plus que quelques pages à lire.

Kaede passa donc les quatre minutes suivantes dans un silence de plomb, que seul venait troubler le bruit des pages que tournait l'homme à la frange. Mais pour une raison qui lui échappait, ce mépris affiché par son interlocuteur ne la mettait pas en colère. Sans doute parce qu'il prenait soin de manier son livre avec délicatesse, afin de ne pas en abîmer le papier.

Un hibou niché dans le mur hulula pour sonner 20 heures. Aussitôt, l'homme à la frange se dégagea le front. Son geste avait quelque chose de théâtral, songea Kaede. Avant de remarquer un nouveau détail : son nez, qu'il avait aquilin.

— Enchanté. Je vous en prie, appelez-moi par mon prénom : Shiki. Il s'écrit avec les kanjis signifiant « quatre saisons ».

— De même. (Pouvait-elle vraiment se permettre une telle familiarité ?) Vous pouvez m'appeler Kaede, comme l'érable, avec ses belles feuilles rouges.

Shiki s'esclaffa.

— Qu'est-ce que c'est, un poème ?

— Pardon ?

— Eh bien, je comprends que ma présentation ait pu vous impressionner, mais avez-vous vraiment coutume d'évoquer le feuillage automnal pour expliquer le sens de votre prénom ? Et puis, vous ne manquez pas d'assurance, pour comparer votre visage à la beauté de la nature.

— Non, ce n'est pas ce que je voulais dire…

Kaede s'efforça d'afficher un sourire qu'elle savait bien peu convaincant. Quel insolent ! Mieux valait ignorer ses piques. D'ailleurs, pour être honnête, elle n'aurait pas eu l'aplomb de lui répondre. Et ce, alors même qu'elle n'avait aucun mal à contrer les taquineries de ses élèves.

— Peu importe. Iwata est en retard. Est-ce correct de sa part, alors que c'est lui qui organise cette petite réunion ?

— En effet… Mais il m'a dit être assez pris par le travail.

On vint prendre leur commande. L'homme à la frange – Shiki – semblait rompu à l'exercice.

— Nous attendons une troisième personne, si bien que nous n'avons pas encore choisi… Oh, et puis zut. Deux pressions, pour commencer. J'espère que vous tenez l'alcool. Vous n'allez pas commencer à déclamer de la poésie tout d'un coup, n'est-ce pas ?

Qu'est-ce que c'était que ces insinuations ? Kaede n'eut d'autre choix que de baisser la tête, frustrée de devoir étouffer ses émotions.

— Ça ira, oui. Avec modération.

— Une *caprese*. Et une assiette de jambon cru avec ça, s'il vous plaît. Je commanderai la suite quand vous les aurez apportées… Merci.

— Euh, excusez-moi…

— Qu'y a-t-il ?

— Vous pourriez au moins me demander mon avis avant de commander, tenta Kaede avec un nouveau sourire forcé.

Sans même la regarder, Shiki esquissa un petit rictus.

— Vous ne vous en êtes peut-être pas rendu compte, mais cela fait deux-trois fois que vous regardez la *caprese* sur la table d'à côté.

Hein ? Pas possible ! Kaede sentit ses joues s'enflammer.

— Oh là là, mais vous rougissez ! Ce serait plutôt à la tomate, à la mozzarella et même au basilic de se sentir gênés sous votre regard concupiscent.

— Et l'assiette de jambon cru ?

— Ça, c'est pour moi. Et alors ?

— Rien.

— Tiens donc, souffla Shiki tandis que Kaede rougissait de plus belle.

Il désigna le livre relié qui dépassait légèrement de la poche du manteau de la jeune femme.

— Dickson Carr, le maître du crime impossible ? Belle édition…

Mais c'est qu'il sait s'exprimer…

— *Le Retour de Bencolin*, oui. Je ne l'ai pas tout à fait fini, mais pour l'instant c'est très bien.

Shiki sembla sincèrement surpris.

— C'est pour faire genre que vous le laissez dépasser de votre poche ? Ou est-ce que vous le lisez vraiment ? Qui, de nos jours, connaît les œuvres de jeunesse de Carr ? Enfin, comment dire, vous projetez une image tellement contemporaine… Excusez-moi, je n'essaie pas de vous insulter, au contraire.

— Je ne suis pas sûre de comprendre vos sous-entendus…

— Voilà les bières.

— Ne devrions-nous pas attendre l'arrivée d'Iwata pour trinquer ? Et puis…

Tiens ? Kaede s'était laissé gagner par l'excitation. Mais de là à discuter ainsi avec un homme qu'elle venait de rencontrer…

— Quel mal y a-t-il à lire Carr ?

— Ce n'est pas Carr, le problème…

Shiki se gratta l'aile du nez.

— Ce n'est pas courant de lire des classiques du polar occidentaux…

— Que voulez-vous dire ? pressa Kaede.

— Si je devais énoncer les arguments un à un, il y en aurait pour toute la nuit, alors je vais tenter de faire court. D'une, le cadre est souvent désuet. Qui, avec un peu de bon sens, irait bâtir une luxueuse villa sur une île perdue au milieu de l'océan ? Ne devrait-on pas craindre d'y mourir de faim, plutôt que sous les coups d'un tueur en série ? Deuxièmement, la psychologie des personnages est tout aussi datée. Parmi les suspects, nous avons un vétéran surnommé « le capitaine » et sa ravissante épouse aux cheveux blonds, assez jeune pour être sa fille. On s'inquiéterait plutôt de le voir assassiné par sa femme. Quant à la traduction, elle sera irrémédiablement vieillotte, elle aussi. Dès qu'un personnage âgé fait son apparition, il s'empresse de nous rappeler qu'il a survécu de justesse à la Grande Guerre. C'est censé se passer à Londres, mais lorsqu'on lit la traduction, on se croirait plutôt à Okayama ou à Hiroshima. Et puis, et c'est là le problème avec la littérature étrangère, les noms des personnages sont bien difficiles à retenir. Comment est-on censé s'y retrouver entre tous les membres de la famille Fortescue ? Même lorsque « Renisenb, fille d'Imhotep » entre en scène, on n'arrive pas à se mettre son nom dans la tête. Je ne sais pas… Je trouve ces choix trop empruntés, comme s'ils ne servaient qu'à souligner le fait que tout n'est qu'artificiel. Au lieu d'inventer des patronymes sophistiqués, je pense qu'il eût mieux valu s'en tenir au seul prénom, ou à des surnoms, ou varier avec des descripteurs, comme « la grand-mère », ou « le frère aîné », voire des pronoms personnels. En bref, tous ces classiques du polar traduits me font l'effet d'une pièce moulée insérée dans une autre pièce moulée. C'est ce que j'appelle des mystères en poupée russe...

Il ne s'arrête donc jamais ?

Certes, on ne pouvait nier le caractère daté de ces classiques du polar occidental, aussi bien au niveau du cadre que des personnages. À la réflexion, même Takeshi Setogawa avait noté le style désuet de Carr, en particulier – ce qui ne l'empêchait pas de chérir ses œuvres autant que le faisait Kaede. La lecture d'un chef-d'œuvre provoquait le même plaisir réconfortant que lorsqu'on passait la main sur un beau meuble en bois massif. Quant à leurs traductions, bien que datées, elles possédaient une richesse et une élégance qui étaient le reflet de leur époque.

Kaede fut tentée de réfuter les arguments de Shiki, mais, ne tenant guère à se disputer avec lui, elle rongea son frein et fit mine d'adopter son parti.

— Dans ce cas, quel type de romans policiers aimez-vous lire ?

— Seuls les auteurs japonais devraient s'atteler à ce genre, rétorqua-t-il. Aucun autre pays n'attribue autant de prix aux débutants. À ce stade, les œuvres au cadre ou aux personnages éculés ont déjà été éliminées, ce qui contribue à élever naturellement le niveau. Pas de risque non plus de voir un texte plombé par sa traduction. On assiste à une profusion de talents qui dynamisent le genre. On pourrait même dire que le Japon actuel est devenu le leader mondial du roman policier.

— Ne s'agit-il pas là de votre goût, tout simplement, voire de votre imagination ?

— Ça suffit ! Je vous démontre la validité de mes arguments et vous les réduisez à des préférences ou à des concepts subjectifs.

Eh bien, il n'aime pas être contredit... Tout ce qui l'intéresse, dans le fond, c'est de s'écouter parler.

Kaede haussa les épaules sans le vouloir.

— Voilà, c'est de ça que je parle !

— Pardon ? Quoi donc ?

— Ce geste que vous venez de faire à l'instant. La plupart des femmes japonaises ne haussent pas les épaules lorsqu'elles éprouvent de la confusion. C'est un tic que vous avez intégré naturellement à force de ne lire qu'Agatha Christie et consorts. C'est ce que j'appelle la maladie du mystère en poupée russe.

Il racontait n'importe quoi, songea Kaede.

— Stop ! intervint soudain Iwata alors que son camarade s'apprêtait à perdre tout contrôle. Kaede, je vous avais bien dit que c'était un excentrique.

La jeune femme prit une profonde inspiration. *Calme-toi. Souris.*

— Ce n'est rien, je suis tout aussi excentrique que lui, dit-elle finalement. Mais si vous le permettez, Iwata, j'aimerais dire deux mots à votre petit camarade.

Il y avait des années qu'elle n'avait pas tenu ainsi tête à un homme, *a fortiori* un inconnu qu'elle venait de rencontrer. Rassemblant son courage, elle mit un point d'honneur à regarder Shiki en face.

— La famille Fortescue apparaît dans *Une poignée de seigle*. Renisenb, la fille d'Imhotep, quant à elle, est la protagoniste de *La mort n'est pas une fin*. Vous aussi, vous avez lu Agatha Christie, n'est-ce pas ?

— Dis donc, Kaede…

Depuis qu'ils avaient mis le vin à décanter dans une carafe, Iwata se montrait plus familier avec sa collègue, mais elle avait décidé de l'ignorer.

— Tu trouves pas que c'est un drôle de type ? Du temps où on jouait au baseball, il finissait systématiquement par tenir le rôle d'arbitre, de surveillant ou de remplaçant. Puis, quand l'occasion s'est présentée, il a rejoint une obscure troupe de théâtre… J'ai jamais trop bien compris pourquoi.

Un comédien ? Ça, Kaede pouvait le comprendre.

— Il a toujours eu une curieuse vision du monde. Comment dire…

Shiki esquissa un sourire enfantin.

— Vous savez, Kaede, j'ai toujours vu les événements qui surviennent dans l'univers comme des histoires à raconter.

Ça alors. La jeune femme eut comme une impression de déjà-vu. Une sensation familière, bien qu'irritante.

— Un célèbre acteur japonais me l'a dit avant de mourir : « Les choses ne se produisent jamais sans raison. » Voici comme je l'interprète : « Chaque événement est une histoire en quête d'un *happy end.* » Si bien que j'ai résolu d'employer ma vie, aussi superficielle soit-elle, à faire irruption dans un maximum d'histoires à la fin heureuse.

Shiki dégagea une nouvelle fois son front dissimulé derrière sa longue chevelure. Cette fois, pourtant, son geste n'avait plus rien d'étrange ni de déplaisant.

Les pâtes à la bolognaise arrivèrent. Iwata se frotta les mains d'un air gourmand.

— C'est la spécialité de la maison ! Ça ne vous rappelle pas ce manga, *Cooking Papa* ? J'ai tous les volumes chez moi.

— Vraiment ? s'esclaffa Kaede.

Même Shiki se fendit d'un petit sourire.

Les cappuccinos leur furent servis à point nommé pour raviver leurs esprits après de délicieuses côtelettes à la milanaise. Même Iwata, pourtant peu résistant face à l'alcool, semblait plutôt alerte.

— Et si nous en venions à l'affaire ? proposa Shiki.

Le meurtre survenu dans l'izakaya... En temps normal, il aurait dû faire la une, mais, peut-être parce qu'il avait eu lieu en même temps qu'un match de la Coupe du monde de football que le Japon disputait à domicile, il avait été traité comme un banal fait divers par la presse et n'avait trouvé que peu d'écho sur internet.

— Si ça n'a pas fait beaucoup de bruit, c'est tout simplement parce qu'il ne s'est écoulé que vingt-quatre heures depuis, non ?

Shiki se souleva de son siège pour approcher son visage de ses interlocuteurs.

— Pour une raison quelconque, la police n'a pas encore émis de communiqué détaillé.

Le couple qui dînait à la table voisine était déjà reparti, les laissant seuls clients du restaurant. Shiki baissa néanmoins la voix, comme s'il craignait d'être entendu par le personnel en cuisine.

— Mais c'est bien un meurtre, aucun doute là-dessus. Quant à la raison pour laquelle je vous en parle, il faut que vous sachiez... C'est parce qu'un de mes amis est mêlé à l'affaire.

— Vous voyez, Kaede ?

Depuis qu'il avait bu son cappuccino, Iwata avait repris un ton plus formel. Il était du genre à avoir besoin d'alcool pour oser flirter ? Un tel comportement n'était pas détestable en soi, mais…

— Vous étiez présente quand Shiki m'a demandé conseil. Je me suis alors rappelé que vous étiez une fan de roman policier… Voilà pourquoi je vous ai invitée.

Shiki envoya sur leurs smartphones un plan de l'izakaya réalisé grâce à une appli de modélisation.

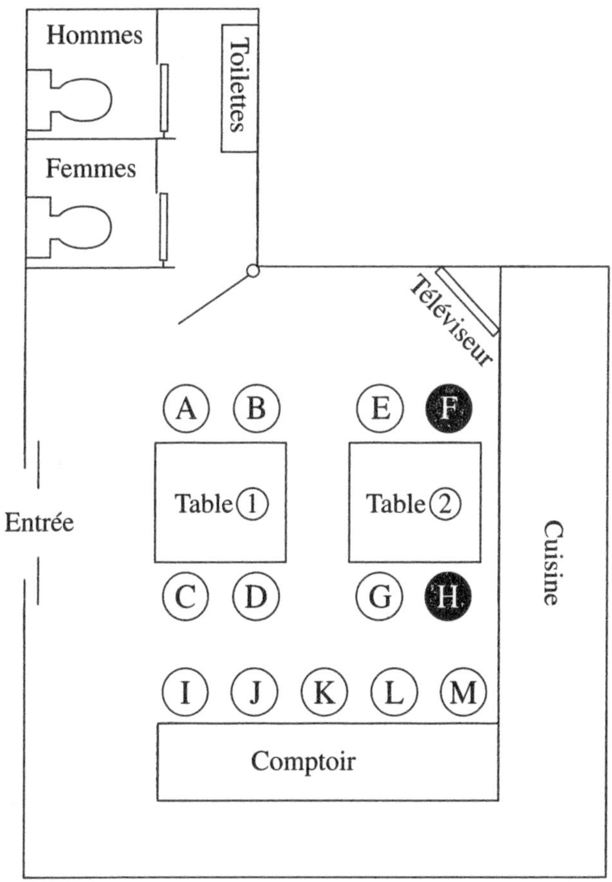

— Commencez par regarder ceci. La disposition chez Haruno est simple. Comme ici, c'est un petit établissement cosy, où il n'y a que deux tables, plus quelques sièges au comptoir pour les habitués.

— Oui, je n'y suis allée que deux ou trois fois, mais c'est aussi le souvenir que j'en ai, confirma Kaede en inspectant le plan.

Située à quelques minutes à pied de l'avenue Meguro, qui traversait le nord de Himon'ya, c'était une izakaya sans prétention, gérée par une quadragénaire enjouée vêtue d'un jean élimé, et où les prix étaient aussi abordables que l'ambiance était détendue. Kaede se remémora distraitement son succulent ragoût, ses hors-d'œuvre généreux et le sourire éclatant de sa patronne au tablier immaculé.

— C'est ni trop grand ni trop petit comme endroit. Et ils proposent une belle sélection de liqueurs locales, fit valoir Iwata.

Monsieur joue les connaisseurs, alors que la dernière fois, il a roulé sous la table avant même de toucher à un verre de saké, songea Kaede. Elle se tourna vers Shiki.

— Je suppose que ces lettres représentent les clients ?

— Tout juste. À la table de gauche, située à l'ouest et qui porte le numéro 1, il y avait un groupe de quatre – deux hommes et deux femmes, sans doute des collègues venus prendre un verre après le travail –, représenté par les lettres A à D. Côté est, à la 2, il y avait notre troupe de théâtre : quatre hommes, moi compris, qui occupions les sièges E à H. Enfin, je me souviens qu'il n'y avait que des hommes au comptoir. Bref, la salle était remplie, et comme la patronne fait tout toute seule, elle devait être très occupée. Tout est clair jusqu'ici ?

Kaede et Iwata acquiescèrent de concert.

— Le siège F était occupé par nul autre que moi. Dans mon dos, le téléviseur retransmettait le match, que la plupart des clients suivaient d'un œil tout en trinquant, ce qui veut dire que la patronne a pu profiter d'un moment de répit pour reprendre son souffle.

— Je vois, dit Kaede. L'izakaya s'était donc transformée en bar sportif le temps du match ?

— Exactement. Pour être honnête, je ne m'intéresse pas au football, si bien que j'étais un peu lassé de tous ces cris chaque fois que le Japon avait le ballon. Après tout, les joueurs ne pouvaient pas les entendre ! Et comme j'ai l'esprit de contradiction, intérieurement, je soutenais leur adversaire, l'Arabie saoudite.

— Pas besoin d'être sur place pour que les cris des supporters se transmettent aux joueurs sur le terrain, protesta Iwata d'un air contrarié. Mieux, ils donnent de la force à l'équipe.

— Hmm… Tu crois vraiment que les encouragements des clients en train de savourer des aiguillettes de saumon dans une gargote portent jusqu'au stade ? Si c'était le cas, le Japon aurait déjà remporté les dix dernières Coupes du monde.

— Dis donc, toi ! s'emporta Iwata. Comment oses-tu, alors que tu faisais partie de l'équipe de baseball ? Et en tant que comédien, tu devrais pouvoir faire preuve d'empathie avec toutes sortes de gens, non ? Parfois, on a envie de jouer les supporters, même si on ne peut pas se rendre au stade… Ça fait partie des *happy ends* dont tu parlais tout à l'heure.

Il n'avait pas tort. Le silence plana un instant, déplaisant.

Soudain, Shiki redressa l'échine et inclina la tête en signe de repentance.

— Peut-être suis-je devenu quelque peu insensible, à force de côtoyer le reste de la troupe. Je vous prie de m'excuser. L'addition est pour moi.

— Mais non, voyons, s'empressa de protester Iwata, visiblement gêné. En tant qu'aîné, je ne peux pas te laisser payer. Et puis, moi aussi, je suis allé trop loin. Je t'en prie, rassieds-toi.

Kaede éprouva une pointe d'envie face à la relation qu'ils semblaient partager. Elle-même n'avait appartenu à aucun club durant sa scolarité.

— Revenons à nos moutons. J'ai regardé les informations sportives afin de vérifier l'heure des faits, poursuivit Shiki. C'était aux alentours de 21 h 50, alors que la seconde période venait de commencer, avec un score de trois partout. À partir de là, le Japon a enchaîné les actions : un tir médian qui a fusé par-dessus la défense adverse, un direct envoyé depuis le corner, puis un coup franc obtenu à la faveur d'une faute adverse et parfaitement placé. Hélas, aucune de ces actions ne s'est concrétisée par un but, puisque le ballon a été intercepté par le gardien ou a frappé la transversale, mais la tension était à son comble et la salle s'était levée comme un seul homme.

— Oui, c'était dix minutes de folie. Même toi, tu devais être debout !

— Non, pour ma part, je dégustais des fruits secs, tranquillement assis sur mon siège.

— Tu te fiches de moi ?

— « Le Japon enchaîne les actions ! L'horloge vient de sonner 22 heures, mais pas une personne dans le stade ne décolle de son siège ! » À peine le commentateur avait-il lâché ces mots que l'équipe adverse a enfin pris le contrôle de la balle. Dans la salle, l'ambiance s'est un peu détendue, sans doute parce que tout le monde commençait à fatiguer. C'est alors que l'homme qui était assis en face de moi – c'est un habitué de l'izakaya, mais pour l'instant, je me contenterai de l'appeler H – est allé aux toilettes, dont il est revenu trois minutes plus tard. C'est très important, je vais donc vous rejouer la scène. Écoutez-moi bien.

L'expression de Shiki se fit plus grave.

— Attendez un instant. Je vais vous enregistrer, si vous êtes d'accord.

Après avoir reçu le consentement du jeune homme, Kaede mit son smartphone en mode dictaphone. Son petit doigt lui disait qu'elle ne pourrait résoudre l'affaire sans l'aide de grand-père.

— Prête ? J'y vais.

Endossant le rôle de comédien, Shiki se lança dans une « reconstitution ».

— De retour des toilettes, H s'est allumé une cigarette. « Les toilettes sont libres ? » lui a demandé F – autrement dit moi –, assis en face de lui. « Oui, c'est bon… tu peux y aller », a répondu H. F s'est levé pour rejoindre les toilettes des hommes, au fond, mais la porte ne s'ouvrait pas, et pour cause : elle était verrouillée de l'intérieur. F a frappé à la porte. Pas de réponse. Regardant par terre, F a laissé échapper un cri. Pourquoi F – autrement dit moi – a-t-il eu cette réaction ? Parce que sous la porte des toilettes s'écoulait un liquide rouge semblable à du sang. « Qu'est-ce qu'il se passe ? Tout va bien ? » a-t-il lancé. Toujours pas de réponse. Grimpant sur le lavabo, F a regardé par-dessus la porte du cabinet. Sur la cuvette était assis un homme d'âge moyen, au crâne rasé et orné de tatouages et aux oreilles percées, le buste affalé en avant, un couteau planté dans le dos. Le sol était couvert de sang, tout comme le blouson de baseball en satin brodé de l'homme, parfaitement immobile. C'est là que moi, F, j'ai compris. (Cet homme est déjà mort. Il vient d'être assassiné, ici même...) Coupez.

Kaede porta la main à sa bouche, muette d'effroi. Jamais elle n'aurait cru que c'était Shiki lui-même qui avait découvert le corps. Pire, à entendre la description qu'il venait d'en faire, il ne pouvait s'agir que d'un homicide.

Les bras croisés, Iwata gardait le silence lui aussi, visiblement interdit.

— Et ensuite ? demanda-t-il finalement. Je suppose que tu as tout de suite appelé la police ?

— Bien sûr. J'ai d'abord contourné le comptoir, en prenant soin de ne pas attirer l'attention, pour aller dans la cuisine, où j'ai trouvé la patronne accoudée au plan de travail, le menton dans la main, en train de rédiger une carte des entrées ou que sais-je... Dès qu'elle a vu l'état dans lequel je me trouvais, elle a lâché son feutre et déchiré son papier. Peut-être le choc de me voir aussi paniqué avait-il fait glisser sa main ? Sur mon insistance, elle a appelé la police, mais sa voix tremblait, comme sous l'effet de la stupéfaction. À peine avait-elle raccroché qu'elle s'est effondrée sur place.

— Quelle tragédie, murmura Kaede.

Elle n'avait aucun mal à visualiser la scène, elle qui connaissait bien le caractère enjoué de la restauratrice.

— Trois voitures de patrouille sont arrivées. La zone a été temporairement bouclée et l'enquête immédiatement ouverte. Je pense que la suite est capitale, elle aussi, alors écoutez-moi bien.

Kaede et Iwata se penchèrent en avant, tout ouïe.

« Policier en civil : Avant la découverte du corps et l'agitation qui s'est ensuivie, avez-vous vu quelqu'un se rendre aux toilettes ?

Déposition de la table 1, dont les clients pouvaient voir les allées et venues aux toilettes.

Client C : C'est-à-dire que jusque vers 9 h 30, tout le monde y est allé plusieurs fois… Après ça, je ne me souviens plus très bien. Je me rappelle juste qu'un des clients de la table voisine s'y est rendu autour de 22 heures, juste après les trois actions de l'équipe du Japon.

Par "un des clients de la table voisine", il voulait bien entendu dire H.

Cliente D : Moi non plus, je n'ai rien vu. Mais puisque je regardais le match à la télé, si quelqu'un était passé, je l'aurais remarqué.

Les clients assis au comptoir ont témoigné à leur tour.

"Personne n'est allé aux toilettes entre 21 heures et 22 heures."

"Oui… Pour être honnête, je n'ai pas vraiment fait attention. Tout le monde était assis."

"Et puis, il y avait égalité, trois partout ! On avait les yeux rivés à l'écran."

Les témoignages des clients de la table 2 ont corroboré ces observations.

En d'autres termes, hormis F, c'est-à-dire moi, qui ai découvert le corps à 22 heures, la dernière personne à s'être rendue aux toilettes était H, juste avant. Mais ce n'est pas le seul problème… »

Oubliant un instant son rôle d'acteur, Shiki laissa transparaître une expression douloureuse dans son regard.

— H a refusé de témoigner, invoquant son droit à garder le silence. Pour cette raison, la police l'a interpellé. Coupez.

Jamais je n'aurais cru que le camarade de Shiki avait été interpellé…

Kaede rompit le silence qui s'était de nouveau installé.

— Avez-vous découvert l'identité de la victime ? Si j'ai bien suivi votre récit, il ne s'agissait pas d'un client.

— Non, il semblerait que le mystère demeure. Même la patronne ne l'avait jamais vu, et j'ai entendu l'inspecteur dire qu'il n'avait pas ses papiers sur lui.

— Je me demande à qui appartenait l'arme du crime…

— Ah, ce point a été élucidé tout de suite, répondit Shiki. Là encore, j'ai saisi une conversation entre les enquêteurs. La victime portait à la ceinture un étui en cuir destiné à recueillir un couteau papillon.

Iwata se passa la main dans les cheveux.

— Autrement dit, l'assassin aurait pris le couteau de la victime pour la poignarder avec.

— Exactement.

— Dans ce cas, c'est clair comme de l'eau de roche ! Désolé de le dire, Shiki, mais H a dû le tuer de façon compulsive, pour une raison ou une autre, non ? Trois minutes, c'est amplement suffisant pour commettre un tel crime. Et son choix de garder le silence ne le rend que plus suspect. Ce n'est pas un type bien.

— Au contraire, H est un homme d'une bonté rare. Au point que ça lui nuise sur les planches.

— Que veux-tu dire ?

Shiki regarda son aîné droit dans les yeux.

— Pour un comédien, il ne fait pas bon être un « trop brave type ». H, lui, n'est pas ambitieux au point d'écraser les autres et de leur prendre des rôles. Je ne peux vous garantir qu'une chose : c'est quelqu'un de bien. Il est incapable de tuer qui que ce soit. C'est un homme admirable, sérieux, gentil, avec la justice chevillée au corps. En ce sens, il te ressemble un peu.

— Arrête ton char ! marmonna Iwata, sans réussir à dissimuler un sourire de plaisir. Tu me trouves vraiment si admirable ?

— Non, je faisais référence au fait de pouvoir seulement vous garantir sa bonté.

— Dis donc…

— Excuse-moi.

— Ça ira pour cette fois.

— Si H était vraiment le coupable, il aurait tout fait pour m'empêcher d'aller aux toilettes, tu ne crois pas ?

— Certes. Mais alors, pourquoi s'est-il muré dans le silence ? Non, il y a plus important… (Iwata se passa une nouvelle fois la main dans les cheveux.) Qui a tué cet homme tatoué, où, et comment ?

— Le mystère reste entier… Remettons de l'ordre dans la chronologie des événements, suggéra Shiki. Personne n'est plus allé aux toilettes à partir de 21 heures. À 22 heures pile, H s'est levé pour s'y rendre. Il s'est absenté trois minutes. Lorsque, à son retour, je lui ai demandé si elles étaient libres, *il m'a affirmé que oui*. J'y suis allé aussitôt… mais pour une raison quelconque, la porte était verrouillée de l'intérieur. J'ai eu beau frapper et appeler, personne ne m'a répondu. Et lorsque, paniqué, j'ai grimpé sur le lavabo pour regarder par-dessus la porte, j'y ai clairement vu un cadavre poignardé dans le dos. Voilà.

— Les toilettes n'ont pas de fenêtres ? s'enquit Iwata. Quelqu'un aurait-il pu s'y introduire en douce ?

— Non, comme tu peux le voir sur le plan.

— Dans ce cas, le nœud du problème, c'est…

— Comme tu le disais tout à l'heure, qui a tué cet homme tatoué, où et comment ? À quoi vient s'en ajouter un autre : où est passé le meurtrier ?

Le silence s'installa de nouveau. Cette fois, ce fut le hibou sur le mur qui vint le déchirer d'un hululement. Kaede, qui jusque-là avait écouté les deux hommes discourir sans intervenir, prit la parole.

— Nous voilà face à une énigme exceptionnellement retorse. C'est pour cette raison que vous nous avez demandé conseil, n'est-ce pas, Shiki ?

Le jeune homme haussa les épaules.

Ah ah ! Lui aussi était donc capable d'un tel geste.

— Vous voulez bien attendre jusqu'à demain, Shiki ? Il se pourrait que j'aie quelque chose d'utile à vous dire.

Le lendemain était un jour de congé. Ce serait l'occasion d'aller voir grand-père.

Kaede mit fin à l'enregistrement.

3

La pluie cessa au moment précis où Kaede arrivait chez grand-père. Quelque chose lui disait que son aïeul allait bien, aujourd'hui. Alors qu'elle traversait le jardin parsemé de feuilles mortes qui miroitaient, encore humides, elle entendit des voix depuis la maison.

— A, é, i, ou… é, o, a, o…

— A, é, i, ou… é, o, a, o…

Visiblement, c'était le jour de la rééducation orthophonique. À l'heure actuelle, il était rare de n'avoir qu'une seule aide à domicile – on préférait mettre en place toute une équipe de spécialistes afin de couvrir différents domaines. L'orthophoniste se chargeait de tout ce qui concernait l'expression orale, l'écoute, mais aussi la déglutition. Il s'agissait d'une spécialité relativement nouvelle dans la rééducation.

Kaede frappa à la porte.

— Entrez ! lui répondit une voix claire et aimable avant de s'adresser au patient. Votre petite-fille est arrivée. Je suis heureux de vous voir en bonne santé, « monsieur Himon'ya ».

Grand amateur de rakugo, grand-père avait toujours aimé se faire appeler par le nom de son voisinage, à l'instar des plus illustres conteurs, associés à leur quartier d'origine.

Lorsqu'elle entra dans l'étude, non sans s'être inclinée d'abord, Kaede trouva un homme d'âge mûr à la silhouette mince et au crâne impeccablement rasé en train de masser la gorge de grand-père de ses mains gantées de caoutchouc. Il devait mesurer environ un mètre soixante, comme Kaede – voire un peu moins, peut-être.

— Certaines personnes âgées ont la gorge qui bâille, comme chez les chameaux, vous savez ? C'est le signe d'une fonte musculaire, ce qui entraîne naturellement une détérioration des capacités de déglutition. Mais si on masse la zone quotidiennement, on observe une grande différence.

— Ah, ça fait du bien ! déclara grand-père. Merci pour tout.

— Vous avez vraiment une chevelure magnifique, monsieur Himon'ya. Je vous envie !

L'homme inclina le chef pour exhiber son scalp lisse et luisant. Grand-père et petite-fille s'esclaffèrent en chœur.

— Mais aussi splendide que soit votre crinière, monsieur Himon'ya, vous ne pourrez jamais rivaliser avec ma fille ! Ses cheveux sont bien plus longs et soyeux. Bien plus lustrés, aussi.

— Quoi de plus normal ? Tu ne vas quand même pas comparer ta fille à un vieillard comme moi ! gloussa grand-père. Il faut toujours que tu dises de telles bêtises… Voilà pourquoi je n'ai pas d'autre choix que de t'appeler « Papa Gaga » !

Grand-père adorait donner des petits noms affectueux aux membres de son entourage. « Papa Gaga » semblait aller comme un gant à son orthophoniste. On se serait cru dans un salon de coiffure, à l'heure des ragots…

Kaede prenait plaisir à écouter la conversation entre les deux hommes. Leurs échanges rapides et enjoués lui rappelaient un célèbre essai qu'Edogawa Ranpo avait consacré à Carr.

— Mon grand-père ne vous embête pas trop avec ses histoires à dormir debout ?

— Pas du tout, répondit Papa Gaga en agitant les mains le plus sincèrement du monde. Au contraire, j'admire son érudition.

Son philtrum bombé lui donnait une allure de singe.

— Si je devais me risquer à une métaphore sportive, je le comparerais à un champion de décathlon moderne. Comme il s'y connaît dans toutes sortes de domaines, il me suffit de l'écouter pour apprendre plein de choses. J'aurais presque envie de le payer pour ses conférences.

La remarque semblait sincère. Une lueur de curiosité brillait dans ses yeux plissés par la jovialité.

— Oh, le décathlon ? Quelle comparaison intéressante ! déclara grand-père avec un sourire de guingois. Dans ce cas, j'ai une question pour toi, Papa Gaga : peux-tu m'énumérer toutes les disciplines composant le décathlon moderne ?

— Là, vous m'avez eu, désolé.

L'homme frotta son crâne lisse avec un sourire forcé.

— Vous voyez, mademoiselle Kaede, il faut toujours que je me laisse prendre !

— Dans ce cas, laisse-moi répondre à ta place. Il y a d'abord le cent mètres. Puis viennent le saut en longueur et le lancer de poids…

— Ça va, ça va ! Vous avez encore gagné, monsieur Himon'ya, l'interrompit l'orthophoniste à la manière d'un comique.

Kaede ne put retenir un rire devant ce timing parfait.

Dans le jardin, un grillon se mit à striduler, comme pour sonner la fin du traitement. Grand-père tirait une grande fierté de la présence de ce petit locataire, dont les congénères se faisaient rares dans le voisinage.

— Bien, je ne vais pas tarder à rentrer..., annonça Papa Gaga.

Grand-père lui adressa un petit signe de la main avant d'ajouter, comme pour retenir son attention :

— Au fait, as-tu réussi à enregistrer le chant de ces grillons, l'autre jour ?

— Clair et net. Ma fille était très heureuse de pouvoir l'écouter.

— Ravi de l'entendre. Il n'est vraiment pas courant de voir trois spécimens striduler sur la même feuille.

— Ça valait le coup d'acheter cet enregistreur haut de gamme. Cela m'a fait beaucoup de bien.

— N'est-ce pas ? « L'insecte, c'est le grillon », disait Sei Shônagon[1]. Elle fut la première à louer son chant.

— Ah, désolé, ce n'était pas ce que je voulais dire, rectifia Papa Gaga en tordant le cou avec exagération. C'est le sourire de ma fille écoutant le chant du grillon que j'ai trouvé apaisant.

— Ha, ha, ha. Cette fois, c'est toi qui gagnes.

— Allez, bonne journée, mademoiselle Kaede.

L'homme s'inclina plusieurs fois avant de sortir de l'étude.

Tu en as, de la chance, grand-père.

La jeune femme était reconnaissante à l'orthophoniste, non seulement pour son soutien thérapeutique, mais aussi pour ces moments de joie partagée. Au moment d'élaborer l'emploi du temps des soins, la *care*

1. Femme de lettres et dame de cour ayant vécu au Xe siècle.

manager avait insisté sur le fait que le traitement était un travail collectif impliquant aussi la famille – et que le sourire faisait partie de la méthodologie. Après avoir remercié mentalement toute l'équipe de soignants, Kaede se tourna vers grand-père pour lui présenter l'affaire.

L'audition de grand-père demeurait intacte, pour sa plus grande fierté.

— Haruno…, murmura-t-il, le regard perdu au loin, après avoir écouté l'enregistrement. Depuis que j'éprouve des difficultés à marcher, je n'y suis plus retourné. Leur ragoût est le meilleur, tu le sais. La sauce et le bouillon sont assaisonnés à la perfection… Je n'en reviens pas qu'elle puisse produire un goût pareil alors qu'elle fait tout toute seule.

Il prit une gorgée de café de sa tasse préférée, vert olive. Kaede elle-même avait l'impression de n'avoir rien bu d'autre depuis la veille au soir. Elle avait entendu dire que ce breuvage était bon pour la santé des patients atteints de DCL. Malgré tout, grand-père en buvait trop.

— Quand j'y allais, la patronne ne manquait jamais de me demander : « Jusqu'à quelle heure comptez-vous rester aujourd'hui, monsieur Himon'ya ? » Après que je lui avais répondu, elle glissait à mon oreille : « Dans ce cas, on n'aura le temps que pour deux problèmes. Une bouteille de saké, ça vous va ? » Puis, lorsque les clients s'étaient faits moins nombreux, elle étalait sur le comptoir des manuels de mathématiques ou d'anglais. Jeune, elle avait dû interrompre ses études pour quelque raison, alors, elle étudiait toute seule afin de passer les épreuves d'équivalence au baccalauréat. Tous les élèves ont le même sourire lorsqu'ils comprennent enfin la solution, qu'ils soient enfants ou adultes. Moi aussi, cela me rendait heureux, tu comprends ? Alors, je finissais toujours par lui expliquer cinq ou six problèmes… Je restais souvent jusqu'à la fermeture.

— Elle a réussi les examens ?

— Bien sûr ! Tu as déjà oublié qui elle a eu comme tuteur ?

Grand-père avait beau afficher une mine espiègle, il y avait comme une pointe de désolation dans sa voix.

— C'est un bon restaurant où se détendre… Je me souviens bien de ce H, un jeune habitué au visage rectangulaire. « Je n'ai besoin de rien », disait-il d'une voix douce lorsque l'endroit était plein. Je sais qu'il voyait en la patronne le souvenir de sa mère défunte. Sans doute était-il trop naïf pour en avoir conscience lui-même, mais je sais qu'il la regardait également comme une femme.

— Je vois.

— Bien, dit grand-père comme pour reprendre ses esprits avant d'en venir au cœur du sujet. Pour commencer, partons du principe que Shiki n'est pas complice du meurtre.

— Oui, autrement, il nous serait impossible d'élaborer une histoire.

— En effet. Il faut d'abord se concentrer sur l'énigme principale de l'affaire. Alors, un autre mystère, plus vaste, nous apparaîtra. Appelons-la l'« énigme du menu ».

— Pardon ? demanda Kaede, perplexe. De quoi s'agit-il ?

— Après avoir trouvé le corps dans les toilettes, Shiki est aussitôt allé prévenir la patronne dans la cuisine. Il l'a trouvée « accoudée au plan de travail, le menton dans la main, en train de rédiger une carte des entrées », mais lorsqu'elle a remarqué sa présence, elle a « lâché son marqueur et déchiré son papier ». Pourquoi, au juste ?

— Comme le disait Shiki, est-ce qu'elle n'aurait pas tout simplement fait une rature sous le coup de la panique ? Est-ce si important, comme détail ?

— C'est capital. (Grand-père déposa sa tasse sur la table.) S'il s'agissait d'une simple rature, pourquoi déchirer le papier ? Mais revenons-en au récit de Shiki. Déchirer un menu, c'est un geste qui ne ressemble pas du tout à cette patronne. Pourquoi se serait-elle donné ce mal ? À moins qu'elle n'y ait été obligée ? Voilà ce que j'appelle l'« énigme du menu ». Ce n'est qu'une fois ce mystère résolu que la véritable histoire se révélera à nous.

À la réflexion, il n'avait pas tort. Kaede n'avait visité le restaurant que deux ou trois fois, mais la patronne ne lui avait pas semblé du genre à déchirer un menu pour une rature. Mais… et si elle l'avait fait ?

D'un geste, grand-père l'invita à laisser temporairement cette énigme de côté.

— Normalement, ce serait le moment où je te demande de tisser ton histoire, Kaede, mais avant cela, il me semble plus juste de te raconter mon expérience en tant que client régulier de cet établissement.

Une ombre complexe passa sur les traits du vieil homme.

— Pour tout te dire, j'ai ma petite idée quant à l'identité de cet « homme tatoué ».

— Hein ?

— Il s'agit d'un individu au tempérament violent, dont la présence n'a cessé de jeter une ombre sur la vie de la patronne depuis le lycée… « Mon ex était un sale type », grommelait-elle souvent d'un air entendu, et il m'est même arrivé de voir un homme tatoué posté devant l'entrée du restaurant.

— Vraiment ?

— Ce devait être il y a un an, environ, par une nuit glaciale, battue par le vent, à ne pas mettre le nez dehors. Comme d'habitude, j'étais dans l'izakaya, en train d'aider la patronne à réviser… à ceci près que cette fois, elle était complètement ivre. « Allez, m'sieur Himon'ya, laissons tomber les révisions ! C'est ma tournée. Vous ne voulez pas que je vous raconte l'histoire de ce type qui est apparu l'autre jour devant la porte ? » m'a-t-elle dit, accoudée au comptoir, le menton dans la main.

Le menton dans la main…

Shiki disait l'avoir trouvée dans une attitude similaire lorsqu'il avait fait irruption dans la cuisine. Une pose charmante, qui seyait bien à cette femme, songea Kaede.

— J'ai tout de suite compris qu'il avait dû se passer quelque chose entre eux. « Il est donc sorti… », a-t-elle dit. Avant de se mettre à sangloter.

— Sorti… d'où ?

— De prison, répondit simplement grand-père. Une vingtaine d'années plus tôt, une affaire avait fait grand bruit. Un couple composé d'un homme tatoué et d'une lycéenne s'était livré à une série de cambriolages à travers l'archipel. Une de leurs victimes avait été tuée quand elle avait tenté de résister, si bien que c'était devenu une grosse affaire. Le vrai coupable était l'homme, bien sûr, de douze ans son aîné, tandis que la jeune fille se contentait de l'accompagner et d'obéir à ses ordres. Petite et agile, elle avait pour rôle de s'introduire par des fenêtres difficiles d'accès et de garantir un chemin de fuite, mais la société ne le voyait pas de cet œil. Ils avaient vite gagné la réputation d'un couple exceptionnellement maléfique, surnommé les « Bonnie et Clyde japonais ».

Bonnie et Clyde…

Kaede avait entendu parler du duo à l'origine de ce surnom : Bonnie Parker et Clyde Barrow, le couple qui avait braqué plusieurs banques des Midlands dans les États-Unis des années trente, et dont la cavale avait inspiré un classique du Nouvel Hollywood.

— Je vois. Je suppose que la lycéenne en question n'était autre que la patronne quand elle était plus jeune ?

— Tout juste, confirma grand-père, le front plissé. Ils ont fini par être arrêtés tout au nord du pays. L'homme fut envoyé en prison, et la lycéenne – notre future restauratrice – dans un centre de détention pour mineures. Cette partie de l'histoire, je l'ai apprise par les informations, comme tout le monde.

— OK.

— Bien des années plus tard, lorsque j'ai vu cet homme tatoué apparaître devant l'izakaya, je l'ai tout de suite reconnu comme le « Clyde japonais ». Partant de là, il était évident que la patronne soit sa « Bonnie ». Voilà que, après un long séjour en prison, Clyde réapparaissait lâchement devant elle.

— Oh non…

— Certes, l'alcool l'a peut-être aidée, mais je pense qu'elle avait toujours eu l'intention de me confier toute l'histoire. Spontanément, elle s'est mise à me raconter sa vie après son arrestation. Elle avait grandi dans une famille pauvre, et ce n'est qu'au centre de détention qu'elle avait pris l'habitude de manger trois repas par jour. Une fois sortie, mue par le souvenir des aliments savoureux qu'elle y avait mangés, elle avait pris une décision ferme : à l'avenir, elle ouvrirait son propre restaurant.

Kaede sentit son cœur se serrer. Si l'« aventure », pour elle, avait été de devenir institutrice, cette femme s'était raccrochée toute sa vie à son projet : ouvrir un restaurant pour y servir sa propre cuisine.

— Pour elle, cette arrestation était comme un don du ciel, qui lui avait enfin permis de couper son lien avec cet homme et de démarrer une nouvelle vie. Hélas, voilà que Clyde avait retrouvé sa trace. Avec à la bouche cette seule menace : « Tu ne voudrais pas que ton passé s'ébruite ? Il ne tiendrait qu'à moi que ton affaire s'effondre. » En tant que restauratrice, elle n'avait eu d'autre choix que d'accéder à sa demande, le cœur lourd. Je lui ai conseillé de ne surtout plus se laisser intimider, et de me prévenir immédiatement si cet individu remettait les pieds chez elle.

Grand-père jeta un regard furtif à la canne adossée contre la table. Quand bien même la patronne l'aurait contacté, il n'était plus en état de se rendre jusqu'au restaurant. Et ce, même en utilisant sa canne…

Kaede revint au sujet principal, comme si de rien n'était.

— Alors… ce jour est finalement arrivé.

— Voilà. Loin de se repentir, Clyde est revenu la racketter. Il a dû se frotter les mains en voyant la salle pleine. Peut-être même a-t-il ricané en songeant à la somme rondelette qu'il pourrait amasser ce soir-là. Il ne devait pas se douter qu'il vivait là son dernier jour. La police ne tardera pas à découvrir son identité. Sans doute est-ce pour cette raison que l'affaire n'a pas encore été ébruitée, d'ailleurs : anticipant un scandale, les autorités doivent préparer un communiqué à destination des médias.

Les mains jointes, grand-père regarda Kaede droit dans les yeux.

— Bien, je pense que tous les ingrédients de l'affaire sont en place. Je te le demande donc à présent : que s'est-il donc passé ce soir-là ? Quelle histoire vas-tu tisser, Kaede ?

On y est, songea la jeune femme en avalant sa salive.

— Histoire numéro 1 : H est l'assassin, commença-t-elle. Il a tué l'homme tatoué dans les toilettes après que celui-ci lui a cherché des noises. Ayant verrouillé la porte de l'intérieur, il a utilisé le porte-serviette et le verrou comme marchepied afin de se hisser au-dessus de la porte, avant de regagner son siège comme si de rien n'était et d'allumer une cigarette. Son insistance à garder le silence semble corroborer cette version.

— Mais il y a une incohérence, fit valoir grand-père en frottant son menton mal rasé. Si H est bien le meurtrier, pourquoi a-t-il répondu par l'affirmative lorsque Shiki lui a demandé si les toilettes étaient libres ? Il aurait eu tout intérêt à retarder le plus possible la découverte du corps. Puisqu'il était le dernier à avoir utilisé les toilettes, il aurait été le premier suspect. Ça ne colle pas avec le fonctionnement de la psychologie humaine.

Il n'avait pas tort. Si H était bien le coupable, ses faits et gestes l'auraient aussitôt dénoncé… Et puis, Kaede avait de la peine à penser qu'un homme que tous décrivaient comme si gentil ait pu se muer en meurtrier.

Elle poussa un soupir, perplexe, avant de reprendre la parole.

— Histoire numéro 2 : H n'est pas le meurtrier. Quelqu'un d'autre a assassiné l'homme tatoué et verrouillé la porte de l'intérieur avant de sortir par le haut des toilettes.

À peine eut-elle fini sa phrase que la jeune femme s'empressa de réfuter elle-même cette théorie.

— Mais c'est impossible. Cette théorie comporte une incohérence encore plus importante que la première.

Grand-père esquissa un sourire ambigu. Que pouvait-il bien penser ?

— Après tout, plus personne n'a utilisé les toilettes des hommes à partir de 21 h 30. Puis, à 22 heures, H y est allé et en est revenu, en affirmant qu'elles étaient libres. Si c'était vrai…

Kaede dut rassembler son courage avant de poursuivre.

— Cela signifierait qu'en l'espace de quelques minutes à peine, la victime se serait soudain matérialisée dans les toilettes alors même que le coupable s'éclipsait. Dans ce cas, nous serions face à un mystère en chambre close, au sens large du terme.

— Exactement.

Grand-père posa le regard sur un coin de l'étude où sa bibliothèque jetait une ombre.

— Oui, le tableau se précise. Le meurtrier n'est autre que la patronne. Je la vois qui met ses affaires en ordre.

— Pardon ?

Elle serait donc en train de préparer son évasion ?

— De tes deux histoires, Kaede, c'est la seconde qui est la bonne, décréta grand-père. Nous sommes bien face à un mystère en chambre close au sens large, pour reprendre ta formulation. Repassons-nous en détail les événements de cette nuit-là…

Son front se plissa de nouveau.

— Jusqu'à 21 h 30, plusieurs clients sont allés aux toilettes. Ensuite, à mesure que le match progressait, tous les regards ont été attirés par la télévision. Puis, vers 21 h 50, alors que la salle résonnait du tumulte des supporters enflammés par l'offensive nippone, Clyde est réapparu, toute honte bue, pour racketter la patronne. Seule la restauratrice, postée derrière le comptoir, a remarqué sa présence. Je ne saurais dire avec certitude s'il lui a fait signe de le rejoindre aux toilettes, ou si c'est elle qui lui a indiqué l'endroit d'un simple regard. Je pencherais plutôt pour la deuxième option, sachant que la patronne redoutait par-dessus tout de faire un esclandre dans son établissement – or, il aurait été beaucoup trop dangereux de faire venir l'intrus dans la cuisine, garnie de couteaux et autres hachoirs aiguisés. Il va de soi que face à un adversaire connu pour des faits de violence domestique, elle ait opté pour les toilettes. Profitant de l'inattention de sa clientèle, elle a quitté discrètement le comptoir pendant que Clyde, lui, longeait le mur pour se glisser par la porte ouverte sur sa droite, sans que personne le remarque. Les deux interlocuteurs se sont retrouvés dans les toilettes des hommes – et c'est là que les choses se sont envenimées. N'écoutant que son courage, la patronne a, pour la première fois, refusé le chantage avec fermeté. Exaspéré par son attitude, Clyde s'est alors jeté sur elle. Sans doute a-t-il même tenté de l'étrangler.

— Alors, elle aurait agi en situation de légitime défense ?

— Clairement, oui. Je reviendrai plus tard sur la raison qui me pousse à l'affirmer.

Grand-père esquissa une grimace contrariée avant de poursuivre.

— L'homme a ensuite sorti son couteau pour la poignarder. Dans l'altercation, la patronne a accidentellement retourné l'arme contre lui.

Une image au contraste aussi éclatant qu'inquiétant se forma dans l'esprit de Kaede : une tache de sang écarlate absorbée par un fond blanc immaculé. Une image qui lui rappelait le souvenir lointain et douloureux d'un incident passé.

— « Que faire ? Je n'avais pas l'intention de le poignarder… » Paniquée, la patronne a dû tenter de le secourir, mais pour Clyde, il était déjà trop tard. Elle s'est désespérément creusé la tête. C'est une personne sérieuse, dotée d'un bon caractère. Naturellement, elle aura d'abord songé à se rendre. Mais alors, qu'adviendrait-il de son établissement ? Même si l'on prouvait la légitime défense, sa réputation en serait irrémédiablement entachée. Après avoir monté son restaurant seule, au prix de tant d'efforts et de dettes, elle serait contrainte de mettre la clé sous la porte si l'on apprenait qu'elle était la « Bonnie japonaise ». Et puis, qui irait dans un restaurant où quelqu'un était mort ? Il lui fallait éviter à tout prix que l'incident ne s'ébruite. Elle devait s'assurer qu'on ne trouve jamais le corps de Clyde. On peut imaginer sans peine que, dans la panique, elle se soit persuadée qu'elle pourrait dissimuler le cadavre ne serait-ce qu'une nuit – du moins jusqu'à ce que le match se termine et que les clients s'en aillent. Mais, sur les coups de 22 heures, alors qu'elle s'apprêtait à regagner sa cuisine, un habitué, H, est venu se soulager. Elle s'est donc enfermée dans le cabinet des hommes et s'est adressée à lui à travers la porte : « Excusez-moi, comme les toilettes des femmes étaient occupées, je me suis permis d'utiliser ce côté. J'en ai pour un instant. » À peine

H s'était-il éloigné qu'elle a glissé le portefeuille et les autres possessions de Clyde dans la poche de son tablier avant de ressortir par le haut des toilettes des hommes.

— Hein ? laissa échapper Kaede, estomaquée. Elle aurait réussi à se glisser par cet interstice ? Hmm... Tu la crois vraiment capable d'un tel exploit ?

Grand-père porta l'index à sa tempe d'un air malicieux.

— N'oublie pas que c'était sa spécialité du temps où elle trempait dans le crime. Elle était connue pour son agilité exceptionnelle, qui lui permettait de se glisser par des fenêtres hors de portée. De plus, elle arbore toujours un jean élimé... elle n'aura donc eu aucun mal à s'extirper de ces toilettes. Quand on parle de la patronne d'une izakaya traditionnelle, les gens s'imaginent généralement une femme vêtue de la traditionnelle blouse *kappogi* ou d'un kimono, mais aucune règle n'interdit de servir dans ce genre d'établissement en étant vêtu à l'occidentale.

En effet. N'était-ce pas justement l'ambiance accueillante du lieu, renforcée par l'allure décontractée de sa patronne, qui avait poussé Kaede à y inviter Iwata ? Le même raisonnement s'appliquait aux membres de la troupe de théâtre, à commencer par Shiki. Tous se sentaient les bienvenus dans ce restaurant sans chichi...

— Une fois sortie des toilettes, une idée lui est venue : il lui suffisait d'en interdire l'accès pour dissimuler le corps, au moins jusqu'à la fermeture.

— Je vois. Ça se tient.

— Sauf que H avait tourné les talons pour regagner son siège. En réalité, les toilettes des femmes étaient disponibles, mais il ne l'avait même pas vérifié. Comme la patronne lui avait assuré en avoir pour un instant, l'idée ne l'a pas effleuré d'aller chez les femmes.

— Mais, grand-père…

— Oui, je comprends que tu aies des doutes, acquiesça-t-il. Tu es peut-être gênée à l'idée que la patronne utilise les toilettes des hommes, mais c'est assez fréquent, surtout dans ce genre de cadre. Il serait bien mal élevé de la part d'un homme adulte de se plaindre d'un tel comportement. Et il n'est pas rare, dans les débits de boissons, de voir une pancarte prévenant que le personnel est susceptible d'utiliser les toilettes réservées à la clientèle.

Certes. D'autant que la cuisine de l'izakaya en question ne disposait pas de toilettes. Quoi de plus normal, donc, que la patronne utilise celles de la clientèle ?

— De retour à sa place, H a décidé de fumer une cigarette en attendant – réflexe courant chez nous autres fumeurs. Une décision banale, qui a pourtant suffi à faire de ce meurtre un crime impossible.

Grand-père fixa de nouveau le coin de la pièce.

— Si H n'avait pas été fumeur, il se serait contenté d'attendre devant la porte du couloir que la patronne sorte des toilettes. Auquel cas sa présence aurait attiré l'attention de quelqu'un à la table numéro 1, placée à côté des toilettes, quelle qu'ait été l'agitation qui régnait dans la salle.

— C'est vrai. Et ils n'auraient pas manqué de le signaler lors de l'interrogatoire.

— Mais, *parce qu'il est fumeur*, H est retourné s'asseoir. Et c'est là que F, autrement dit Shiki, lui a demandé si les toilettes étaient libres, et qu'il a eu cette réponse étrange : « Oui, c'est bon… tu peux y aller. » C'est curieux, cette pause, tu ne trouves pas ? La première partie de la réponse semble superflue. Ne valait-il pas mieux se contenter de dire « c'est libre » ? D'ailleurs, pourquoi devrait-il lui donner son aval ?

Il n'avait pas tort… Shiki et H avaient le même âge et jouaient dans la même troupe, après tout.

— En réalité, à cet instant, H venait d'apercevoir – par-dessus l'épaule de Shiki – la patronne qui sortait des toilettes. Voilà pourquoi il a précisé « oui, c'est bon », avant d'ajouter « tu peux y aller », dans le sens, « j'allais y retourner, mais comme je suis en train de fumer, passe le premier ».

— Mais alors…, reprit Kaede, toujours en proie au doute. Pourquoi les témoins ont-ils affirmé que personne n'était allé aux toilettes entre 21 h 30 et 22 heures ?

— Tout simplement parce que ce n'est pas un autre client qui en est sorti, mais la patronne, répondit grand-père du tac au tac. Et parce qu'elle transportait des fournitures.

Une révélation frappa Kaede. Fallait-il y voir un exemple de ce qu'on appelait…

— Une femme invisible ?

— Mettons qu'elle tienne une corbeille à papier, que penserait-on alors ? Elle n'aurait pas l'air de quelqu'un qui vient d'aller au petit coin. On croirait qu'elle vient de réapprovisionner les toilettes.

Mais oui, c'était ça !

— À ce moment-là, la patronne est devenue l'équivalent de l'homme invisible dans la nouvelle de Chesterton. Ah, et il va sans dire que dans cette corbeille, elle avait dissimulé son tablier maculé de sang ainsi que les affaires de Clyde.

Dans le jardin, un grillon se mit à striduler. Voilà qui achevait presque d'élucider les circonstances de l'affaire. Pourtant...

— Je sais que tu n'aimes pas accumuler les suppositions, mais... Est-ce que H et la patronne ne pouvaient pas être de mèche ?

— Impossible. Dans ce cas, pourquoi H aurait-il laissé Shiki aller aux toilettes ? S'ils avaient été de mèche, tous les deux, ils auraient trouvé ensemble un prétexte pour fermer tout de suite le restaurant, ne crois-tu pas ?

— Mais que la patronne ait tout prémédité seule...

— C'est encore plus difficile à imaginer. Jamais elle n'aurait pris le risque de commettre un meurtre dans un restaurant bondé.

— Oui, en effet. Grand-père, tu as forcément raison.

Néanmoins... Oserait-elle le dire à voix haute ?

— À t'entendre, j'ai l'impression que tu as vu la scène.

— C'est vrai, souffla grand-père, les yeux plissés et le regard perdu dans un coin de la pièce. La patronne est en train de se disputer avec Clyde. Ou elle parle à H à travers la porte. Et la voilà qui se trouve contrainte de poignarder Clyde. Tout cela, je le vois. Je n'ai pas de preuve plus tangible. Pour être exact, ce n'est pas tant que j'ai « vu » la scène, mais qu'elle m'est « visible ».

Kaede en resta sans voix.

Voilà qui semblait inédit, comme mode de déduction. Après avoir saisi la personnalité chaleureuse de la patronne et le caractère vicieux de son ex, grand-père se montrait capable d'examiner les informations de façon aussi minutieuse qu'instantanée. Alors, la réalité inéluctable qui en ressortait se présentait devant ses yeux sous la forme d'une hallucination.

Le grillon stridula de plus belle.

— Et si nous revenions enfin à cette fameuse « énigme du menu » ? suggéra le vieil homme.

— As-tu compris pourquoi la patronne avait déchiré le papier sur lequel elle était en train d'écrire ?

— Bien sûr. Comme je te le disais dès le début, c'est la clé de toute l'affaire.

— Existe-t-il une explication rationnelle à son geste ?

— Il y en a bien une. Et c'est cet acte surprenant qui indique, justement, qu'elle est coupable, et qu'elle a agi en état de légitime défense. Kaede, laisse-moi te poser la question à rebours : mets-toi à la place de la patronne qui retourne paniquée dans sa cuisine. Comment t'y prendrais-tu pour interdire l'accès aux toilettes des hommes ?

— Voyons voir…

Kaede prit un instant pour réfléchir.

— Je me dépêcherais de rédiger une affiche disant que les toilettes sont hors service.

— Dans le mille ! répondit grand-père en mimant un pistolet avec ses doigts.

— Hein ? Mais elle était en train de rédiger une carte des entrées…

Kaede s'interrompit, la main sur la bouche.

Hors service.

Hors-d'œuvre.

Pas possible…

— Tu as compris ?

Grand-père dressa l'index.

— La première chose à laquelle la patronne a dû penser après s'être échappée des toilettes verrouillées était de retarder le plus possible la découverte du corps.

Alors, comme tu le disais, elle a décidé de préparer une affiche indiquant que les toilettes étaient hors service. Mais elle était dans un tel état de choc et son cou lui faisait si mal qu'elle n'arrivait pas à écrire aussi vite qu'elle l'aurait voulu. Or – et c'est là le point crucial – elle n'était pas *accoudée au plan de travail, le menton dans la main*. Sans s'en rendre compte, elle massait sa gorge endolorie. C'est ce geste inconscient qui nous indique qu'elle a agi en état de légitime défense.

— Et c'est sur ces entrefaites que Shiki a surgi dans la cuisine…

— Exactement. La patronne avait commis une terrible erreur de calcul. Voyant le sang couler sous la porte des toilettes, Shiki avait découvert le corps et n'avait pu réagir autrement.

— Et c'est là qu'il a vu le mot « hors » écrit sur la feuille…

— Le malentendu n'a rien de surprenant, puisque ça n'a duré qu'un instant. En voyant ce mot, Shiki a dû penser qu'elle avait prévu de mettre au menu de nouvelles entrées. Mais à ce stade, la patronne ne pouvait pas le laisser voir son affiche indiquant que les toilettes étaient hors service – car il aurait aussitôt compris qu'elle était impliquée. Alors, par réflexe, elle a déchiré le papier. C'est compréhensible, quand on y pense, non ? Elle n'avait aucune raison de réfléchir à un nouveau menu ou de se prélasser à son plan de travail, le menton dans la main, alors que l'endroit était plein à craquer.

« Hors service » et « hors-d'œuvre »…

Deux locutions que l'on était susceptible de rencontrer dans une izakaya.

— Rien d'étonnant, non plus, à ce qu'elle ait eu l'air « ébranlée » lorsque Shiki est venu lui annoncer la découverte du corps, ni à ce que sa voix ait « tremblé » lorsqu'elle a appelé la police. Puisque le cadavre avait été trouvé avant même qu'elle ait pu installer son affiche.

— Mais, grand-père, il y a encore une chose que je ne comprends pas...

— Quoi donc ?

— Où sont passés le tablier de la patronne et les effets personnels de la victime ? Il y a bien dû y avoir une perquisition, non ?

L'aïeul esquissa un sourire conspirateur.

— C'est justement ce que j'espérais que tu remarques. Il n'y a qu'un endroit où même la police n'aurait pas pensé à chercher tout de suite : un container de ce fameux bouillon qui fait la réputation de son ragoût.

— Ah !

— La patronne a bien dû hésiter. Elle avait beau se dire que c'était pour sauver son restaurant, en cachant le tablier et le portefeuille dans son bouillon, elle allait ruiner la spécialité de la maison. Par ce geste, elle risquait encore de précipiter la faillite de son affaire.

Kaede retourna l'argument dans sa tête. Comment aurait-elle agi dans une telle situation ? Elle ne parvint à aucune conclusion.

— J'ai encore quelque chose à ajouter – concernant la raison pour laquelle H, interrogé par la police, s'est obstiné à garder le silence.

Grand-père plissa les yeux, comme pour faire le tri dans ses hallucinations.

— L'hypothèse la plus convaincante serait qu'il tentait de protéger la patronne. En voyant arriver la police, il a dû se douter qu'elle seule pouvait être la coupable. Or c'est un homme bon, avec la justice chevillée au corps. Peut-être même la patronne lui avait-elle révélé les méfaits de Clyde.

— Mais, grand-père, cela ne peut que mal finir pour l'un comme pour l'autre.

— Comment ça ?

— Ne m'as-tu pas dit, tout à l'heure, que la patronne mettait ses affaires en ordre ? Elle essaierait donc de s'en tirer seule pendant que H protège son secret ?

— Bien sûr que non.

Grand-père plissa les yeux de plus belle.

— Si elle met ses affaires en ordre, ce n'est pas dans le but de fuir. Au contraire… je la vois en train d'appeler la police. Elle a résolu de se rendre, afin d'innocenter H qui la protège.

Ce tableau n'est-il pas un peu trop optimiste ?

Malgré ses doutes, Kaede ne pouvait s'empêcher de penser qu'il devait s'agir de la vérité, puisque grand-père l'affirmait avec une telle conviction.

Cette fois, plusieurs grillons mêlèrent leurs stridulations. Au même instant, grand-père, qui semblait sur le point de s'assoupir, ouvrit grand les paupières.

— Je vois ! C'est moi qui me suis trompé !

Le regard tourné vers la fenêtre, il esquissa un sourire amer.

— J'ai failli ignorer un détail important. Chez les grillons, seul le mâle stridule. Je devrais remercier Papa Gaga d'avoir attiré mon attention là-dessus… Il semblerait que j'aie commis une terrible erreur.

Pardon ? Les grillons ? Une erreur ? Lorsque Kaede jeta un regard en biais à son aïeul, celui-ci frottait son menton rugueux avec un sourire énigmatique.

— Quand on commence à remarquer que la barbe repousse, on croit la sentir partout, n'est-ce pas ?

Remarque sans importance, songea Kaede.

— J'aurais dû demander à un de mes aidants ou à Kanae de me raser. Si je te laisse faire, tu seras trop brusque. Au lieu de ça, j'ai une faveur à te demander.

Il allait lui sortir son refrain habituel.

— Kaede, tu veux bien me donner une cigarette, s'il te plaît ?

Le vieil homme souffla un nuage de fumée avant de se renfoncer dans son siège. Était-il en train de méditer, ou simplement de plisser les yeux ?

Le regard rivé sur les volutes violettes, il ouvrit enfin la bouche.

— Excuse-moi, Kaede. L'histoire que j'ai tissée tout à l'heure n'était pas la bonne. À vrai dire, elle comporte une incohérence majeure.

— Hein ?

— Ce n'était pas volontaire. Le tableau ne cesse de changer à mesure que j'explore les possibilités. Et même si je le regrette, la scène qui émerge de la fumée offre un croquis plus précis.

Il marqua une pause avant d'ajouter, le regard toujours perdu dans la fumée :

— Le meurtrier n'est pas la patronne, mais bien H.

C'est alors que Kaede remarqua le silence assourdissant. Dans le jardin, les grillons avaient mis fin à leur sérénade.

— Peu importe le nombre de grillons, seuls les mâles émettent un son. Autrement dit, si nous voulions établir la proportion de mâles et de femelles parmi les grillons qui habitent ce jardin, nous n'aurions d'autre solution que de les compter de visu. En revanche, nous savons quelle était la proportion d'hommes et de femmes présents dans l'izakaya, n'est-ce pas ?

Pardon ?

— Quel rapport cela a-t-il avec l'affaire ?

— Écoute-moi bien. J'aimerais que tu réfléchisses de nouveau à la clientèle présente ce soir-là. Si l'on additionne les personnes attablées et celles installées au comptoir, en tout, il y avait treize personnes, répertoriées de A à M. Parmi elles, il n'y avait que deux femmes, assises à la table numéro 1. À l'inverse, il y avait donc onze clients masculins susceptibles de se précipiter dans les toilettes dès le match terminé.

— OK.

— Auquel cas, une incohérence majeure se fait jour dans l'histoire que je t'ai contée.

Les prunelles de grand-père miroitèrent derrière la mèche qui lui retombait sur le front.

— Pourquoi la patronne aurait-elle choisi de s'entretenir avec Clyde dans les toilettes des hommes, alors que le risque était plus grand qu'ils y soient interrompus ?

— D'accord !

Kaede vit enfin où grand-père voulait en venir.

— Il faut se mettre à sa place pour comprendre, développa-t-elle. La cuisine, remplie d'armes blanches, était à proscrire, et si le but était de mettre un terme à la discussion et de renvoyer Clyde le plus rapidement possible, mieux valait opter pour le couloir ou, au pire, les toilettes des femmes. Les toilettes des hommes, c'était le choix le moins approprié.

— Exactement, confirma grand-père. Alors, qu'a-t-il bien pu se passer au moment crucial ? Réfléchissons. Tout commence par l'apparition de Clyde devant le restaurant, aux alentours de 21 h 50. La patronne remarque sa présence et lui indique les toilettes – jusqu'ici, ça colle avec notre hypothèse. À ceci près que leur discussion n'a pas lieu dans les toilettes même, mais dans le couloir qui précède. Les deux adversaires haussent le ton, Clyde tente d'étrangler la patronne avant de sortir son couteau pour la poignarder. C'est alors qu'arrive H. Volant au secours de la patronne, il récupère l'arme, mais, ce faisant, la plante accidentellement dans le dos de Clyde.

— Oui, je suis d'accord. Je doute que la patronne soit de taille à tenir tête à un Clyde déchaîné.

Grand-père leva un index approbateur.

— Si la patronne était la meurtrière, elle aurait frappé Clyde au ventre. La disposition de la plaie, dans le dos, nous indique qu'il y avait une tierce personne… C'est la preuve indubitable que H est le meurtrier.

Dit comme ça !…

— En réalité, à ce moment-là, Clyde vivait encore, même si la blessure devait déjà être fatale. Il faut savoir que les blessures profondes par arme blanche au ventre ou au dos sont très souvent mortelles. Mais à ce stade, ni la patronne ni H ne pensaient qu'il allait mourir. Tandis que Clyde l'abreuvait d'injures avec le peu de souffle qu'il lui restait, la patronne l'a tiré par le bras pour l'enfermer *dans les toilettes des femmes*, où il y avait moins de risque de provoquer un esclandre. « Je suis vraiment désolée, H. Je m'occupe de lui, ne vous en faites pas ! En cas d'urgence, j'appellerai une ambulance. » En état de choc, H a regagné docilement son siège. « Tout va bien ? Tu veux que j'appelle une ambulance ? » a demandé la patronne à Clyde, mais, de nouveau gagné par la rage, celui-ci a encore tenté de la tuer. Avec le couteau toujours planté dans son dos, il n'y avait pas d'hémorragie externe visible. Paniquée, la patronne a couru au fond du couloir. Puis, alors que Clyde fondait sur elle pour l'agresser derechef, elle l'a poussé dans les toilettes des hommes, dont la porte était ouverte. Dans son élan, il a violemment percuté le réservoir de la cuvette, enfonçant davantage la lame dans son dos, ce qui a eu raison de lui. Il faudrait être particulièrement sévère pour considérer cet acte d'autodéfense comme un crime. Tout juste pourrait-on dire que la fin de Clyde aura été légèrement précipitée par un malheureux coup du sort.

— Je vois... La patronne a ensuite verrouillé le cabinet de l'intérieur avant d'en sortir par le haut. Puis, après avoir mis son tablier et les effets personnels de Clyde dans la corbeille à papier, elle est retournée dans la salle...

— Ce geste spontané ne visait pas tant à assurer l'avenir de son restaurant qu'à éviter d'incriminer H. De son côté, H, qui avait complètement oublié son besoin naturel, s'était allumé une cigarette pour tenter de se calmer. Puis, lorsque Shiki lui a demandé si les toilettes étaient libres, il a aperçu la silhouette de la patronne par-dessus l'épaule de son camarade. Croyant que Clyde se trouvait côté femmes, il lui a alors répondu : « Oui, c'est bon... tu peux y aller. » Et c'est là, en réalité, que les ennuis ont commencé, avec cette flaque de sang soudain apparue dans les toilettes des hommes. H a dû croire, à tort, que la patronne avait achevé Clyde. Voilà pourquoi il s'obstine à garder le silence, afin de la couvrir. Il ne sait même pas que c'est lui, le meurtrier.

Une expression indéchiffrable passa sur le visage de grand-père. Peut-être son regard perdu dans la fumée de cigarette scrutait-il les traits pleins de bonté de H, que lui-même avait souvent croisé à l'izakaya.

— Je vois H, muré dans le silence, les poings serrés sous la table de la salle d'interrogatoire. Il ne dira pas un mot tant que la patronne ne sera pas apparue devant lui. Et, quelle que soit la version de la restauratrice, il est déterminé à accorder leurs témoignages jusque dans les moindres détails. Si elle lui dit la vérité, il avouera aussitôt le meurtre, sans hésiter. Alors… Hmm, je le vois à présent…

Les sourcils froncés, le vieil homme fixait obstinément le vide. Ce n'était quand même pas…

Non, pas d'erreur possible, c'était bien le futur proche qu'il contemplait, tel un film projeté sur un écran de fumée.

— Voici ce que dit la patronne en sanglotant : « C'est bien lui qui a poignardé la victime, mais il ne l'a pas fait exprès. C'était pour me protéger ! » Et voici ce que dit H après l'avoir entendue : « Ne vous en faites pas pour moi. » C'est alors qu'il prend enfin conscience de la véritable nature de ses sentiments pour elle. Il s'était convaincu de n'avoir pour la patronne qu'une affection filiale, mais en réalité, il l'aime d'amour.

Malgré son inexpérience, Kaede pouvait le comprendre. H n'avait pas gardé le silence en vain : ce temps précieux lui aura permis de mettre ses sentiments au clair.

Elle prit un instant pour réfléchir. Comment la police qualifierait-elle les actes de H ? Y verrait-elle des circonstances atténuantes ? Et comment interpréterait-elle le comportement de la patronne ? La jeune femme, quant à elle, croyait dur comme fer que leur gentillesse, à tous les deux, éclairerait une nouvelle voie.

Bientôt, la Gauloise de grand-père s'éteignit dans le cendrier.

— Kaede, tu veux bien me passer mes baguettes ? murmura-t-il d'une voix assoupie, les yeux rivés sur sa tasse de café. C'est vraiment ici qu'on sert le meilleur ragoût.

Grand-père… Je suis désolée de ne pas pouvoir te faire sortir plus souvent.

Kaede se fit une promesse : si, d'aventure, cette izakaya rouvrait un jour ses portes, elle y emmènerait son aïeul, sans faute.

Livre 3

Disparition inquiétante à la piscine

1

Était-ce à cause des rénovations ? Debout face à la gare d'une propreté irréprochable de Shimokitazawa, que grand-père disait naguère adorer pour son côté chaotique, Kaede avait bien du mal à percevoir le charme de l'endroit. Pas de doute, on était pourtant bien à Shimokita, songea-t-elle en contemplant le spectacle de ces deux artistes de rue, figés comme des statues à l'entrée d'un temple, et des jeunes gens qui s'étaient massés autour d'eux pour les examiner le plus sérieusement du monde.

Le petit théâtre qu'elle cherchait se trouvait à proximité d'un vieux cinéma reconverti en club de fitness. La pancarte dressée à l'entrée portait une étrange inscription tracée au marqueur épais.

La troupe « Le Coin bleu » présente :
L'auteur, c'est vous ! volume 3
représentations trimestrielles

Tiens ? « L'auteur, c'est vous » ? Qu'est-ce que ça pouvait bien vouloir dire ? Mais puisqu'il s'agissait de la troisième itération, il y avait fort à parier que la production connaissait un petit succès.

Après avoir descendu l'escalier où affluait l'odeur de friture du restaurant voisin, elle fut accueillie par une réceptionniste aux cheveux rouges coupés court, dont le sourire radieux faisait ressortir de charmantes fossettes. Son rouge à lèvres, assorti à sa crinière, avait quelque chose de saisissant.

Elle doit faire partie de l'équipe technique… En tout cas, elle a clairement sa place dans le monde du théâtre, songea Kaede.

— Je vous en prie, dit l'inconnue en lui tendant papier et crayon.

Un questionnaire ? Remplissons-le avec application ! décida-t-elle. Mais elle n'était pas au bout de ses surprises, car la jeune femme ajouta :

— Vous y inscrirez votre pitch. Nous ramassons les feuilles quinze minutes avant le début de la représentation.

Décrivez le personnage que vous aimeriez voir sur scène, disait le papier, dans une section réservée à la « biographie » du personnage en question.

Ah d'accord. Ils allaient improviser…

Lorsque Kaede ouvrit la porte, elle trouva la petite salle, qui pouvait accueillir une trentaine de spectateurs, presque pleine. Elle scruta la pénombre en quête d'un siège libre.

— Kaede ! Je vous ai gardé une place ! l'interpella alors Iwata.

— Merci, souffla-t-elle en s'installant auprès de son collègue dont le crayon courait avec agilité sur le papier.

— Moi aussi, c'est la première fois que je participe à ce genre de spectacle, annonça-t-il en faisant tournoyer fièrement l'ustensile sur son pouce. Mais je suis surpris : je pensais que vous seriez plus à l'aise dans cet exercice.

— Écrire un scénario, vous voulez dire ?

— Mais oui ! Comment dire, c'est l'occasion parfaite pour créer un vaudeville. Moi, j'adore la comédie, vous le savez bien !

— Première nouvelle.

— Ah bon ? Mais du coup, c'est peut-être plus difficile pour quelqu'un d'aussi sérieux que vous.

Il n'a pas tort…

Crayon en main, Kaede tenta de réfléchir.

On finit par ramasser les propositions de tous les spectateurs, y compris celle de Kaede. Cinq minutes plus tard, une voix de stentor résonna dans la salle.

— Mesdames et messieurs, je vous prie d'accueillir le directeur de la troupe *Le Coin bleu.*

Vêtu d'un complet, Shiki fit son entrée en scène au son d'une musique dansante.

— Ça alors, il a pris du galon ! murmura Iwata.

Un tonnerre d'applaudissements retentit, particulièrement alimenté par les membres féminins de l'audience. L'intéressé avait-il conscience de sa popularité ? Après avoir attendu que le calme revienne, Shiki donna quelques instructions, puis il haussa imperceptiblement la voix.

— Merci à tous. Cette fois encore, vous nous avez confié des scenarii remarquables, dit-il en s'inclinant poliment.

Kaede eut un sursaut. Bien que basse, la voix de Shiki avait porté dans les moindres recoins de la salle. Elle eut une impression de déjà-vu.

— Bien… Comme d'habitude, j'ai pris la liberté de choisir cinq de vos propositions. Toute la troupe va donner le meilleur afin de les jouer devant vous. Le tout sans filet ni faux-semblant ! La représentation de *L'Auteur, c'est vous ! volume 3* va bientôt commencer… Alors, qu'est-ce qu'on dit ?

— *The show must go on !* s'époumona le public d'une seule voix, à l'exception de Kaede.

Telle était la promesse de la troupe du *Coin bleu*. Kaede se sentit un peu à l'écart tandis que le noir se faisait dans la salle.

Une tension aussi étrange que palpable parcourut le public devenu à la fois auteur et participant. Un signal sonore retentit. Au même instant, les projecteurs illuminèrent la scène.

Les quatre-vingt-dix minutes suivantes passèrent comme un songe tandis que les acteurs improvisaient avec ferveur à partir des sujets proposés : l'histoire d'un arbitre de baseball vétéran qui renvoie une balle à cent cinquante kilomètres à l'heure ; celle d'un membre des forces d'autodéfense japonaises qui se trouve, à la faveur d'un glissement temporel, projeté non pas à l'époque Sengoku, où la guerre fait rage, mais à celle de Heian, où les nobles jouent à la balle tout en composant des poèmes exquis ; celle d'un maître de shôgi qui serre les poings et proclame « cette victoire, elle sera pour toi ! » à quelques minutes d'une finale de championnat…

Ou encore l'histoire d'une jeune femme d'une vingtaine d'années qui dilapide toutes ses économies dans des courses de chevaux avant de s'embarquer sur un thonier.

Youpi, j'ai été choisie ! se félicita Kaede.

Chaque fois, le synopsis, annoncé en amont de la scène, arrachait des rires au public. Mais la saynète produite à partir de chacune de ces ébauches était interprétée avec le plus grand sérieux.

Voilà qui est nouveau, songea Kaede, même si elle n'était qu'une simple amatrice.

Puis vint la pièce de résistance, un poème épique d'une demi-heure, mobilisant la troupe dans sa totalité, dont les rôles principaux étaient un vieux couple de circassiens.

L'histoire : la veille du grand show, un duo de trapézistes se dispute et manque de s'entretuer.

2

Pour fêter le succès de la représentation, rendez-vous était donné dans une enseigne de *mizutaki*, à sept minutes à pied du théâtre. Alors qu'ils parcouraient la rue hérissée de commerces hétéroclites – ici, un restaurant d'huîtres, là une friperie, plus loin encore une boutique vendant des jeux de fléchettes –, Iwata bougonna avec amertume :

— Ils ont rejeté mon script !

— Ah, vraiment ? De quoi parlait-il ?

— C'était l'histoire d'un instituteur, ancien membre d'une équipe de base-ball.

Les mots se bousculèrent dans la tête de Kaede. (*Sérieusement ? Vous croyiez vraiment que ça passerait ? Je suis presque épatée que vous puissiez le dire sans rougir…*)

— Quel dommage, se contenta-t-elle de répondre.

Arrivés au restaurant, ils s'installèrent à genoux sur les coussins d'un salon traditionnel et commencèrent à trinquer tout en mangeant. L'adresse était réputée pour son offre de nourriture et de boisson à volonté, particulièrement avantageuse pour les budgets serrés. Selon grand-père, ce n'était pas tant pour la pièce elle-même que pour la fête qui s'ensuivrait que les gens de théâtre montaient leurs productions. Il n'avait pas tort, songea Kaede en s'imprégnant de l'ambiance joviale qui régnait autour d'elle. La troupe du *Coin bleu* avait beau compter moins de dix membres en tout (techniciens compris), elle faisait preuve d'une énergie avec laquelle même les trente-deux bambins composant la classe de la jeune institutrice ne pouvaient rivaliser.

Dans l'affaire du meurtre de l'izakaya Haruno, la patronne avait fini par se rendre aux autorités, alors même que la culpabilité de H ne faisait aucun doute. Mais à en croire la rumeur, la police avait décidé la relaxe au motif qu'il s'agissait d'un homicide involontaire. Peut-être cela expliquait-il en partie l'insouciance avec laquelle les camarades du jeune acteur faisaient la fête.

Aussi optimiste qu'elle ait pu paraître, la vision de grand-père s'était révélée juste… Mais il eut été indélicat d'aborder le sujet à l'apéritif.

The show must go on ! La devise de la troupe retentit plusieurs fois autour de la longue table tandis que chacun trinquait. Bien qu'invitée par Shiki, Kaede ne se sentait guère à sa place au milieu de telles réjouissances. Même s'il n'avait assisté qu'à une poignée de leurs représentations, Iwata, lui, se fondait naturellement dans la discussion, tel un membre de longue date. Sans doute était-ce pour ce caractère abordable que les enfants appréciaient tant l'instituteur.

Près d'une heure avait passé lorsque Shiki apparut, vêtu d'un tee-shirt blanc, ses longs cheveux rassemblés dans un catogan, trois chopes de bière dans chaque main.

— Désolé de vous avoir fait attendre, dit-il en s'installant entre les deux collègues. L'avantage, ici, c'est qu'on peut boire jusqu'à plus soif ! Alors, n'hésitez pas.

— Non merci, j'ai mon compte, grimaça Iwata. Si je continue, je vais prendre du ventre. Si tu savais comme je t'envie ! Tu as beau détester le sport, tu n'as aucun mal à garder la ligne.

Kaede acquiesça aux propos de son collègue. Lors de leur première rencontre, Shiki lui avait semblé d'une délicatesse toute féminine, mais à mieux y regarder, il était indéniablement musclé. Même à travers son tee-shirt, on pouvait deviner ses abdominaux.

— Pas besoin de faire du sport pour discipliner son corps, protesta-t-il en tendant une chope à Kaede. Comment l'expliquer ? Disons que mon dégoût des activités physiques a peut-être un lien avec mon peu d'appréciation pour les traductions des classiques du roman policier.

Tiens ? Cherchait-il encore la dispute ?

— Que voulez-vous dire ?

— Vous connaissez ce haïku célèbre : *« Bien », dit le détective après avoir rassemblé tout le monde* ? Comme je le disais la dernière fois, les vieux polars occidentaux restent trop attachés à une certaine formule. Par exemple, après avoir désigné le vrai coupable, le détective ne manquera pas de « lisser un côté de sa moustache ». Pourquoi ferait-il un tel geste, même en l'absence d'un miroir ? Ne devrait-il pas être contrarié à l'idée de rompre la symétrie ? Qui espère-t-il convaincre en exposant sa théorie avec la moustache de travers ? Moi, si j'étais le coupable, je lui rirais au nez !

Ce n'était même plus une digression – il avait carrément changé de sujet ! Et ce, alors même qu'ils fêtaient un succès récent.

— Oui, je vois ce que vous voulez dire…, hasarda Kaede. Mais quel rapport cela a-t-il avec votre dégoût pour le sport ?

— Ce que je déteste, expliqua Shiki, c'est l'aspect codifié, aussi bien du match lui-même que de tout le décorum qui s'ensuit. Tous ces commentaires inutiles, ça m'épuise.

Iwata, lui, avait déjà piqué du nez sur la table. Il n'était vraiment pas fait pour les buffets à volonté.

— Prenons par exemple un match de baseball professionnel, poursuivit Shiki sans se soucier de l'état de son ami. « Et nous retrouvons sur place notre reporter, pour un entretien exclusif avec le héros du match. » C'est peut-être une vieille habitude, héritée du temps où les parties n'étaient diffusées qu'à la radio, mais pourquoi préciser encore aujourd'hui « nous retrouvons sur place notre reporter » ? Et pourtant, les présentateurs continuent de le faire. « Le héros du jour est bien entendu Machin, qui a réalisé un *home run* décisif. À peine avait-il frappé la balle que le match était plié ! » Coupez ! Mais on ne peut pas le savoir tout de suite, qu'il va réaliser un home run ! Il faut attendre quelques dizaines de secondes, le temps d'écouter la résonance de l'impact et de voir l'angle et la vitesse que prend la balle. Pourtant, accros que nous sommes à ces éléments de langage, nous continuons de gober ces mensonges éhontés !

Shiki prit une lampée de bière pour étancher sa soif.

Ohé, Iwata !

— Et en parlant de baseball, s'il y a bien un cliché que j'aimerais voir disparaître, c'est…

Au secours ! Iwata, réveillez-vous !

— « Deux retraits, bases pleines, compte : trois balles, deux strikes. On s'approche du point de bascule, encore un hit et bye bye ! »

Zut. Impossible de l'arrêter.

— « Au lancer suivant, le coureur prend un départ sensationnel ! Sixième lancer… Et c'est la frappe ! La balle s'élève au-dessus de l'arrêt-court… Voilà qui est intéressant ! » Coupez, coupez ! On arrête tout ! « Voilà qui est intéressant » ? Le mot est bien mal choisi. C'est une scène devant laquelle tous les fans retiennent leur souffle ! « Intéressant » ? Mais pour qui se prennent-ils ? Il faudrait être un dieu du baseball pour se permettre pareil euphémisme ! Bref, en d'autres termes… tout ce que j'essaie de dire… c'est qu'il ne faut pas se laisser abuser par de fausses impressions…

Tiens ? Quelle était cette sensation étrange ? Voilà qui différait un peu de ses monologues habituels… Était-il complètement ivre ?

Mieux valait changer de sujet. Du moins, tant qu'il lui restait un tant soit peu de lucidité.

— Au fait, Shiki, je ne vous ai pas encore livré mes impressions au sujet de la représentation, dit-elle en écartant la chope posée devant le jeune homme.

— C'est vrai… Dites-moi tout.

Kaede se redressa imperceptiblement sur son siège.

— C'était génial.

Le compliment était sincère. Oh, bien sûr, selon grand-père, c'était la seule réponse possible lorsqu'un acteur vous demandait votre avis à l'issue d'une représentation, alors qu'il était encore en transe. On ne pouvait que faire son éloge. Dans le cas présent, cependant, Kaede n'avait pas eu à se forcer – ces mots lui étaient venus spontanément, du fond du cœur.

Shiki esquissa un sourire vulnérable comme elle ne lui en avait encore jamais vu.

— Merci beaucoup, répondit-il, visiblement heureux.

— Bien sûr, les improvisations en elles-mêmes étaient réussies, mais j'étais surtout impressionnée par la variété des rôles que chacun a endossés. Par exemple, il y avait plusieurs rôles féminins, non ?

— En effet.

— Vous-même, vous en avez joué deux, n'est-ce pas ? Et ça semblait parfaitement naturel. Je me suis même dit que c'était peut-être pour ça que vous vous laissiez pousser les cheveux.

— Non, ce n'est pas pour cette raison. Simplement, je n'aime pas aller chez le coiffeur.

Il leva la main pour lisser sa crinière mais ne rencontra que le vide – il était tellement ivre qu'il avait oublié que ses cheveux étaient attachés.

— D'ailleurs, il n'y a qu'une seule femme au sein de la troupe, n'est-ce pas ? fit remarquer Kaede, les yeux posés sur la comédienne aux cheveux rouges assise face à elle. Mais cela ne vous a pas empêchés de monter un grand ensemble avec plusieurs rôles féminins. C'était vraiment incroyable.

Quelques éclats de rire fusèrent.

— Mademoiselle Kaede…, rétorqua Shiki avec une articulation approximative. Je suis au regret de vous dire que notre troupe ne compte pas une seule femme. Hé !

À ces mots, le convive que Kaede avait pris pour une femme porta la main à son crâne pour ôter sa perruque flamboyante.

— Mais nous cherchons justement à en recruter. Que diriez-vous de nous rejoindre, Kaede ?

Terrassé par l'épuisement après avoir joué plusieurs rôles – auquel venait s'ajouter la pression inhérente à ses responsabilités de directeur –, Shiki s'affaissa sur son coussin et s'assoupit le nez en l'air.

Au même moment, Iwata, toujours affalé sur la table, se redressa en sursaut.

— On dirait que ses batteries l'ont enfin lâché ! dit-il.

— Iwata ? s'étonna Kaede. Je croyais que vous étiez en train de cuver ?

— Ne me dites pas que vous n'aviez rien remarqué ? Je n'ai bu que du thé oolong toute la soirée. Mon petit doigt me disait qu'il allait se mettre minable.

Iwata borda délicatement son ami à l'aide de son manteau.

— Quand il s'est lancé dans son refrain sur le sport, je n'ai pas eu le courage de lui tenir tête. Mais ce soir, il a fait exceptionnellement court. D'habitude, il ne s'arrête pas qu'au baseball, il s'en prend aussi au foot et au marathon.

D'accord. Ce monologue n'était donc pas une improvisation, mais un petit numéro bien rodé.

— À vrai dire…, ajouta Iwata en posant un regard attendri sur le comédien qui dormait la bouche ouverte. S'il en est venu à détester le sport, ce n'est pas sans raison.

— Ah bon ?

— Ça remonte à l'époque où nous jouions dans l'équipe du lycée, tous les deux. J'étais à la fois capitaine et receveur. Shiki, lui, n'était encore qu'en première année, mais on en avait fait notre lanceur vedette à cause de sa vitesse de balle. Enfin, quand je dis « on », en fait, c'était moi qui avais pris cette décision, car le professeur qui nous supervisait ne connaissait rien à ce sport.

— Je vois…

Kaede avait comme l'impression que les deux jeunes hommes partageaient un lien dépassant la relation habituelle entre aîné et cadet.

— Ça s'est passé à l'été de ma dernière année de lycée. Dans la neuvième manche, alors qu'il y avait égalité et que l'équipe adverse était à l'attaque, avec deux retraits, bases pleines, compte : trois balles et deux strikes…

Soit la situation exacte décrite par Shiki tout à l'heure, songea Kaede.

— Comme je le lui avais indiqué, Shiki a tenté d'envoyer la balle tout droit, plein centre. Mais à cause de la sueur, la balle a glissé et dévié… pour aller percuter le receveur en pleine face. Bien sûr, il a dû se retirer, et ils ont perdu. Mais on s'en fichait, du match. Aujourd'hui encore, j'entends la sirène de l'ambulance recouvrir celle signalant la fin de la partie. C'était la faute à pas de chance, mais… le frappeur a perdu l'usage de son œil gauche.

Kaede en resta sans voix.

— Le jour même, Shiki a abandonné le baseball. Et depuis, il déteste tous les sports où l'on risque de blesser l'adversaire.

C'était compréhensible. Malgré tout…

Peut-être est-ce seulement une posture de sa part.

Kaede avait l'impression qu'en réalité, il adorait toujours ça – non seulement le baseball, mais le sport en général.

— Kaede, voulez-vous que je vous explique pourquoi je savais qu'il allait se soûler ?

— Allez-y.

— Avant la représentation, alors que nous discutions dans les loges, lui et moi, un homme est venu nous saluer. Il me semblait l'avoir déjà vu quelque part, mais c'est Shiki qui l'a reconnu le premier.

— Ne me dites pas que…

— Tout juste. Le frappeur qu'il avait blessé ce jour-là avait entendu parler de la pièce et était venu y assister pour la première fois. Croyez-le ou non, Shiki a fondu en larmes.

La voix d'Iwata vacilla.

— Alors, forcément, il a eu envie de boire. De se mettre la tête à l'envers. Vous savez, Kaede, il a beau avoir la langue bien pendue, c'est un gentil garçon. Un être vulnérable, qu'on a envie de protéger. Mais…

Iwata s'efforça de sourire, en vain.

— Comme je vous l'ai dit dès le début, c'est le roi des excentriques. Il ne faut surtout pas s'éprendre de lui.

3

Je suis venue malgré ma gueule de bois, songea Kaede, surprise par ses propres actes.

Il y avait bien trois ans qu'elle n'avait plus participé à l'un de ces déjeuners de retrouvailles avec ses anciennes camarades d'université. Et voilà que, tout d'un coup, elle recherchait activement le contact avec les autres. Peut-être fallait-il y voir l'influence de sa rencontre avec Shiki, personnage étrange dont les motivations lui échappaient.

Elle entra dans un restaurant proche de la gare de Shinjuku Sanchome, connu pour ses hamburgers artisanaux. Un établissement sans prétention, qui proposait un menu déjeuner au prix raisonnable, ce qui convenait très bien à Kaede. Les fois précédentes, rendez-vous avait été donné dans un bistro gastronomique d'Omotesando, mais à présent que les jeunes mamans se faisaient plus nombreuses dans le groupe, ce nouveau choix s'était imposé naturellement – d'autant que l'endroit était propre et décoré avec soin. À l'approche d'Halloween, de petites citrouilles fantômes trônaient sur les tables. Accessoires et déguisements ornaient les murs, parmi lesquels une tenue de noble masqué à la cape écarlate qui attirait le regard. Kaede repensa à la perruque rouge arborée par l'un des membres de la troupe, la veille. Le repas terminé, sa meilleure amie accompagna jusqu'à la porte une de leurs camarades inquiète pour son enfant, puis, après avoir bercé son bébé, elle revint s'asseoir face à elle.

— Kaede, ça faisait longtemps ! Comme toujours, tu gardes un teint de lait.

— Tu parles ! J'ai mauvaise mine parce que j'ai la gueule de bois.

Kaede fut heureuse de constater que leur vieille complicité n'était pas émoussée par le passage du temps. Misaki faisait partie des rares camarades avec lesquelles elle avait pris l'habitude de déjeuner à la fac.

Mais notre relation se limitait à ça…

À la réflexion, depuis quand Kaede évitait-elle de nouer des liens trop étroits ? Sans doute depuis qu'elle avait pris connaissance de ce fameux incident concernant sa mère… Elle craignait encore de tisser des liens sérieux, de faire des rencontres, sans même parler de trouver l'amour. Car cette blessure ne cicatriserait jamais…

— Au fait, Kaede, il faut que je te dise ! lança Misaki. J'enseigne dans l'ancienne école de ton grand-père.

— Pas possible !

— Des grands-pères cool comme lui, on n'en fait plus… Comment va-t-il ?

— Oh, tu sais…

Si Kaede n'avait aucune honte à évoquer la démence dont souffrait son grand-père, le sujet lui semblait un peu trop déprimant pour la circonstance.

Quelle surprise, cependant, d'apprendre que Misaki avait intégré son ancienne école ! Comme elles avaient toutes étudié ensemble dans le département de pédagogie, il n'y avait rien d'étonnant à ce que ses camarades soient devenues enseignantes, y compris en primaire. Mais quand même, quelle coïncidence !

— D'ailleurs, les élèves le surnommaient « l'Essuie-glace », n'est-ce pas ? Aujourd'hui encore, quinze ans après son départ en retraite, sa légende se perpétue au sein de l'association parents-professeurs.

Ouah…

Il y avait de quoi être fier.

— Mais ce n'est pas le sujet, ajouta Misaki en jetant un coup d'œil à la devanture du restaurant, où se dressaient fantôme, sorcière et chat noir en carton. La direction actuelle est tout aussi remarquable. Après avoir entendu parler de ton grand-père, elle s'est mise à polir les fenêtres de l'école avec la même ardeur… au point de gagner le titre d'« Essuie-glace junior » !

Les résultats du lavage de carreaux n'étaient pas que cosmétiques, songea Kaede. Si son grand-père avait adopté un tel rituel, ce n'était pas uniquement par souci de propreté et de proximité avec ses élèves, mais aussi pour une raison cachée – il mettait en pratique ce qu'on appelait la théorie de la vitre brisée.

Kaede se remémora l'explication de son aïeul : si, dans un quartier, on laissait les vitres des bâtiments et des voitures brisées et que les graffitis du métro n'étaient pas nettoyés, les passants avaient tendance à prendre ces dégradations comme un fait acquis, auquel personne ne prêtait plus attention. Les bris de fenêtres et les tags allaient en se multipliant. Dans le voisinage, l'ambiance se détériorait, et ces petits délits ouvraient la voie à des crimes plus graves.

Alors, que faire pour prévenir de tels méfaits ? C'est là que l'entretien des vitres entrait en jeu. Au début des années quatre-vingt-dix, à la fois préoccupé par un taux de criminalité élevé et inspiré par la théorie de la vitre brisée, le maire de New York avait investi une somme importante afin d'éliminer tous les graffitis du métro. Aussitôt, les violences graves avaient diminué de façon spectaculaire.

« Non que je craigne de voir ces bambins commettre des crimes violents, s'était esclaffé grand-père. Mais si les vitres sont propres, cela les incitera à nettoyer le sol et les couloirs. Ils deviendront plus sensibles à la poussière dans les salles de classe. La fenêtre, c'est comme le cœur d'un bâtiment. La vue d'un carreau propre vous éclaircit l'esprit, j'en suis convaincu. »

— Dis, Kaede ! Tu m'écoutes ?

La voix de Misaki interrompit la méditation de la jeune femme.

— Ah, excuse-moi. Tu disais ?

— À l'instar de son prédécesseur, l'Essuie-glace junior adore arroser les plantes dans la cour... au point d'avoir quitté le magnifique bureau qui lui était réservé au premier étage pour s'installer dans une petite pièce étriquée du rez-de-chaussée, avec vue sur les parterres de fleurs ! Je ne comprends pas comment on peut aimer les végétaux à ce point.

Misaki éclata de rire, exhibant ses canines de travers. Elle-même était tellement attachée à cette caractéristique physique qu'elle avait obstinément refusé le traitement orthodontique que lui avaient recommandé ses parents. Et elle avait bien fait. Elle avait du caractère, en plus d'être mignonne. Beaucoup plus que Kaede, en tout cas.

— Mais ce n'est pas exactement de ça que je voulais te parler, reprit-elle. Dis-moi, Kaede, tu es toujours fan de romans policiers ?

Ça, pour un changement de sujet !

— Oui, c'est ma plus grande passion.

— Ça tombe bien ! Il s'est produit un petit mystère, pour ne pas dire une véritable énigme, dans notre école. Est-ce que je peux t'en parler ?

— Tu rigoles ? Évidemment !

— Les polars se rangent dans des catégories bien précises, suivant le genre ou le schéma narratif, non ? Par exemple… il y a les mystères en chambre close, les remises en cause d'alibi…

Kaede acquiesça profusément.

— Cela étant dit, je ne sais pas trop comment classer cette histoire. Quelqu'un s'est évaporé sans laisser de traces, au vu et au su de tous.

Une disparition mystérieuse ?

S'efforçant de contenir son excitation, Kaede se garda de répondre, craignant que sa voix ne la trahisse. Ellery Queen et Dickson Carr, étoiles du polar s'il en était, avaient passé une nuit entière à discuter mystère, et en étaient venus à la conclusion qu'il n'y avait pas meilleure entrée en matière que l'énigme posée par une disparition. Kaede n'aurait su dire dans quel genre classer un tel poncif, cependant.

— J'aimerais bien enregistrer ton récit, si ça ne te dérange pas, dit-elle, avant de mettre son smartphone en mode dictaphone.

— Quand je pense que tu m'enregistres, ça me rend nerveuse, murmura Misaki avec un sourire gêné avant de froncer les sourcils. Par où commencer ? Voyons voir… Au printemps de l'année dernière, une enseignante fraîchement diplômée a rejoint notre établissement. Une jolie jeune femme aux traits bien dessinés, élégamment habillée, qui expliquait bien… Elle avait vraiment tout de la beauté classique.

Une beauté « classique »… Un compliment typique de la part de Misaki, là où la plupart se seraient contentés de parler d'une « belle femme ».

— Ça m'ennuie un peu de te donner son vrai nom… À la place, je parlerai de l'« idole », ou plutôt de la « Madone ».

— Là, ce n'est même plus une beauté classique, mais carrément biblique !

— Bah, c'est pareil ! C'est l'image qu'elle renvoyait, en tout cas.

Un frisson parcourut Kaede lorsqu'elle remarqua que son amie employait le passé.

— Quel que soit le lieu de travail, c'est toujours pareil. Dès qu'une femme d'une beauté exceptionnelle apparaît, c'est la pagaille dans son entourage, n'est-ce pas ? Notre école n'échappe pas à la règle : les collègues masculins célibataires ont commencé à se comporter bizarrement, de même que les parents d'élèves, d'ailleurs… Comment dire, on a vite senti que quelque chose de sinistre se préparait.

— Vraiment ?

— D'ailleurs, toi aussi tu es une beauté, dans ton genre. Tu n'as jamais été embêtée à l'école ?

— Pas du tout ! s'empressa de protester Kaede.

Dans un coin de son esprit, cependant, le sourire d'Iwata se dessina un instant. Elle fit signe à Misaki de poursuivre son histoire.

— Puis, cette année, ce devait être au printemps… Soudain, la Madone, pourtant d'un naturel solaire, a perdu le sourire. La rumeur disait qu'elle avait des problèmes personnels, mais je n'ai jamais eu plus de détails. Sauf que quand la saison des pluies a commencé, elle s'est mise à accumuler les congés tout d'un coup. C'est donc qu'il a dû lui arriver quelque chose.

Kaede acquiesça énergiquement. En tant que jeune enseignante, elle-même ne se voyait pas pouvoir enchaîner les congés.

— Puis est venu le jour fatidique – c'était la dernière journée de classe du semestre, à la veille des vacances d'été…

Misaki baissa un peu la voix, comme si elle craignait d'être entendue.

— Il faisait un temps magnifique, avec un ciel dégagé, alors que la saison des pluies venait de prendre fin. Pour les trente élèves de quatrième année dont la Madone avait la charge, la dernière heure de la matinée était consacrée à la natation. Je m'en souviens encore – ma salle était à côté de la sienne, et même à travers les murs, j'entendais les cris des enfants qui se préparaient.

Kaede n'eut aucun mal à se représenter la scène. Elle ne se lassait jamais de la réaction des élèves lorsqu'elle leur disait de se changer pour aller se baigner. C'était l'un de ces moments où elle se félicitait d'avoir choisi ce métier.

— Le cours de natation a commencé, repris Misaki. Mais ce sera plus simple à expliquer avec un dessin. Attends une seconde.

De son immense sac – qui allait curieusement bien avec sa silhouette menue –, elle sortit un stylo et un agenda. Puis, utilisant la carte de fidélité d'un grand magasin comme règle, elle traça avec soin le plan de la piscine et de ses environs. Pour une raison qui lui échappait,

Kaede revit mentalement Shiki en pleine improvisation. Sans doute était-ce dû à cette impression de voir l'histoire naître sous ses yeux.

— Voilà, c'est à peu près ça…

D'un geste habile, Misaki détacha la feuille de son carnet et la déposa sur la table, non sans utiliser son smartphone comme presse-papiers.

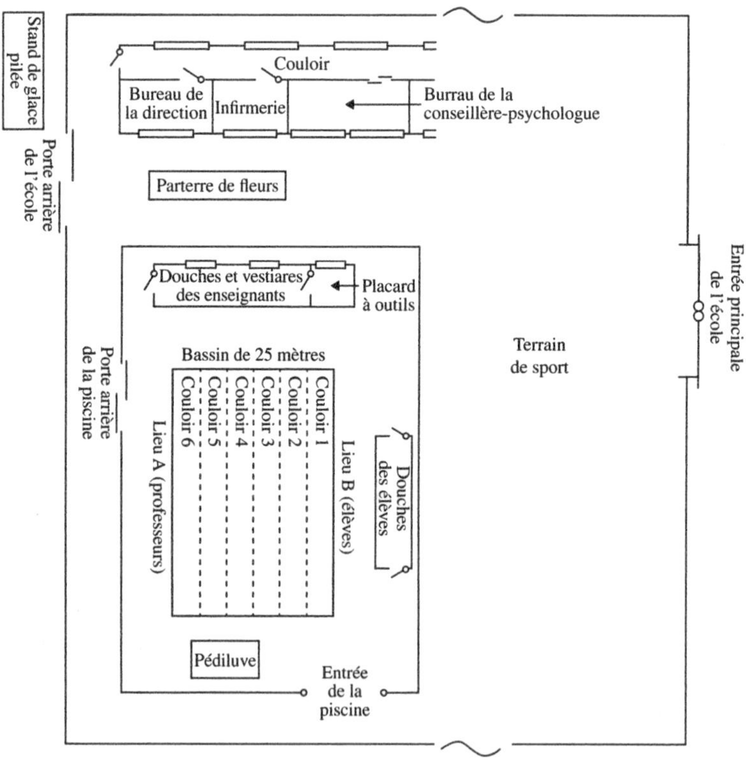

— À partir de maintenant, je vais te rapporter la chronologie des événements tels que décrits par les enfants.

Misaki ouvrit une nouvelle fois son agenda. Elle semblait du genre organisé – une vraie fée du pense-bête.

— Le cours a commencé à 11 h 15. Comme elle-même avait pratiqué la natation durant sa scolarité, la Madone a, semble-t-il, expliqué avec beaucoup de soin comment bien respirer. Les quatrième année sont assez impertinents, comme tu le sais… « Même avec son bonnet et ses lunettes de plongée, elle était super belle », m'a dit un garçon. « J'aimerais trop avoir sa silhouette », a répliqué une fille.

Kaede voyait très bien. C'était typique de cet âge.

— En tant qu'ancienne nageuse, elle devait avoir un physique athlétique. À 11 h 40, elle a donné un coup de sifflet et annoncé : « Les enfants ! Le moment tant attendu est arrivé : pour les vingt dernières minutes, vous disposez d'un temps libre ! »

L'annonce avait dû déclencher la liesse générale. Quelle que soit l'époque, il y avait deux moments que les écoliers adoraient : celui où la cantine servait du curry, et celui où ils étaient libres de profiter de la piscine. L'excitation était à son comble, d'autant qu'il s'agissait de la dernière séance de natation, à la veille des vacances d'été.

— Trente enfants se sont mis à s'amuser tous ensemble, dans les couloirs 1 à 3, qui occupent la moitié droite sur le schéma. Certains jouaient à pierre-feuille-ciseaux dans l'eau, d'autres rivalisaient au crawl ou au papillon. Bref, c'était la fête.

Misaki prit une petite gorgée de son eau pétillante. Le liquide rappela à Kaede l'éclat limpide d'une piscine en plein été.

— À midi pile, la sonnerie de fin des cours a retenti. Bien sûr, les élèves, eux, s'amusaient encore, mais la

Madone, debout au point A de ce plan, a aussitôt sifflé la fin de la récréation, avant de leur faire de grands gestes pour les inciter à sortir du bassin. À contrecœur, les enfants se sont rassemblés au point B, sans autre choix que de passer par la douche avant de regagner leur salle de classe. Mais à ce moment-là, un *plouf* s'est fait entendre. Les élèves se sont retournés, pensant que leur maîtresse voulait rester toute seule dans la piscine.

— On ne peut pas en vouloir à une ancienne nageuse d'en profiter un peu…

— Certes, et puis surtout, c'est la routine, pour une enseignante, de faire un dernier tour du bassin afin de s'assurer que rien n'a été oublié dans l'eau. Mais évidemment, les enfants ne le voient pas sous cet angle. Il paraît même que plusieurs ont protesté, en criant que ce n'était « pas juste ».

Misaki s'esclaffa d'un rire charmant.

Kaede se représentait sans mal la scène, allant jusqu'à imaginer la silhouette gracieuse de l'institutrice décrivant un arc parfait, suspendue un instant dans les airs, tandis que la lumière aveuglante du soleil projetait une ombre nette à la surface de l'onde. La nageuse, disait-on, rencontrait des problèmes dans sa vie privée… Ses tourments se reflétaient-ils dans ses yeux derrière les lunettes de plongée ? Ou était-ce plutôt sa joie perdue qui transparaissait dans ses iris ?

Kaede fut tirée de sa rêverie par une remarque inattendue de Misaki.

— Après l'avoir entendue plonger, les enfants ont attendu trente, cinquante secondes, une minute… Mais pas une fois, elle n'a reparu à la surface. « Dites… la maîtresse… elle ne se serait pas noyée, quand même ? » a crié quelqu'un. Quatre ou cinq des garçons les plus doués en natation ont plongé chacun son tour pour la chercher, mais…

Misaki s'interrompit un moment avant de poursuivre, le plus sérieusement du monde :

— La maîtresse n'était pas dans la piscine. La Madone avait disparu.

Personne, aux tables voisines, n'avait dû l'entendre. Pourtant, un silence étrange s'abattit soudain dans la salle du restaurant, qui jusque-là résonnait des bavardages joyeux de leurs camarades. Fallait-il y voir l'œuvre de la sorcière en carton installée dans la vitrine, qui aurait supprimé le vacarme à l'aide d'un sortilège ?

N'importe quoi !

— Comment ça, elle avait disparu ? demanda Kaede, brisant enfin le silence. En réalité, personne n'a vu la Madone entrer dans le bassin. Les témoins ont seulement entendu un bruit évoquant un plongeon, non ? Auquel cas…

— Je vois parfaitement ce que tu veux dire, la coupa Misaki en levant la main. Moi aussi, il m'arrive de lire des romans policiers. La Madone aurait très bien pu, pour une raison quelconque, vouloir se soustraire au regard de ses élèves… et alors, au lieu de plonger elle-même, elle aurait pu jeter un objet lourd dans l'eau. Profitant de la confusion, elle se serait glissée dans les vestiaires pour se changer et reprendre son souffle… Puis, dès que les enfants se seraient éloignés, elle se serait éclipsée par la porte de service de la piscine, ou par la sortie arrière de l'école. Ni vu ni connu.

Kaede acquiesça.

Dans un roman policier, on soupçonnerait d'abord un tour de passe-passe. C'était la base.

— Cependant..., ajouta Misaki en tournant les pages de son agenda. Les témoignages des enfants sont nombreux. « C'était bien le bruit d'une personne qui plonge », assurent-ils tous... comme s'ils parlaient d'instinct, plutôt que par simple conviction. Dans des circonstances normales, jamais on ne confondrait le bruit d'un plongeon avec celui d'un bloc de glace qui tombe dans l'eau, n'est-ce pas ? Même si, bien sûr, on ne peut pas être catégorique...

— Oui, marmonna Kaede, en maudissant ces astuces tirées des vieux romans de gare. Je doute qu'on puisse confondre, en effet...

— N'est-ce pas ? Mais admettons que les enfants aient pris un autre bruit pour celui d'une personne qui plonge. Quand bien même, quelque chose cloche.

— Que veux-tu dire ?

— Tu veux bien jeter encore un coup d'œil au plan ? demanda Misaki en poussant le papier vers Kaede. Revoyons la chronologie des événements. À l'instant où a sonné la cloche de midi, au point A, la Madone a sifflé la fin de la récré et fait signe aux élèves de sortir de l'eau. Les enfants se sont exécutés en désordre et sont partis du point B en direction des douches. À ce moment-là, disent-ils, « on a clairement entendu quelqu'un plonger derrière nous »... Ils ont attendu une minute, mais personne n'est sorti. Paniqués, quelques élèves ont sauté tour à tour. Mais personne n'a retrouvé la trace de la Madone. Jusque-là, tu suis ?

— Oui.

On est déjà face à une disparition mystérieuse, ne put s'empêcher de songer Kaede.

— Là, les enfants ont regagné la classe, où ils se sont changés précipitamment avant de monter à l'étage, en salle des professeurs, pour annoncer à quelques enseignants : « La maîtresse a plongé dans la piscine, mais elle a disparu ! »

Pour ces bambins, la tension devait être à son comble.

— À vrai dire, j'étais moi-même en salle des professeurs, ajouta Misaki d'un ton un peu théâtral. Aussitôt, je suis descendue alerter la direction. Tiens.

Elle pointa l'index sur le plan.

— Son bureau est là, face au parterre de fleurs, dont les plantes ne sont pas très hautes. Autrement dit, par cette fenêtre, on peut embrasser la piscine du regard. Et comme elle est clôturée par un simple grillage, on y voit comme à travers une paroi de verre. J'ai demandé à l'Essuie-glace junior si quelque chose d'étrange avait attiré son attention, ou si quelqu'un était sorti par les portes de derrière. Et là…

— Quoi ?

— Sa réponse ? « J'étais en train de polir les vitres de mon bureau, alors si quelqu'un était passé par là, je l'aurais forcément remarqué. Mais je n'ai vu personne. »

— D'accord, mais…, intervint Kaede, formulant tout haut la question qui s'imposait. Quelle que soit sa version, rien ne garantit qu'il s'agisse de la vérité, tu ne crois pas ?

Une à une, leurs anciennes camarades se préparaient à rentrer chez elles, sans plus perdre de temps en politesses.

— Et puis, avec son attention concentrée sur ses carreaux… Même si quelqu'un était passé à cet endroit, ça aurait pu lui échapper.

— Tu as raison. Sauf que son témoignage n'était pas le seul à aller dans ce sens.

Misaki tapota le plan de plus belle.

— Regarde la rue sur laquelle donne la sortie arrière. Ton grand-père t'en aura peut-être déjà parlé, mais notre école a une sorte de tradition : quand vient l'été, sur les coups de midi, un stand de glace pilée fait son apparition derrière le bâtiment. Or, voici ce qu'a déclaré le vendeur : « De l'ouverture, à midi, jusqu'à la fermeture, vers 18 heures, je n'ai pas vu une seule personne sortir de l'école. »

— Dans ce cas, est-ce qu'elle ne serait pas, à l'inverse, sortie par la porte principale ? demanda Kaede.

Elle avait beau ne pas croire elle-même à cette possibilité, elle ne pouvait l'écarter tout à fait.

— Aussi inattendu que ça puisse paraître, je crois que, du moment qu'on arrive à échapper à la vigilance de l'Essuie-glace junior, il y a un angle mort assez commode dans lequel se faufiler.

— Ce serait quand même difficile… Moi, je n'y crois pas, objecta Misaki. Juste à l'est de la piscine, il y a un grand terrain de sport, où avaient lieu des cours de foot et de baseball ce jour-là. Sortir par la porte principale en esquivant le regard de plusieurs dizaines d'enfants… Je ne sais pas. Ça me semble aussi probable que de voir net à travers cette eau gazeuse.

Kaede resta un moment sans voix, l'index posé sur le plan dans une attitude songeuse. À l'évidence, elle n'avait aucun argument à lui opposer.

— Même en mettant de côté cette histoire de bruit, la Madone n'était-elle pas en train de retenir son souffle ici, dans les vestiaires des professeurs ? Voire au fond, dans le placard à outils ?

— Justement ! fit Misaki. Le cours à peine terminé, un des enseignants présents en salle des profs a suggéré qu'elle avait peut-être perdu connaissance dans le vestiaire ou le placard, si bien qu'on est tous allés vérifier. On n'a eu aucun mal à y entrer, car la porte n'était pas verrouillée. Mais sur place…

Visiblement effrayée, Misaki resserra le col de sa tunique, comme hantée par le souvenir de cette expérience.

— Il n'y avait que de petits casiers, des planches de natation, des cordes et du matériel de ménage, et pas un chat. La Madone s'était bel et bien évaporée.

— Attends une minute, Misaki ! s'impatienta Kaede. Tu ne crois pas qu'on a affaire à une disparition inquiétante ? Ou en tout cas, qu'il s'agit d'un incident criminel ? On ne peut pas se contenter de dire qu'elle s'est volatilisée et passer à autre chose !

— Justement ! répliqua son amie, haussant le ton à son tour. C'est pour ça que je te demande ton avis. Certes, sa beauté exceptionnelle semblait l'isoler, mais c'était une jeune femme sérieuse qui écoutait ses aînés et qui traitait la direction avec beaucoup de respect… Je l'aimais bien. Ce devait être durant son premier été chez nous… Nous faisions une sortie à la plage, mais quand elle a commencé à ouvrir les pastèques avec les enfants, soudain, elle s'est mise à pleurer. Quand je l'ai prise à part pour lui demander ce qui n'allait pas, elle m'a expliqué qu'elle venait d'une île reculée, et que l'odeur des embruns lui rappelait son village natal. Quatre ou cinq garçons ont épié notre conversation, tapis derrière les rochers. Quand je me suis fâchée, ils ont fui vers le bord de l'eau. J'ai cru qu'ils étaient partis raconter à leurs camarades que la nouvelle maîtresse avait fondu en larmes en pensant à sa campagne, mais je me trompais. Ils sont revenus aussitôt lui apporter la plus grosse des pastèques, pour la consoler.

Visiblement émue, Misaki porta un mouchoir au coin de ses yeux.

— J'aurais tellement voulu travailler plus longtemps avec elle ! Voilà pourquoi j'espérais que tu puisses me dire ce qu'il lui est arrivé, à défaut de la police.

Excuse-moi, Misaki. Peut-être est-ce moi qui ai manqué de tact. Peut-être n'ai-je pu m'empêcher d'espérer quelque mystère, alors qu'une personne a disparu.

— J'en déduis que la police ne fera rien ?

— On dirait, oui. De sa famille, il ne lui reste que son père – et pour une raison qui m'échappe, il n'a pas signalé sa disparition. L'histoire s'arrête donc là. Apparemment, les disparitions de personnes sont rarement traitées comme un dossier criminel, même en cas de signalement de la part de la famille ou d'un proche. Et dans le cas de la Madone, il n'y a même pas eu de signalement.

Voilà qui ressemblait à Misaki. *Elle s'est bien renseignée*, songea Kaede.

Il n'était pas rare, pour les patients atteints de démence, de disparaître régulièrement. Heureusement, ce genre de comportement n'avait pas encore été observé chez grand-père, mais la *care manager* n'avait pas manqué d'informer Kaede à ce sujet.

Jusqu'à récemment, les personnes portées disparues étaient classées en deux catégories : celle des « fugues ordinaires », pour les sujets dont on pensait qu'ils s'éclipsaient de leur propre gré, et celle des « fugues spécifiques », pour ceux soupçonnés d'avoir commis une infraction. Dernièrement, cependant, on parlait plus volontiers de « disparition » que de « fugue », afin, semblait-il, de ne pas froisser la sensibilité des familles, qui refusaient de croire que leur proche ait pu déserter volontairement le domicile.

Autrement dit, Misaki n'avait pas choisi ses mots au hasard.

— Mais, Misaki… Dans le fond, tout ce que tu me rapportes, ce ne sont que des hypothèses ? demanda Kaede.

— Supposons que la Madone ait disparu volontairement. Supposons également qu'elle ait réussi à sortir de l'école sans que personne ne la voie faire.

— OK.

— Puis, elle serait montée dans le train à la gare la plus proche…

Il y en avait une à cinq minutes à pied environ de l'ancienne école de grand-père.

— À moins qu'elle n'ait pris une voiture stationnée non loin, ou qu'elle ait pris le bus.

— Ça, j'en doute, répliqua Misaki sans ciller. Il y a plein de caméras de surveillance installées dans la galerie marchande devant la gare. Au fait, ça reste entre nous…

Elle leva l'index devant ses lèvres.

— … mais un des collègues qui admiraient tout particulièrement la Madone s'entendait bien avec le président de l'association des commerçants. Il lui a forcé la main pour obtenir de vérifier les enregistrements de vidéosurveillance. Sauf qu'on n'y a pas trouvé la moindre silhouette qui ressemble à notre disparue, ni le jour même ni le lendemain. Comme, pour rejoindre l'arrêt de bus, elle aurait été obligée de passer devant la gare, ça élimine cette option. Quant à la voiture, elle n'en possédait pas, tout simplement. D'ailleurs, elle n'avait même pas le permis.

Qu'est-ce qu'il pouvait y avoir encore ? Rien du tout ? Kaede avait beau fouiller avec frénésie les moindres tiroirs de son cerveau, en quête de quelque piste, elle faisait désespérément chou blanc.

— Il n'y a donc qu'une possibilité, reprit Misaki.

Les yeux plissés, elle laissa son regard se perdre dans son verre d'eau gazeuse, dont les bulles s'étaient toutes dissipées.

— Elle s'est évaporée de la piscine après y avoir piqué une tête.

Des huit camarades de fac qui s'étaient retrouvées pour déjeuner, il ne restait plus, à présent, que Kaede et Misaki.

— Tu sais, Kaede…, murmura cette dernière en touillant son verre.

L'intéressée ne put s'empêcher de goûter cette complicité retrouvée, en dépit des circonstances.

— S'il n'y a pas d'affaire, on n'aura fait qu'échanger des rumeurs pendant soixante-quinze jours.

— Oui…

— On a vite trouvé quelqu'un pour remplacer la Madone. Les vacances d'été terminées, les cours ont repris, et bientôt, parmi les adultes, c'était comme si tout était revenu à la normale. Pire, dans la salle des profs, on avait l'impression qu'il était interdit de parler d'elle… Il régnait une ambiance pesante.

Voilà qui était compréhensible. Il n'était pas rare de voir de jeunes enseignants déserter tout à coup leur poste, pour des raisons psychologiques ou à cause de difficultés familiales. Rien que parmi les anciennes camarades de Kaede, on en comptait qui avaient été tellement affectées par la mort d'un proche qu'elles disaient « ne plus pouvoir assurer leur mission d'enseignement ».

Eh oui, les enfants n'étaient pas les seuls à sécher la classe.

Les enseignants étant des humains comme les autres, il leur arrivait de s'absenter, eux aussi. Deux de leurs camarades avaient même cessé de participer aux déjeuners de retrouvailles, sans explication. Elles devaient avoir leurs raisons.

— Au fait, Kaede !

Misaki, qui était indéniablement la plus forte d'entre elles – ou, du moins, qui en donnait l'illusion –, esquissa un sourire.

— Si tu vois ton grand-père, surtout, montre-lui ceci, ajouta-t-elle en lui envoyant une photo depuis son smartphone. Je l'ai prise l'année dernière, pendant un voyage scolaire. N'est-elle pas merveilleuse ?

L'instantané montrait une magnifique jeune femme en robe jaune, avec un temple bouddhiste à l'arrière-plan. Même si elle posait seule, on devinait tout de suite qu'elle était grande et stylée, peut-être à cause de la taille menue de sa tête.

Était-ce l'effet du soleil éclatant ? Ou la surprise d'être prise en photo ? Son sourire timide, qui semblait bricolé à la va-vite, avait quelque chose de charmant. On n'y voyait pas la moindre trace de désarroi.

Quels pouvaient bien être les problèmes qui la tourmentaient ? Et pourquoi a-t-elle disparu tout à coup ?

Kaede effleura la silhouette affichée sur l'écran avant de lever le nez, perdue dans ses pensées.

4

Kaede se rendit chez son aïeul, non sans avoir demandé à l'aide chargé de lui administrer des soins ce matin-là si le patient se sentait bien. Les malades voyaient immanquablement leur pression sanguine se dégrader et avaient tendance à ressentir des désagréments dès que la température chutait. Dans le cas de grand-père, cependant, le cocktail de médicaments semblait faire effet, sans détérioration visible de son état.

Lorsqu'elle entra dans la maison, Kaede entendit son grand-père s'entretenir avec un jeune homme dans son étude. La porte coulissante, mal conçue et probablement assemblée à la hâte, ne faisait rien pour étouffer leur conversation.

— As-tu réussi à enregistrer la stridulation de ce grillon ? Je crains qu'elle n'ait été trop faible pour être captée par un smartphone…

— Sans problème ! Je vais la mettre tout de suite en sonnerie.

Que c'est mignon !

Grand-père tirait une telle fierté des grillons qui chantaient dans son jardin, songea Kaede avec tendresse.

Bientôt, le kiné habituel émergea de l'étude, le sourire aux lèvres : tout s'était très bien passé.

— Mais à peine avons-nous fini la rééducation qu'il s'est replongé dans un livre…

Le travail du physiothérapeute consistait à aider le patient à retrouver sa mobilité, ainsi qu'à lui administrer des soins, par le biais de massages et de stimuli électriques. C'était, sans doute, la profession que l'on associait le plus spontanément au terme de « rééducation ».

Le kiné de grand-père était un jeune trentenaire aux cheveux courts et à la silhouette robuste. Ses muscles ischio-jambiers – « la partie du corps dont le nom rappelle le plus un coup spécial aux arts martiaux », comme aimait à la décrire Iwata – saillaient à travers la toile de son survêtement. Quant à sa posture gainée et son attitude stoïque, elles rappelaient celles d'un joueur de baseball qui aurait réussi l'exploit d'aller battre des records de l'autre côté de l'océan, dans la patrie même qui avait vu naître ce sport.

Une odeur sucrée vint titiller les narines de Kaede lorsqu'il la salua.

— C'est de l'essence de vanille, non ? Très agréable, commenta-t-elle.

— Pas exactement. C'est de la gousse de vanille, rectifia le jeune homme en haussant un sourcil épais et bien dessiné. Chez nous, on utilise des gousses entières pour préparer la glace à la vanille. Mon père disait qu'on risquait notre réputation si on cédait à la facilité en utilisant de l'essence.

— Je vois. Pardonnez mon ignorance.

— Je vous en prie ! Je vous apporterais volontiers des échantillons pour vous faire goûter, mais ce serait enfreindre les règles de la déontologie. Passez donc à la boutique, à l'occasion.

— Je n'y manquerai pas.

— À bientôt !

Lorsqu'il avait appris quel commerce tenait la famille de son kiné, grand-père s'était empressé de le surnommer « le Glacier ». Les parents du jeune homme ne se contentaient pas de gérer la boutique, cependant – ils possédaient l'immeuble entier, situé juste en face d'un terminus ferroviaire. S'il l'avait voulu, leur fils aurait pu reprendre le magasin pour en vivre confortablement. Mais après s'être occupé de sa grand-mère mourante, inspiré par cette expérience, il avait choisi de s'orienter vers une carrière de physiothérapeute. Il n'en continuait pas moins d'apporter son aide au magasin sur son temps libre – et à en juger par le parfum de vanille qui émanait de lui, il avait dû travailler avec ses parents le matin même.

Il avait fallu un mois à Kaede pour collecter toutes ces informations sur cet homme qu'elle ne faisait que croiser de temps à autre. Bien que de nature taciturne, il ne manquait jamais de lui répondre d'un ton enjoué lorsqu'elle engageait la conversation.

Rien à voir avec les collègues de l'école…

Étant elle-même plutôt réservée, Kaede éprouvait de la sympathie pour ce « Glacier », qui semblait particulièrement honnête et aimable, même au sein de l'équipe de soignants.

— Content de te voir. Mais tu as encore raté Kanae !

Assis sur son fauteuil, grand-père referma son livre et le posa sur la table, les traits détendus. Contre toute attente, il ne s'agissait pas d'un roman, mais d'un recueil de problèmes de shôgi – un type d'exercices auquel le vieil homme, par ailleurs cruciverbiste enthousiaste, se livrait de plus en plus souvent, sans doute parce que sa main tremblante ne parvenait plus à tracer les lettres. Le trouver en train de résoudre ces problèmes était généralement bon signe : cela indiquait qu'il avait toutes ses facultés intellectuelles.

J'adore le shôgi, même si les règles m'échappent totalement.

Dans une atmosphère oisive, la jeune femme commença par décrire la représentation de la troupe de Shiki, ainsi que la soirée qui s'était ensuivie.

— Ça avait l'air bien, commenta grand-père de façon inattendue. Ne trouves-tu pas merveilleux qu'ils ne se reposent pas uniquement sur l'intérêt de ces « pitchs » proposés par le public ? Car le plus important, c'est l'histoire qui en découle. Si elle n'est pas captivante, ça n'a aucun intérêt. Après tout, une trame n'est que ça : une trame. Si, en voyant l'histoire qu'ils en ont tirée, tu as trouvé ça intéressant…

D'une main frémissante, grand-père fit mine de mettre le roi adverse mat.

— … alors, je mets une note de cent points à cette représentation.

Comment pouvait-il accorder la note maximale à une pièce montée par de parfaits inconnus ? Kaede elle-même n'avait jamais eu cet honneur, lorsqu'il lui faisait improviser des histoires. Pourtant, ce jugement la rendait heureuse, même si elle n'aurait su dire pourquoi.

Peu importe.

Elle aborda ensuite ses retrouvailles avec Misaki, dont elle répéta les propos au sujet de l'Essuie-glace junior.

— Peux-tu écouter ceci ? lui demanda-t-elle avant de lancer la lecture du vocal enregistré sur son smartphone.

Les bras croisés, le vieil homme écouta le témoignage de Misaki, portant parfois les mains à sa bouche, une expression curieuse sur le visage. Suivant l'angle, il semblait tour à tour en proie à l'hilarité ou saisi par une sorte d'effroi. Sans doute s'inquiétait-il pour la Madone disparue.

Kaede, elle, se retint d'intervenir pendant l'écoute, pressée d'entendre l'« histoire » que cette affaire allait inspirer à grand-père. Consciente de sa précipitation, elle ne put s'empêcher de lui demander son avis dès l'enregistrement terminé.

— Mon avis peut attendre, répondit-il sans surprise, avant d'ajouter : Montre-moi d'abord la photo. Et j'aimerais entendre tes théories, aussi.

Le regard rivé sur son grand-père qui contemplait la photo avec intérêt, Kaede réfléchit quelques instants.

Si Shiki était là, il dirait sûrement : « Pourquoi faut-il toujours que les policiers, passés comme présents, prêtent une telle importance à leurs conclusions ? »

— Bon, je t'écoute, dit enfin grand-père. Bien sûr, je pars du principe que tout ce que Misaki t'a raconté est vrai… mais toi, quelle histoire tisses-tu de ce matériau ?

Kaede inspira un grand coup.

— Première histoire : la Madone n'est pas sortie de la piscine. Ou, plus précisément, elle n'a pas pu en sortir.

Elle eut un peu de mal à poursuivre.

— À la suite d'un concours de circonstances, la maîtresse s'est noyée. Dans ce cas, pourquoi n'a-t-on pas retrouvé de corps ? Parce qu'il est pris dans le tuyau d'évacuation. Chaque année, à travers le pays, on ne compte plus les accidents de piscine où des personnes trouvent la mort après que tout ou partie de leur corps a été aspiré par la bouche d'évacuation. Voilà pourquoi l'institutrice n'a pas refait surface. Maintenant encore, son cadavre est coincé quelque part dans le système d'évacuation de la piscine.

D'un œil craintif, Kaede guetta la réaction de grand-père.

— Il y a une incohérence, fit-il valoir. Certes, ces accidents sont légion. Mais les victimes, malheureusement, sont le plus souvent des enfants en bas âge. Il me semble hautement improbable qu'une femme adulte de la stature de la Madone ait pu se retrouver coincée dans le système d'évacuation. De plus, pour autant que je sache, jamais ce type d'accident ne s'est produit sans que l'on retrouve le corps.

Kaede fut soulagée de voir cette macabre théorie aussitôt balayée.

— Deuxième histoire : la Madone n'a jamais plongé dans la piscine. Pour une raison personnelle qui nous échappe, elle a mis en scène sa disparition afin de fuir la réalité. Cette histoire est étayée par le fait qu'en amont, l'intéressée s'est absentée de nombreuses fois en raison de problèmes d'ordre privé. Dans ce cas, pourquoi les élèves ont-ils tous témoigné que la maîtresse avait disparu après avoir plongé ?

Cette fois, Kaede regarda son grand-père droit dans les yeux – car elle avait un peu plus confiance en son histoire.

— Parce que tous les élèves de cette classe ont menti, poursuivit-elle. Par solidarité envers leur chère institutrice, ils se sont faits les complices de son plan.

Grand-père se frotta le nez de la main droite – un tic, quand il réfléchissait.

Cette théorie était-elle proche de celle du vieil homme ?

— Soixante-dix points, dit-il soudain. Non, soixante, même.

Pardon ? Il était en train de la noter ?

— C'est déjà mieux que ta première proposition, mais il y a encore des incohérences flagrantes. Premièrement, jamais tu n'obtiendras de trente élèves qu'ils débitent tous le même mensonge. On ne peut pas forcer les gens à dire ce qu'on veut. *A fortiori* des enfants.

Cette tournure de phrase rappela à la jeune femme une réplique d'un roman de Harry Kemelman déjà citée dans une de leurs conversations : « Marcher neuf *miles*, ce n'est pas facile. Mais alors, sous la pluie, c'est encore pire ! »

— Et puis, où est passée la Madone ? poursuivit-il. L'Essuie-glace junior et le glacier ambulant ont déclaré n'avoir vu personne sortir par l'arrière de l'établissement. Quant aux autres enseignants, ils ont établi qu'elle ne s'était pas cachée dans les vestiaires ni dans le placard à outils. Et comment expliques-tu le fait qu'elle n'ait pas été captée par une seule des caméras de surveillance disséminées devant la gare ? Tu ne vas pas me dire qu'ils étaient tous de mèche, quand même ? À moins que tu ne puisses répondre à toutes ces questions, la trame de ta deuxième histoire s'effiloche toute seule. Autrement dit…

Grand-père sirota une gorgée de sa tasse – qui contenait du thé, aujourd'hui, peut-être pour aller avec ses exercices de shôgi, discipline typiquement asiatique.

— Il existe une troisième théorie : l'histoire X.

Il sait y mettre les formes…

Kaede ne pouvait attendre la suite. Grand-père en avait-il conscience ? Elle n'aurait su le dire.

Ce fut le moment qu'il choisit pour prononcer sa requête habituelle :

— Kaede, tu veux bien me passer une cigarette, s'il te plaît ?

Avez-vous déjà fumé une Gauloise[1] *?* Tel était le titre d'un vieux tube japonais, selon grand-père.

Un nuage de fumée emplit l'étude. À l'origine, la pièce faisait douze tatamis[2], mais encombrée qu'elle était par les bibliothèques coulissantes, elle avait vu sa surface utile réduite de moitié. À l'inverse, pourtant, la vue de ces interminables rangées de livres donnait l'impression de se trouver dans un lieu immense, un peu comme lorsqu'on voyait son reflet répété à l'infini dans des miroirs parallèles.

Après avoir soufflé un troisième rond de fumée en direction de la fenêtre entrouverte, grand-père reprit :

— Je vois le tableau. Je n'ai même pas eu besoin d'en passer par une hallucination.

Que voulait-il dire ? Que cette énigme lui serait facile à résoudre ?

— Commençons par nous demander quels étaient ces problèmes d'ordre privé auquel la Madone faisait face. En règle générale, les soucis personnels se divisent en trois catégories : les ennuis de santé, les problèmes

1. *Gauloise wo sutta koto ga arukai*, de Hiroshi Kamayatsu (1976).

2. Le tatami ou *jô* est l'unité de mesure traditionnelle de la surface d'une pièce. Comme son nom l'indique, elle correspond aux dimensions standards d'un tatami : 91 sur 182 cm, soit environ 1,66 m^2 (sauf à Tokyo, où elle est de 88 sur 176 cm, soit environ 1,55 m^2). Une pièce de douze tatamis fait donc autour de 19 m^2.

d'argent, et les relations interpersonnelles. Alors, qu'est-ce qui pouvait bien la tracasser ainsi ?

Grand-père contempla un instant la fumée qui s'échappait par la fenêtre, comme s'il espérait que les problèmes de la disparue puissent se dissiper aussi facilement.

— Étant donné sa jeunesse et son passé de nageuse, éliminons l'hypothèse « santé ». Si l'on prend en compte sa beauté, assez exceptionnelle pour affoler ses collègues masculins, on peut en déduire que le problème était d'ordre relationnel – j'irais même jusqu'à parier sur une histoire d'amour. Mettons donc qu'elle sortait avec l'un de ses collègues. Alors, toutes nos interrogations trouvent réponse d'un coup d'un seul.

Sans réfléchir, Kaede jeta un regard sur la photo de la Madone, toujours affichée sur l'écran de son smartphone.

Certes.

Belle comme elle était, elle devait faire tourner pas mal de têtes…

— Tâchons de reconstituer la chronologie des événements tels qu'ils se sont déroulés ce jour-là. À 11 h 15, le cours de natation commence. Il faisait un temps idéal pour la piscine, et comme, en plus, c'était le dernier cours du semestre, les élèves devaient être surexcités. À 11 h 40, comme prévu, la Madone donne un coup de sifflet. « Les enfants, le moment tant attendu est arrivé : pour ces vingt dernières minutes, vous disposez d'un temps libre dans la piscine ! » Jusqu'ici, rien que de très normal.

Kaede acquiesça.

— Mais c'est à partir de là que la situation a viré au meurtre.

— Pardon ?

— Trop occupés à profiter de la piscine, les enfants n'ont plus prêté attention au comportement de leur institutrice. C'est à ce moment que c'est arrivé. Peut-être quelqu'un lui a-t-il fait signe, tapi dans les vestiaires. Quelqu'un à qui elle ne pouvait rien refuser, et dont la présence n'aurait jamais éveillé les soupçons – par exemple, quelqu'un qui avait l'habitude d'arroser les plantes et qui faisait spontanément le ménage dans l'établissement –, et surtout quelqu'un qui avait noué une relation avec la Madone… ou, pour le dire en clair, quelqu'un qui se trouvait au centre d'un triangle amoureux.

Un frisson parcourut l'échine de Kaede.

— Pas possible…

— Eh oui : le meurtrier n'est autre que la personne qui dirige l'école, affirma grand-père. C'est arrivé entre 11 h 45 et 11 h 55. L'Essuie-glace junior a assassiné la Madone dans les vestiaires. Sachant qu'il n'y avait pas de trace de sang, la victime a très probablement été étranglée à l'aide d'une corde trouvée dans le placard à outils. Dans un premier temps, l'assassin a dissimulé le corps dans le placard, s'est déshabillé, et a également laissé sa tenue au même endroit, avant de ressortir des vestiaires dans un maillot de bain enfilé au préalable – non sans avoir mis un bonnet et des lunettes de plongée pour parfaire l'illusion, bien sûr.

— Attends une minute, grand-père. Tu veux dire que le directeur aurait pris l'apparence de la Madone ? Il aurait beau faire, c'est impossible…

— Tu n'as pas encore compris ? répondit grand-père avec un sourire malicieux. Le directeur est une directrice.

— Mais non…

Kaede n'en croyait pas ses oreilles.

— Il n'est pas si rare de voir une femme nommée à la tête d'une école, tu sais. Ces derniers temps, surtout, on voit de plus en plus d'enseignantes jeunes et brillantes accéder à ce poste. Bien des années ont passé depuis ce jour où les journaux ont fait leurs titres sur la nomination du plus jeune directeur d'école de l'histoire, alors âgé de trente-deux ans.

Kaede se souvenait d'avoir vu l'information à la télé, à l'époque.

— De nos jours, je ne serais pas surpris de voir une quadragénaire nommée à la tête d'une école. D'ailleurs, en entendant parler d'un enseignant qui aime la propreté au point de passer son temps à polir les vitres et qui adore admirer les fleurs plantées dans le parterre, la plupart des gens imagineraient spontanément une femme, non ? Toi, Kaede, tu étais trop influencée par mon souvenir, si bien que tu avais décidé qu'il ne pouvait s'agir que d'un homme.

— Mais dans ce cas, laissa échapper Kaede, pourquoi Misaki ne l'a-t-elle pas précisé ? Enfin, si cet Essuie-glace junior était en réalité une jeune femme, elle aurait dû me le dire tout de suite, non ?

— Tout à fait, confirma grand-père. Quand tu m'as parlé de ce surnom, j'étais sûr que Misaki avait dû aussitôt ajouter « au fait, c'est une jeune femme ». Mais peut-être avais-tu l'esprit ailleurs, trop occupée à te souvenir de moi, et n'as-tu pas écouté ce qu'elle t'a dit ensuite ?

Il avait raison.

Superposant l'image de grand-père à celle de son « successeur », Kaede avait aussitôt pensé à la théorie de la vitre cassée. Ça, pour une surprise ! Et à cause de cela, elle avait manqué l'information la plus importante...

— Dans le mille, déclara grand-père, les yeux plissés. Je pensais pourtant que, même sans que je te le dise, tu avais compris qu'il s'agissait d'une femme... ou plutôt que tu ne pouvais pas ne pas t'en être rendu compte.

— Que veux-tu dire ?

— La pièce de théâtre que tu as vue la veille aurait dû t'apprendre à ne pas préjuger du genre des gens.

Kaede retint un cri de surprise.

— Il y avait d'abord cette personne que tu as prise pour une femme, et qui s'est révélée être un comédien travesti. Mais surtout, rappelle-toi le pitch que tu leur as soumis : « Une jeune femme de vingt ans dilapide ses économies aux courses de chevaux avant de s'embarquer sur un thonier », n'est-ce pas ? Même si, pour ma part, je ne comprends plus trop l'humour qui a cours de nos jours...

Grand-père souffla une volute de fumée.

— Je suppose que ce que tu trouvais divertissant dans cette trame, c'est justement le décalage entre un comportement que l'on prêterait spontanément à un héros masculin, et l'identité de la protagoniste, qui se révèle être une jeune femme.

Kaede ne sut que répondre. D'autant qu'elle aurait été bien gênée s'il lui avait fallu expliquer en détail pourquoi elle trouvait un tel scénario intéressant.

— Mais les indices ne s'arrêtaient pas là. Il y avait aussi cette phrase de Shiki lors de la fête, juste avant qu'il ne cède à l'ivresse. Comment l'a-t-il formulé, déjà ? « Il ne faut pas se laisser abuser par de fausses impressions... » Même si ce n'était qu'une coïncidence, ces mots s'appliquent parfaitement à notre directrice, tu ne trouves pas ?

Plus que la précision de l'argument, un autre détail surprenait Kaede : comment son aïeul pouvait-il se remémorer une réplique issue d'une conversation rapportée, qui n'avait même pas été enregistrée ? Elle garda cette question pour elle.

— Comment as-tu deviné que le directeur était une jeune femme ? Bien sûr, ce n'était pas impossible, mais cela reste assez rare…

— C'est tout bête. Si tu prends en compte les sentiments de Misaki, alors, la conclusion tombe sous le sens.

— Je ne comprends pas.

— Hier, juste avant de te dire au revoir, elle t'a glissé ceci : « Au fait, Kaede… Si tu vois ton grand-père, surtout, montre-lui cette photo. »

— Oui, et ?

— Réfléchis un peu. Elle tenait à ce que tu me montres une photo, à moi, l'Essuie-glace. Il semble donc logique que le cliché en question représente mon successeur, l'Essuie-glace junior. Je l'imagine mal partager sans scrupule une image de la Madone disparue. D'autant qu'elle a pris le soin de ne pas divulguer son vrai nom, ce qui n'est pas surprenant à une époque où l'on fait grand cas des données personnelles.

Kaede jeta un nouveau coup d'œil à l'instantané affiché sur son smartphone.

— Alors, cette femme en robe jaune…

— Eh oui. Elle n'est autre que l'assassin : l'Essuie-glace junior.

Un parfum d'olivier odorant s'infiltra par la fenêtre entrouverte. En langage des fleurs, cette plante symbolisait la vérité.

— Mais revenons-en aux événements de cette journée, suggéra grand-père. À midi pile, la cloche a sonné la fin des cours. Alors que les enfants s'égayaient encore dans la piscine, la directrice a émergé des vestiaires, sous l'apparence de la Madone. Postée au point A du plan, elle a demandé aux bambins de sortir de l'eau. De loin, avec son bonnet, ses lunettes de plongée et son maillot de bain similaire, qui aurait pu remarquer la substitution ? D'un côté, nous avons une directrice quadragénaire à l'allure particulièrement juvénile. De l'autre, une jeune institutrice dont la « beauté classique » lui donne un air de maturité tel qu'il n'est pas déplacé de la surnommer « la Madone ». Une fois en maillot de bain, elles deviennent impossibles à distinguer, et pas seulement aux yeux des enfants.

— Certes…

— Bref, les petits sont sortis sans se douter de rien. Après s'être assurée que personne ne l'avait reconnue, la directrice s'est glissée une nouvelle fois dans les vestiaires.

— Oui, jusqu'ici, je comprends. Mais…

Kaede souleva alors la plus grande des énigmes.

— Quel était ce bruit de plongeon qui a retenti ? Tous les élèves ont dit que la maîtresse avait piqué une tête.

— Pas « tous », rectifia grand-père en dressant un index malicieux. Je suis sûr que tu en as fait l'expérience, toi aussi, dans ton travail. Juste après le coup de sifflet, un des gamins – un petit fanfaron, sans doute – a sauté dans la piscine pour rire.

Oui, ça m'est déjà arrivé…

Il était difficile de mettre fin au temps libre dans la piscine d'un simple coup de sifflet. Il se trouvait toujours des petits malins pour faire mine de ne pas avoir entendu les avertissements.

Pour être honnête, c'était plutôt attendrissant de les voir faire.

— Oui, je vois. Donc, le garçon a piqué une tête, et est resté caché au fond de la piscine, en retenant son souffle.

— Exactement.

— Mais est-ce qu'un élève de quatrième année de primaire serait capable de rester près d'une minute en apnée ?

— À ton avis, combien de temps le champion du monde d'apnée peut-il tenir ?

— Eh bien…

Kaede songea à Jean Reno, qui tenait le rôle d'un *freediver* dans *Le Grand Bleu*, mais la seule image qui lui vint était celle d'un homme aux petites lunettes rondes.

— Autour de cinq minutes, je dirais ?

— Ne sois pas ridicule, s'esclaffa grand-père. Aussi loin que je me souvienne, le record était d'une dizaine de minutes. Aujourd'hui, il doit être encore plus long. Même pour un enfant de cet âge-là, une minute, ce n'est pas grand-chose.

S'il le disait, ça devait être vrai. Grand-père lui-même pouvait en avoir été le témoin. Après tout, internet regorgeait de vidéos d'écoliers qui essayaient de tenir plus d'une minute sous l'eau sans respirer.

— Au bout d'une minute environ, quatre ou cinq garçons ont sauté à leur tour, inquiets pour la sécurité de la Madone. Alors, notre petit farceur, qui n'arrivait plus à tenir, a refait surface… mais, surpris par toute cette agitation, il a fait semblant d'avoir plongé avec les autres.

— Je vois. Il a pris peur… et l'ambiance ne devait pas être favorable à ce qu'il avoue avoir été celui qui avait plongé, et non la maîtresse.

— Tout juste. Jamais il n'aurait imaginé que sa petite plaisanterie pourrait avoir des conséquences aussi dramatiques.

Il faudra que j'en parle à Misaki, songea Kaede.

— Pendant ce temps, dans le vestiaire, la directrice s'était rhabillée par-dessus son maillot de bain et retenait son souffle, le temps pour l'agitation de dissiper et pour les élèves de sortir par l'entrée de la piscine. Puis elle s'est glissée par la sortie arrière de la piscine, et a pris le couloir pour regagner son bureau. Là, il faut garder une chose à l'esprit…

Grand-père marqua une pause.

— La porte du bureau de la directrice s'ouvre vers l'extérieur, dans le couloir. Autrement dit, elle a dû la laisser entrouverte au préalable. De cette façon, si jamais il se trouvait quelqu'un dans le couloir au moment où elle revenait après avoir commis son méfait, elle serait dissimulée par le battant ouvert.

Kaede inspecta le plan qu'elle avait imprimé.

Je vois.

Il semblait improbable que quiconque passe dans ce couloir – devant l'infirmerie et le bureau de la conseillère scolaire – alors que la sonnerie de midi venait de retentir. Mais ce n'était pas complètement impossible.

En coupant par le parterre et en parcourant quelques mètres dans le couloir, à la faveur d'un angle mort, elle avait pu se glisser aussitôt dans son bureau…

— Quelques instants plus tard, alertés par les enfants en salle des profs, Misaki et ses collègues sont arrivés pour avertir à leur tour la directrice. À ce moment-là…

Grand-père posa les yeux sur son livre.

— La directrice, elle, avait repris son souffle, peut-être même était-elle en train de savourer une tasse de thé.

— Mais où est passé le corps jusque-là dissimulé dans le placard à outils ? Quand Misaki et ses collègues sont allés voir après les cours, il n'y avait plus rien.

— Parce qu'elle a eu vite fait de s'en débarrasser. Après tout, elle était connue pour s'occuper souvent du parterre de fleurs. Elle aura ramené une remorque par la porte arrière de la piscine et y aura déposé le cadavre de la Madone avant de le recouvrir d'une bâche. Quant à la remorque, peut-être est-elle restée disposée en pleine vue, à proximité du parterre.

Une image effroyable se forma dans l'esprit de Kaede.

— Alors, le cadavre de la Madone…

Un frisson lui parcourut la nuque.

— Cette nuit-là, à la lueur du clair de lune, la directrice l'a enterré dans le parterre de fleurs ?

— C'est la conclusion qui s'impose, oui. Et depuis, jour après jour, tout en polissant les vitres de son bureau, la directrice contemple le parterre de fleurs abritant les restes de sa victime… en se demandant quand et où la déplacer.

— Aussi effrayant que ça puisse paraître, le transfert de son bureau depuis l'étage vers le rez-de-chaussée prend tout son sens.

— Hmm… mais vu comme ça, cela voudrait dire que le déménagement était, depuis le début, lié à ses intentions meurtrières.

— Hein ?

— Par exemple, que dis-tu de cette histoire ? Notre belle et brillante directrice entame une liaison avec un des instituteurs. Hélas, celui-ci s'éprend bientôt de la Madone fraîchement recrutée. Alors, quel serait le meilleur endroit, dans cette école, pour que les amants se retrouvent ?

— Les vestiaires des enseignants, à la piscine ! répondit Kaede dans un éclair d'inspiration.

— Exactement, approuva grand-père. Un jour, la directrice a vu son amant s'éclipser dans les vestiaires avec la Madone. Peut-être s'est-elle d'abord convaincue qu'elle avait mal vu. Cependant, après avoir été témoin de la même chose plusieurs fois, n'y tenant plus, elle décide de transférer son bureau au rez-de-chaussée, d'où elle peut garder un œil sur les vestiaires. Sans vouloir me vanter, à mon époque déjà, j'avais réussi à établir un lien solide avec le conseil d'administration. Elle n'aura eu aucun mal à les convaincre de la laisser opérer ce changement dans le noble but de « cultiver le goût des plantes chez les enfants ». Malgré tout, les rendez-vous secrets n'ont pas cessé, au contraire. Alors…

Kaede termina la phase à sa place :

— L'affaire a viré au meurtre.

Une nouvelle brise glaciale porta vers eux des effluves d'olivier. En langage des fleurs, cette plante représentait également la tentation et l'ivresse, se rappela soudain Kaede. Elle décida de contacter Misaki dès son retour à la maison, avant même d'avertir la police.

Pourtant, une fois n'est pas coutume, grand-père lui réclama une deuxième cigarette, dont il exhala la fumée en direction de l'olivier odorant, un air grisé sur le visage.

Kaede ne pourrait pas repartir avant de s'être assurée qu'il avait bien éteint son mégot. Alors qu'elle lui préparait une nouvelle tasse de thé, grand-père prit soudain la parole.

— Tu sais, dans les problèmes de shôgi, il arrive parfois qu'on puisse trouver plusieurs solutions.

Qu'est-ce qu'il lui prenait, tout à coup ?

— Pourtant les auteurs de ces problèmes aiment à croire qu'il n'y a qu'une seule réponse correcte. Moi-même je préfère aussi que ce soit le cas, dans la mesure du possible. Car ainsi, tout est clair.

Il attrapa le recueil de problèmes posé sur la table.

— Parfois, néanmoins, la réponse supplémentaire à laquelle l'auteur n'avait pas pensé se révèle être la plus belle. À vrai dire, je pense en avoir trouvé deux dans ce recueil.

Il n'était quand même pas en train… de se vanter ?

— Et il en va de même avec notre affaire. Le moment est venu d'aborder le magnifique « tableau supplémentaire ».

Hein ?

— Attends, grand-père. Ne me dis pas… que tu as encore une histoire ?

— Tout juste. Et je pense qu'elle te plaira plus que les précédentes.

Qu'est-ce qu'il raconte ?

Une goutte de sueur coula sur le front de la jeune femme.

— Je t'écoute, grand-père.

Kaede déplia une chaise pour s'asseoir.

— Commençons par revoir ensemble les soucis qui tourmentaient la Madone. Comme je le disais plus tôt, les problèmes personnels se divisent généralement en trois catégories : si l'on élimine la santé, mais aussi les relations, déjà abordées dans l'histoire précédente, il ne nous reste plus qu'une option.

— Les problèmes d'argent ?

— C'est ça. Tu m'as dit que la Madone avait perdu sa mère jeune, et qu'elle n'avait plus que son père. Dans ce cas, pourquoi n'a-t-il pas signalé la disparition de sa fille chérie ? N'était-il pas inquiet ?

— Maintenant que tu le dis, c'est étrange, oui.

— Supposons que le père, accablé de dettes, se soit trouvé contraint de déposer le bilan. S'il avait affaire à un créancier un tant soit peu amoral, il n'allait pas s'en tirer facilement. Ce dernier serait allé réclamer des intérêts exorbitants à la Madone. En tant que fonctionnaire, elle représentait le garant idéal.

Kaede ne pouvait qu'acquiescer. Pourtant…

Tout ça me semble un peu tiré par les cheveux, quand même.

— Dans cette situation, vers qui pourrait-elle se tourner pour obtenir conseil ? Ne serait-il pas naturel pour elle de songer à la directrice, pour qui elle avait beaucoup de respect ? Jusque-là, tu me suis ?

— Franchement, j'ai l'impression qu'on empile hypothèse sur hypothèse…, répondit Kaede sans ambages.

— Mais je pense que, pour une fois, ça se tient. J'aimerais poursuivre.

À cet instant – très furtivement –, la jeune femme crut presque qu'il allait éclater de rire.

— Lorsque la Madone est venue lui demander conseil, la directrice, à court d'idées, lui a suggéré de filer à l'anglaise.

— Pardon ?

La proposition était si inattendue que Kaede ne saisit pas tout de suite le sens de ces paroles.

— La directrice et la Madone ont alors convenu du plan évoqué plus tôt afin d'orchestrer une « disparition inquiétante à la piscine ». La seule différence étant qu'il ne s'agissait pas d'une affaire de meurtre, mais d'un simple échange de place entre deux femmes en maillot de bain.

La « vérité » se fit graduellement jour dans l'esprit de Kaede.

— À 11 h 40, après avoir annoncé aux enfants le début de la récréation, la Madone entre dans les vestiaires, où l'attend déjà la directrice. Elle enfile une robe par-dessus son maillot, se coiffe d'un chapeau pour dissimuler ses cheveux mouillés, et ressort par la porte de derrière, équipée d'un sac de voyage préparé à l'avance. Le tout lui aura pris moins de dix minutes. Après tout, la directrice l'aura sans doute aidée à se changer.

Voilà qui était bien plus plaisant que l'histoire précédente.

— Une bonne dizaine de minutes avant que sonne midi et que le glacier s'installe, la Madone sort par l'arrière de l'école et grimpe dans un taxi commandé un peu plus tôt puis, dépassant la gare la plus proche, prend la direction d'une autre station, plus éloignée mais dénuée de caméras de surveillance. Après quoi, se mêlant à la foule, elle monte dans le Shinkansen et fuit vers la province.

— Tu veux dire que la Madone est encore en vie ? Et que son père est au courant ?

— C'est ce que suppose « filer à l'anglaise ».

— Mais…

Kaede avait encore une objection.

— Toute gentille et dynamique que soit cette jeune directrice, je doute qu'elle ait pu concevoir un plan aussi audacieux.

— Dans ce cas, que dis-tu de ça ? répliqua grand-père. Après avoir décidé d'aider la Madone, la directrice, à son tour, a demandé conseil à une certaine personne avec qui elle est encore en contact aujourd'hui. Une personne qui n'a jamais cessé d'aimer cette école où elle-même a enseigné par le passé, une personne qui s'inquiète quotidiennement pour sa cadette surnommée « l'Essuie-glace junior », une personne tellement affaiblie qu'elle peine à remplir une feuille de papier mais qui s'efforce quand même d'entretenir une correspondance avec elle. Une personne qui a encore assez de contacts dans la profession pour être capable de trouver une place dans le privé, quelque part en province, où son amie pourrait atterrir après avoir filé à l'anglaise…

Grand-père posa les yeux sur le porte-courrier qui ornait le rayon inférieur de sa bibliothèque.

— Il se peut qu'il y ait là une lettre écrite de la main de la Madone, à transmettre à Misaki une fois que les choses se seront tassées. Bien sûr, comme il s'agit d'un document intime, cette personne ne l'a pas ouverte, mais elle n'a pas besoin d'en lire le contenu pour deviner qu'elle déborde d'affection envers sa chère collègue Misaki. Hypothétiquement.

Voilà qui était incroyable.

Pfff. Grand-père souffla un nuage de fumée en direction de la fenêtre. Puis, le regard perdu dans les volutes bleutées, il esquissa une nouvelle fois un coup gagnant au shôgi.

— Mat.

Pour une raison mystérieuse, cette fois, sa main ne trembla pas d'un millimètre.

— Kaede. Comme je connaissais déjà le fin mot de cette histoire, je n'ai pas pu m'empêcher de m'amuser un peu avec toi. J'ai essayé de chercher une solution alternative… même si la théorie du transfert de cadavre était un peu tirée par les cheveux, je te l'accorde. Et s'il est une chose que j'aimerais que tu en retiennes, c'est cet adage : « Une personne qui aime les fleurs n'est jamais mauvaise. » Plus encore que son prédécesseur, l'Essuie-glace junior aime les fleurs, et c'est pour cette seule raison qu'elle a déménagé son bureau.

Incroyable – la personne qui avait concocté ce plan dans ses moindres détails se tenait juste devant Kaede ?

Pourtant, une chose, encore, lui échappait.

— Dis-moi, grand-père… J'ai juste une question.

— Laquelle ?

— Pourquoi cette personne est-elle allée jusqu'à élaborer une mise en scène aussi compliquée ? N'est-ce pas un peu étrange ? Si le but était simplement de filer à l'anglaise, pourquoi ne pas avoir appelé un taxi au milieu de la nuit pour fuir vers une gare éloignée ?

Grand-père eut un petit rire.

— Cette histoire n'aurait absolument rien d'intéressant.

— Hein ?

— Rappelle-toi ce que je t'ai dit au sujet de la pièce de Shiki : si l'histoire n'est pas divertissante, cela n'a aucun intérêt.

Kaede en resta sans voix.

Incroyable…

Le « mobile » de cette affaire était donc…

— Le divertissement ?

Il n'était pas sérieux !

— Dernier cours de natation avant les vacances d'été. La saison des pluies vient de se terminer, le ciel est dégagé. Par une chaleur écrasante, la Madone admirée de tous disparaît, comme un mirage. Voilà une histoire que les enfants se feront un plaisir de répéter à qui voudra l'entendre tout au long de leur vie. De tout temps, partout à travers le monde, il n'est de meilleure expérience pour les bambins que celle d'un mystère estival.

À cet instant, le brasier de sa cigarette s'éteignit avec un petit bruit feutré.

— Ah là là, gémit grand-père. L'eau est entrée.

Une hallucination.

Le spectacle d'un plancher inondé était une vision courante chez les patients atteints de démence à corps de Lewy.

— La Madone se dresse là-bas, au bout de la jetée. Son visage n'affiche que des émotions positives. Les yeux rivés sur les vagues qui lèchent le rivage, elle appelle l'été de ses vœux. Avant de formuler un souhait : celui de pouvoir nager là, au bord de cette île, sans le moindre souci en tête.

Il a parlé d'une île ! Heureusement que les créanciers ne sont pas là pour l'entendre…

Grand-père avait dû faire en sorte que la Madone, originaire d'une île retirée, trouve un poste dans une école primaire dont le cadre lui rappelait son village natal.

D'un geste délicat, Kaede borda son grand-père, déjà presque endormi.

Livre 4

Nous sommes trente-trois !

1

Des loutres avaient élu domicile sous le lit, se plaignait grand-père. À en croire l'aide-soignante, le vieil homme insistait pour déplacer son couchage, malgré tous ses efforts pour l'en dissuader.

Le cœur lourd, Kaede se rendit à Himon'ya. Grand-père avait beau savoir que ses hallucinations étaient le produit de sa DCL, il lui arrivait, à de très rares occasions, de se laisser convaincre de leur réalité. Ces cas étaient généralement le signe que le patient, soumis à une forme de stress, allait mal.

Kaede, elle, savait pertinemment quelle était la cause de ce stress.

C'est parce qu'il n'entend plus les voix des enfants.

Petite, Kaede surnommait le quartier de Himon'ya – ou plutôt le périmètre de trois cents mètres carrés environ où elle évoluait alors – la « ville aux bonbons rouges ». La zone résidentielle au charme désuet regorgeait d'étroites rues à sens unique, où des panneaux triangulaires indiquaient aux voitures de marquer l'arrêt çà et là. Aux yeux de la fillette, leurs plaques blanches ornées d'un liseré rouge ressemblaient à des friandises qu'elle voyait souvent chez le confiseur.

Un de ces « bonbons rouges » se dressait à côté du portail de la maison de grand-père, elle-même située dans une allée exiguë, mais on l'avait retiré quelques jours plus tôt afin de permettre le lancement de travaux sur les égouts qui se poursuivraient toute l'année. La procédure contraignait les élèves de l'école maternelle voisine à faire un détour matin et soir, privant grand-père de leurs adorables bavardages.

Lorsque la porte d'entrée s'ouvrit, la cheffe des aides-soignantes prit Kaede par la main, comme si elle l'attendait, pour l'attirer à l'intérieur. Elle devait avoir une quarantaine d'années. À en juger par ses cheveux raides coupés en un carré bien net, elle semblait accorder plus d'importance à son travail qu'à la mode – et son seul souhait était de mener une existence droite et honnête, car la vie est longue, disait-elle. Entre eux, grand-père et Kaede lui donnaient le surnom affectueux de « Miss Kappa », en référence à sa coiffure, qui n'était pas sans rappeler celle de ces diablotins aquatiques bien connus du folklore nippon.

— J'ai beaucoup hésité, mais je pense que nous n'avons plus d'autre choix que de lui montrer qu'il n'y a rien sous son lit, dit-elle.

— Entendu, acquiesça Kaede. Je suis désolée pour tous les tracas qu'il vous cause.

— Je vous en prie. Quelle maladie étrange, quand même, pour qu'elle mette une personne aussi intelligente dans un état pareil !

Sa façon de parler sans détour inspirait la confiance.

— Bon. C'est un peu précipité, mais allons-y.

D'un geste énergique, Miss Kappa poussa Kaede en direction de l'étude. Un lit médicalisé n'était pas un meuble que l'on pouvait déplacer seul.

— Bougez-le et voyez par vous-mêmes ! Il y a forcément deux, que dis-je, trois loutres là-dessous.

Tournant le dos au patient découragé, les deux femmes poussèrent le lit pour lui montrer le plancher nu.

— Regarde, grand-père, tu n'as plus à t'inquiéter. On dirait que les loutres ont déménagé ailleurs.

— Ah… tu as raison, répondit grand-père, même s'il n'avait pas l'air convaincu. Le froid a dû les faire fuir.

Ses épaules s'affaissèrent visiblement. Sans doute avait-il honte de ne pas s'être rendu compte plus tôt que ces loutres n'étaient qu'une hallucination. Difficile de savoir s'il voulait les exterminer, ou s'il s'était au contraire réjoui de la présence de ces petits locataires.

Quelque chose disait pourtant à Kaede que c'était plutôt la seconde option.

— Au fait, comment ça se passe, à l'école ? demanda grand-père d'une voix légèrement assoupie quand Miss Kappa fut partie.

Kaede ne s'était donc pas trompée : il était triste de ne plus entendre les enfants passer devant ses fenêtres.

— Voyons voir… Oh, j'ai une anecdote, même si elle n'est pas toute récente. Ça s'est passé il y a un peu plus de six mois…

La jeune femme se lança dans le récit qu'elle avait préparé.

— Tu verras, il y a un peu d'horreur, un peu de fantastique, mais dans le fond, c'est surtout une histoire pleine de suspense.

Encore abattu une seconde plus tôt, grand-père esquissa un sourire ravi. Sans doute parce qu'il n'aimait rien tant qu'une bonne histoire – qu'il s'agisse de suspense, d'horreur, de fantasy ou de science-fiction.

Après avoir ménagé une pause, Kaede reprit d'une voix feutrée :

— Ce jour-là, il y avait en tout trente-deux personnes dans la classe, quand soudain, une trente-troisième a fait son apparition.

Vois-tu, grand-père… À cette époque, j'avais en charge ma première classe de sixième année, parmi laquelle figurait un trio d'élèves tout à fait uniques. Comment les décrire… Sans doute les imagineras-tu plus facilement si je les compare aux trois petits sorciers vedettes de la saga de J.K. Rowling, *Harry Potter*. Le premier était un garçon à lunettes, au caractère droit mais farceur. Appelons-le Harry. Le deuxième était un adorable bonhomme au visage constellé de taches de rousseur, timide mais gentil. Nous l'appellerons Ron. Quant à la troisième, c'était une petite star, très populaire auprès des garçons, y compris pour son côté déterminé. Nous l'appellerons tout naturellement Hermione. Au premier abord, ces trois enfants n'avaient rien en commun, mais ils avaient sympathisé très vite et étaient toujours au centre de l'attention de la classe. J'ai fini par apprendre que c'était leur goût commun pour les romans policiers et de fantasy qui les avait rapprochés. Bien… En ce jour fatidique, alors que notre trio se montrait aussi agité que d'habitude, la dernière heure était consacrée à un entraînement à la conversation en anglais. Car maintenant, même dans le public, il est courant de proposer des cours d'anglais dès la cinquième année de primaire. Au passage, notre classe comptait en tout trente-deux élèves : seize filles et seize garçons. Cela te semblera peu, peut-être, comparé à ton époque, grand-père, mais c'est la norme actuelle. Tiens, je t'ai dessiné un plan. Où sont tes lunettes ? Je vais te les chercher.

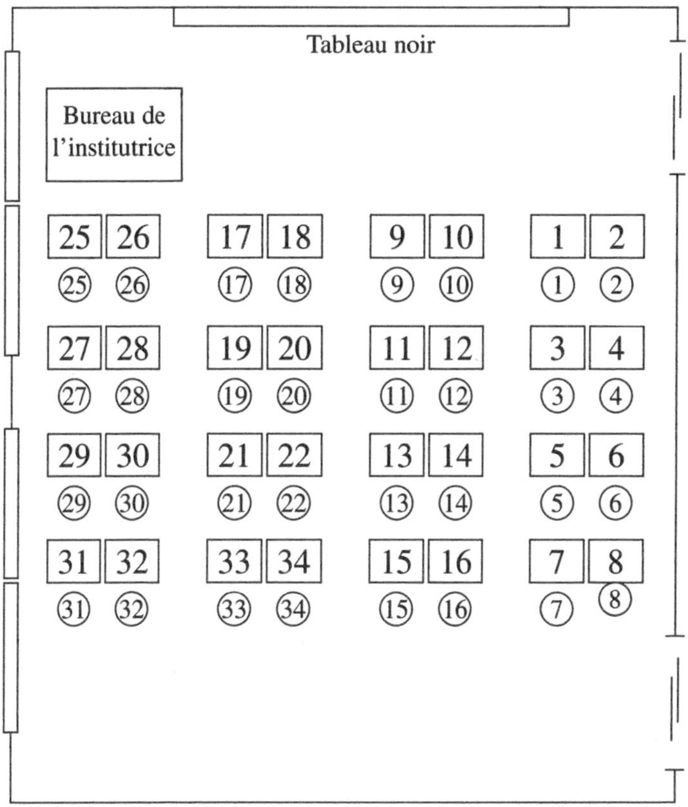

La cloche a sonné l'heure, et j'ai tapé dans mes mains. « Bien, comme toujours, je vais vous demander de travailler deux par deux et de parler exclusivement anglais, leur ai-je annoncé. Vous pouvez vous inspirer des phrases types du manuel, mais je ne veux pas entendre un seul mot de japonais ! Le premier qui parle japonais… redouble son année ! » Toute la classe a ri aux éclats. Je pense qu'ils se réjouissaient sincèrement, car même si ce cours fait partie du programme, il est particulièrement ludique. Mais… c'est le moment qu'a choisi Harry pour remonter ses lunettes et lever la main en disant : « Vous ne croyez pas que c'est ennuyeux ? En tant que délégué de classe, j'ai une proposition pour vous. Et si on organisait un concours d'histoires qui font peur ? » J'ai tenté de faire valoir que ça n'entrait pas dans le cadre du cours, mais tous ses camarades ont validé la proposition à grands cris. « Oui, on veut entendre des histoires qui font peur ! » Même Hermione, d'ordinaire si sérieuse, s'est fendue d'un : « Allez, quoi, maîtresse ! » Tous les garçons se sont mis à l'imiter, et même Ron, qui l'aimait beaucoup, n'avait pas d'objection. J'ai donc cédé à leur demande, à la condition de n'y consacrer que quinze minutes.

Quelques-uns des enfants ont raconté des « histoires qui font peur » qu'ils avaient entendues ailleurs mais qui les faisaient sourire. Puis Harry s'est levé.

« À mon tour, a-t-il annoncé. Dites, est-ce que vous connaissez l'histoire du fantôme qui hante cette salle de classe ? Il s'agit d'une fille d'environ notre âge. »

Une lueur d'effroi brillait dans ses yeux, mais comme toujours, je ne parvenais pas à déchiffrer son expression. Le silence s'est abattu dans la classe, qui jusque-là bruissait de bavardages. Harry a poursuivi comme si de rien n'était :

« C'est mon arrière-grand-père qui me l'a racontée hier soir. "Pendant la guerre, il y avait un grand abri antiaérien à proximité de ton école, m'a-t-il dit. Même qu'il résonnait en permanence des pleurs d'une enfant. Il n'est rien de plus effrayant que d'entendre un enfant pleurer dans le noir. Jusqu'à ma mort, jamais je n'oublierai le son de l'alarme antiaérienne, ni la voix de cette petite fille esseulée…"

— Attends, l'ai-je interrompu malgré moi, inquiète pour la petite. C'est un témoignage très important que tu nous rapportes. Mais l'abri en question se situait *à proximité* de l'école, n'est-ce pas ? Dans ce cas, je doute que le fantôme puisse hanter cette classe.

— Justement, maîtresse. Je suis allé faire des recherches à la bibliothèque hier soir. Et c'est là que j'ai compris. Cet endroit où l'abri se trouvait, *à proximité* de l'école… » Harry a alors pointé le doigt vers le fond de la classe. « … c'était dans les environs de la salle où nous nous trouvons en ce moment. »

Toute la classe s'est alors retournée vers le fond de la salle. À partir de là, toutes les autres histoires ont été écoutées dans le silence le plus total. Pour être honnête, je pensais qu'on était sortis du cadre de ce moment de divertissement. Et quand j'ai tapé dans mes mains pour annoncer la clôture de ce concours d'histoires qui font peur, tous les enfants ont semblé soulagés. Alors, enfin, nous sommes revenus à notre entraînement de conversation en anglais.

« Vous avez deux minutes. Vous êtes prêts ? Et… c'est parti ! » Tous les enfants se sont mis en équipe de deux, voire de trois, côte à côte, et se sont appliqués à parler anglais. Deux minutes, ça peut sembler court pour des enfants, mais en réalité, c'est étonnamment long. Très vite, ils avaient épuisé les phrases d'exemple du manuel, et quelques garçons ont commencé à parcourir leur bureau du regard pour débiter des évidences, telles que *« Is this a book ? »* ou *« I have a… pencil ! »*. Passant lentement entre les tables, je me suis dirigée vers l'arrière de la salle. Par la fenêtre, j'apercevais le cerisier qui, bien qu'à moitié épanoui seulement, semblait à cette distance au faîte de sa floraison. Parvenue à côté du duo central du dernier rang, constitué de Ron et Hermione, je me suis retournée vers le tableau noir pour embrasser toute la classe du regard. Levant les yeux vers l'horloge, j'ai alors constaté que les deux minutes étaient écoulées.

C'est là que le problème commence. « C'est terminé ! » leur ai-je annoncé... Alors, Ron et Hermione, qui étaient juste à côté de moi, se sont brusquement écartés l'un de l'autre et ont commencé à se chamailler. Ron, d'ordinaire si calme, a haussé le ton, tout rouge : « Tu as parlé japonais ! Je t'ai entendue ! » Hermione n'était pas en reste : « Qu'est-ce que tu racontes ? C'est toi qui as parlé japonais ! » Quand j'ai essayé de les calmer et de leur demander des explications, tous deux m'ont répondu : « J'ai clairement entendu quelqu'un parler japonais. » Ils ont même précisé que les mots en question avaient été prononcés « d'une voix plaintive et triste ». Quand j'ai tenté de creuser le sujet, ils m'ont indiqué que la voix « venait de derrière ». Moi qui me trouvais à leurs côtés, je ne me souvenais pas avoir dit quoi que ce soit, bien sûr. Et je puis témoigner qu'il ne se trouvait personne derrière moi, puisque nous étions au fond de la salle. Bientôt, tous les enfants ont commencé à s'agiter... Ils se demandaient si un intrus n'était pas venu se glisser dans cette classe qui ne devait compter que trente-deux personnes. Et, pire, si l'intrus en question n'était pas le fantôme de la petite fille de l'abri antiaérien. À cet instant précis, un rayon de soleil est venu s'abattre sur un recoin de la pièce, aussi sombre qu'un bunker, et qui semblait encore plus exigu qu'à l'accoutumée. Une brise soufflant depuis le couloir est venue soulever la poussière, qui s'est mise à scintiller dans la lumière… Je me souviens avoir vu quelques-unes des filles porter la main à leur bouche, comme pour retenir un cri.

Il faisait très frais en ce début de printemps, si bien que toutes les fenêtres étaient verrouillées de l'intérieur. Les portes à l'avant et au fond étaient entrouvertes, mais je n'ai vu personne entrer. L'arrière de la salle se trouvait à l'extrémité du bâtiment ; nous ne pouvions donc pas entendre les voix des élèves des classes voisines. Harry, Ron et Hermione n'étaient pas du genre à mentir, ni à mener leurs camarades en bateau. Bref, l'histoire, c'est qu'une trente-troisième personne a soudain fait son apparition dans une classe de trente-deux. Alors, grand-père… quel genre d'histoire vas-tu tisser ?

Kaede s'était efforcée de raconter son anecdote d'un trait, craignant que grand-père ne s'endorme. Précaution inutile, pourtant : contrairement à ce qu'avait pu laisser penser son attitude plus tôt, l'aïeul s'exprima d'une voix nette.

— Kaede, tu veux bien me passer une cigarette ?

2

Les bruits des travaux effectués sur les canalisations s'étaient tus depuis un moment, sans doute le temps pour les ouvriers de déjeuner. À la place retentissaient des chants d'oiseaux, portés par la brise claire de ce début d'hiver.

— Une tourterelle orientale ! Son cri rappelle le hululement de la chouette, remarqua grand-père. N'est-ce pas justement ce dont il est question dans l'histoire du petit Harry et de ses copains ? ajouta-t-il, les traits détendus, pour le plus grand plaisir de Kaede.

Sorcier en herbe, Harry Potter possède une chouette blanche – le fait que grand-père se souvienne aussitôt de ce détail semblait indiquer que son intellect se ravivait en temps réel.

— Si je puis dire, il ne s'agit donc pas d'un « défi au lecteur », mais plutôt d'un « défi au vieillard isolé ».

Grand-père esquissa un sourire heureux tout en faisant pivoter lentement sa tête, peut-être pour soulager ses épaules.

— Dans le récit que tu viens de dérouler pointent tous les indices nécessaires à la résolution de l'énigme. Si je devais lui donner un titre, ce serait sans doute : « Nous sommes trente-trois ! »

Kaede saisit aussitôt l'allusion : *Nous sommes onze !*, classique du manga signé Moto Hagio. L'histoire, qu'elle avait lue sur la recommandation de son aïeul, était un court récit de science-fiction situé dans une navette spatiale manœuvrée par un équipage de dix personnes, dans laquelle une onzième faisait soudain son apparition – ce qui en faisait, pour ainsi dire, le summum du mystère en chambre close.

— Bien, reprit grand-père en cessant ses mouvements pour regarder sa petite-fille droit dans les yeux. Cette histoire comporte une incohérence de taille. Une fois qu'on l'a remarquée, l'énigme de la trente-troisième personne se résout d'elle-même.

La tension était à son comble.

— Quelle est donc cette fameuse incohérence ?

Il plissa les yeux, comme pour sonder les pensées de Kaede.

— Elle figure jusque sur le plan. En d'autres termes… il s'agit du fait qu'en dépit du froid qui régnait ce jour-là, les portes à l'avant et au fond de la classe étaient entrouvertes.

Décidément ! Comme elle s'en doutait, il n'y avait pas meilleur médicament pour grand-père qu'un bon vieux mystère…

— Les fenêtres étaient verrouillées, alors pourquoi ne pas avoir également fermé les portes pour empêcher le vent de s'engouffrer à l'intérieur ? Il n'y a qu'une réponse possible : pour ventiler la pièce. La scène se passe il y a un peu plus de six mois, alors qu'un virus d'un nouveau type faisait encore rage. Kaede, était-ce une façon pour toi d'évaluer l'état de ma mémoire ?

Grand-père leva les yeux au ciel d'un air malicieux.

— Maintenant, venons-en à ta description de Harry : « une lueur d'effroi brillait dans ses yeux, mais *comme toujours, je ne parvenais pas à déchiffrer son expression* », disais-tu. Tu n'as pas menti. Tu as fait très attention.

D'un geste lent, il désigna sa propre bouche.

— Rien d'étonnant à ce que tu n'aies pas pu lire ses émotions. Pour le dire autrement, à l'instar de tous les petits enfants, *il portait un masque*, comme toujours.

— Je te reconnais bien là, grand-père.

— C'est là qu'émerge une autre contradiction : le fait que ces garçons et ces filles fassent équipe « côte à côte » pour s'entretenir en anglais, et ce, en dépit du risque d'infection. Les processus mis en place à l'école sont-ils si désinvoltes qu'ils en ignorent les dangers de la transmission ? Non, il n'y a qu'une seule explication possible.

Grand-père s'exprimait sans détour.

— Les élèves n'ont pas fait équipe entre voisins de rangée, mais avec leur camarade situé devant ou derrière eux.

Kaede avala sa salive.

— Laisse-moi te l'expliquer à l'aide du plan fourni. Les enfants du premier et du troisième rang restent à leur place. Le gros du travail revient aux deuxième et quatrième rangs, dont les enfants doivent reculer leur bureau puis venir coller leur siège dos à celui de leur camarade de devant. Ainsi, ils ont commencé à discuter en anglais, chacun regardant dans la direction opposée. De cette manière, chaque équipe peut respecter les règles de distanciation. À vrai dire, j'ai vu aux informations qu'une telle disposition était observée dans pas mal d'écoles à travers le pays à cette période. Dans ces conditions, il n'est pas étonnant que le fond de la salle ait semblé « plus exigu encore que d'habitude ». Cette zone était bel et bien *plus exiguë que d'habitude*. Les enfants situés à l'arrière de chaque groupe n'ayant pas la place de mettre leurs jambes sous leur bureau, les rangées prennent plus de place, ce qui réduit d'autant l'espace au fond de la salle. Alors, qu'en penses-tu ? Si mes explications sont trop absconses, peut-être deviendront-elles plus claires grâce au deuxième plan que tu as probablement préparé.

Incroyable. Il avait tout deviné ! songea Kaede en dépliant une deuxième feuille de papier.

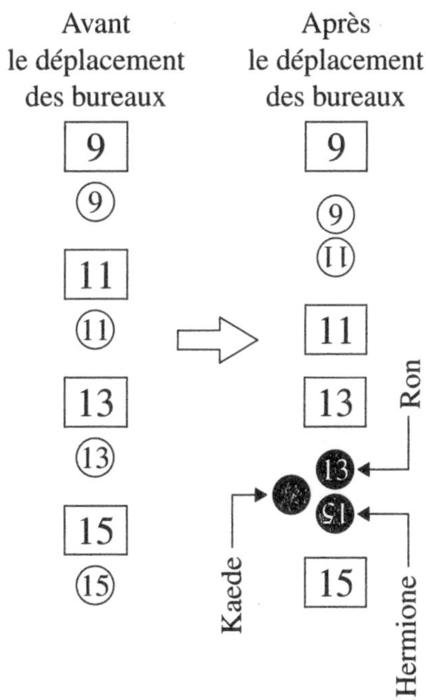

Quelque part, encore, une tourterelle poussa son hululement de chouette, rappelant à Kaede le volatile niché dans le mur de ce bar italien où elle avait fait la connaissance de Shiki.

La chouette, messager des sorciers.

Son grand-père, lui, était un véritable sorcier du mystère.

— Au point où nous en sommes, nous avons presque déterminé l'identité de la trente-troisième personne, déclara le vieil homme sans ambages mais non sans gentillesse. Kaede… cette trente-troisième personne, c'est toi.

L'intéressée acquiesça d'un signe de tête.

— C'était la première classe de sixième année dont tu avais la charge. On était au tout début du mois de mars, à l'orée du printemps. Ce cours de conversation en anglais représentait une rare occasion pour toi d'interagir avec tes élèves préférés – mais surtout, c'était le dernier cours de l'année[1], pas vrai ? N'est-ce pas pour cette raison que tu as accepté la suggestion de Harry d'organiser un « concours d'histoires qui font peur » afin de créer des souvenirs pour toute la classe ? Et je comprends ta motivation. Pour la première fois, tu allais voir des élèves quitter l'école. Bientôt aurait lieu leur cérémonie de fin de primaire. Là, ce ne serait pas les enfants qui allaient pleurer. Crois-en mon expérience… Ce sont toujours les enseignants qui versent quelques larmes.

Grand-père ferma les yeux un instant, comme pour savourer un souvenir.

— Un an plus tôt encore, ce n'étaient que des enfants, mais bientôt, ils parleraient couramment anglais. Quelle évolution prometteuse ! Alors que tu déambulais entre les tables, dehors, le cerisier à moitié épanoui semblait déjà au faîte de sa floraison. Puis arrivée au dernier

1. Au Japon, l'année scolaire commence en avril et s'achève en mars.

rang, juste à côté du duo formé par Ron et Hermione, tu t'es retournée vers le tableau pour embrasser la classe du regard et graver ce tableau dans ta mémoire. C'est alors que c'est arrivé. Sans t'en rendre compte, tu as parlé d'une voix plaintive. Pour dire « oh non, ils me manquent déjà », par exemple.

Mais oui…

Maintenant encore, ses souvenirs n'étaient pas très nets. Elle ne s'en était rendu compte que plus tard, mais elle avait bien dû laisser échapper une remarque de ce genre. Sans même en avoir conscience. Comme l'avait décrit grand-père.

Ce n'était qu'après toute cette agitation que la vérité lui était apparue : *la trente-troisième personne, c'est moi.*

— C'est là que Ron et Hermione, assis *juste à côté* de toi, dos à dos, ont entendu une voix par-dessus leur épaule – la tienne. Ron a cru qu'il s'agissait d'Hermione, et vice versa. À l'oreille, il est difficile de différencier une voix d'homme d'une voix de femme dans le murmure d'une personne d'une vingtaine d'années. Chacun a cru entendre la voix de son partenaire. Mais comme les deux minutes étaient écoulées sans que ni l'un ni l'autre ait parlé japonais, l'incident a eu vite fait de virer à l'histoire horrifique.

Kaede acquiesça de nouveau – ou du moins en donna-t-elle l'impression – mais, intérieurement, elle lui tirait la langue.

Grand-père, tu as fini ? s'apprêtait-elle à lui demander, lorsqu'il lui brûla la politesse avec un sourire :

— Mais ce n'est pas le fin mot de l'histoire, n'est-ce pas ? dit-il, malicieux. Ce défi, adressé non pas au lecteur mais au vieillard esseulé, est un problème en deux étapes. L'histoire que je viens de tisser n'est qu'un prélude. Il existe une « histoire alternative » qui va venir compléter le tableau.

— *La trente-troisième personne est quelqu'un d'autre*, dit-il sans ambiguïté.

Pas possible. Il n'avait pas terminé...

— Le premier plan nous en offre un indice évident. Il y a tout d'abord cette chaise numéro 8, en bas à droite, qui, à la différence des autres, semble collée au bureau. Ce qui nous indique donc qu'elle est rangée. Autrement dit, l'enfant normalement assis à cette place n'était pas là. Le siège numéro 8 est celui d'une fillette absente de longue date. Les absentéistes se voient souvent attribuer une place au fond de la salle, près de la porte, afin de faciliter leur retour à tout moment. C'est forcément le cas de cette place numéro 8.

— Comment sais-tu qu'il s'agit d'une fille ?

— Je l'expliquerai plus tard. J'aimerais d'abord aborder les raisons qui ont motivé le comportement de Harry pendant ce cours. Tu l'as décrit comme « un garçon au caractère droit mais farceur ». Avec un tel tempérament, serait-il du genre à profiter du dernier cours – moment tout trouvé pour dire au revoir à sa maîtresse et à ses petits camarades – pour raconter des histoires qui font peur et effrayer tout le monde ? Il semble plus logique qu'il ait eu d'autres intentions.

Comme il fallait s'y attendre, aucun détail ne lui avait échappé.

— Peut-être s'était-il rendu inlassablement chez l'élève absente pour la convaincre de revenir à l'école, jusqu'à ce qu'elle accepte de venir pour le dernier cours. « Tout le monde t'attend. Toute la classe va faire ses adieux à Mme Kaede. » Grâce à ses efforts, la fillette était enfin de retour, sans que toi ni les autres enfants ne vous en doutiez. Mais puisqu'il s'agissait avant tout de retrouvailles entre copains, notre farceur de Harry a eu envie de soigner la surprise. Peut-être même est-ce cette attitude espiègle qui a achevé de convaincre sa camarade. Il commence donc par raconter l'histoire effrayante de « la fillette de l'abri antiaérien ». Puis, une fois le cours de conversation terminé, il avait prévu de crier : « Tout le monde ! Regardez au fond de la salle ! » Et c'est là que la petite absentéiste aurait fait son apparition, par la porte de derrière, côté est… Et leurs camarades, qui se faisaient du souci pour leur amie absente, lui offriraient un tonnerre d'applaudissements – du moins, c'était le projet. Si l'on regarde bien le plan, on s'aperçoit que, contrairement à la porte avant, celle du fond est ouverte en grand, afin de faciliter l'entrée de la fillette. Le besoin de ventilation ne suffisait pas à justifier ce détail.

— Dis-moi, grand-père, j'ai deux questions…

— Je t'en prie.

— Premièrement, comment as-tu compris qu'il y avait une absentéiste ?

— Voici ce que tu m'as dit au sujet du cours de conversation : « Tous les enfants se sont mis en équipe de deux, voire de trois, côte à côte, et se sont appliqués à parler anglais. » Si les enfants avaient été au nombre de trente-deux, ils se seraient naturellement répartis par deux. Pourquoi se donner le mal de former un trio ? Pour une raison évidente : il manquait une personne. Au tout début de ton récit, ne m'as-tu pas dit que « ce jour-là, il y avait en tout trente-deux personnes dans la salle » ? Tu ne faisais qu'énoncer l'évidence. Oui, il y avait bien trente-deux personnes dans la pièce : trente et un enfants, plus toi-même.

— Dans ce cas, je répète ma question : comment as-tu compris que l'absentéiste était une fille ?

— Là encore, parce que tu me l'as dit toi-même.

Cela ne lui avait donc pas échappé…

— Tout de suite après que Harry a eu raconté l'histoire de la fillette dans l'abri antiaérien, tu as dit : « Je l'ai interrompu malgré moi, inquiète pour la petite. » Étrange formulation, tu ne trouves pas ? Tu n'avais aucune raison de t'inquiéter pour la fillette de l'abri, puisque cette histoire était déjà ancienne. En d'autres termes, c'est pour l'absentéiste que tu t'inquiétais. Quoi qu'il en soit, l'intrigue qui nous occupe est bien moins triste, je suis même sûr qu'elle dispose d'un *happy end* – oui, je vois déjà le tableau.

Grand-père laissa son regard se perdre dans le nuage violacé de sa Gauloise.

— « Tout le monde, regardez au fond de la salle ! » Au signal de Harry, une fillette s'avance lentement, le regard baissé, par la porte arrière. Passée leur première surprise, la maîtresse et le reste des élèves applaudissent à tout rompre. Fier d'avoir rempli son rôle, Harry ôte ses lunettes pour sécher des larmes de joie. « Regardez, je vous avais bien dit que c'était une revenante… À trois, on lui souhaite la bienvenue ! Allez ! Un, deux… "Bon retour parmi nous !" » À l'extérieur, la maman de la fillette, qui l'a accompagnée, s'essuie les coins des yeux. En comptant la maîtresse et l'absentéiste de retour, la classe est au grand complet… Et c'est sur cette note heureuse que se termine notre histoire, *Nous sommes trente-trois !*

Comme pour signaler qu'il était arrivé au bout de son récit, grand-père s'engonça dans son fauteuil inclinable. Au même moment, plusieurs voix retentirent dans l'entrée.

— Bonjour ?…

Le timing n'aurait pu être mieux choisi – ce qui n'empêcha pas Kaede de grommeler devant leurs manières.

— Ces enfants… Je leur avais pourtant bien dit d'utiliser l'interphone !

— Qui est-ce ?

— Harry, Ron et Hermione.

— Comment est-ce possible ?

— Je les ai croisés par hasard dans le train il n'y a pas si longtemps. Tous trois vont dans le même collège, où ils ont fondé un club du polar, de la SF, de l'horreur et de la fantasy, suivant une suggestion d'Hermione. Mais ils ont déjà dévoré tous les ouvrages disponibles au centre de documentation de leur établissement. Alors… je les ai invités à venir ici, chez toi.

— Est-ce qu'on peut entrer ? demanda la voix de Harry, qui avait tant manqué à Kaede.

Ça alors, il a déjà commencé à muer…

Amusant, mais émouvant.

— Ah, zut, la cigarette !

Incapable de dissimuler sa joie, grand-père ouvrit la fenêtre en hâte pour chasser la fumée.

— Entrez ! lança Kaede en l'observant du coin de l'œil.

Aussitôt, un trio d'adolescents de taille et d'apparence très différentes pénétra dans l'étude. Bien sûr, ils ne ressemblaient en rien aux trois héros de la saga *Harry Potter*, mais leurs personnalités leur correspondaient assez bien, songea Kaede.

Ron et Hermione furent les premiers à s'exprimer.

— C'est quoi, cette pièce de folie… C'est incroyable, elle est vraiment remplie de livres !

— Où sont tes manières ? Commence par dire bonjour !

— On dirait qu'il y a plein de grillons dans le jardin. Regarde, c'est la dernière édition du guide des insectes !

— Ce n'est pas ce que j'appelle dire bonjour !

Chacun se présenta à son tour.

— Alors comme ça, c'est vous, « l'Essuie-glace » ? dit Harry en remontant ses lunettes sur son nez avant de contempler la bibliothèque et d'en venir au fait. J'ai entendu dire que vous aviez ici des livres effrayants que nous n'avons pas encore lus... On va passer de temps en temps vous en emprunter, ça vous va ?

— Ne sois pas malpoli ! Nous serions très heureux de venir vous en emprunter, rectifia Hermione.

— J'ai comme l'impression que ce n'est pas la bonne formule, non plus, fit valoir Ron.

Grand-père partit d'un rire sonore.

— Vous serez toujours les bienvenus ! Je pense avoir ici tous les plus grands classiques de l'horreur. Voyons voir... Votre souhait le plus cher était de voir votre camarade absentéiste revenir en classe, n'est-ce pas ? Alors, que diriez-vous d'une histoire dans laquelle tous les souhaits se réalisent ?

— Ça, c'est juste un conte de fées. Ça n'a rien d'effrayant.

— Tu m'en diras tant...

Grand-père esquissa un sourire espiègle, avant de désigner un coin de l'étagère la plus proche et de citer, sur le même ton, le titre de la nouvelle la plus terrifiante jamais écrite :

— Kaede, tu veux bien attraper l'anthologie dans laquelle figure « La Patte de singe », de W.W. Jacobs ?

LIVRE 5

LADY FANTÔME

1

La première fois que j'ai pris ta photo
Tu n'as rien remarqué
Un portrait de nous en duo
Tu n'as rien remarqué

Même le samedi matin, c'est si animé ? songea Kaede.

Le fleuve s'écoulait lentement dans cette banlieue de Tokyo. Assise sur la berge illuminée par le soleil hivernal, les bras autour des genoux, elle observait le mouvement des flots. Seule une partie de l'eau, à l'avant, semblait bouger. Au loin, sur la rive opposée, un dragueur servant à consolider le revêtement avançait si nonchalamment qu'il semblait immobile.

Contrastant avec cette scène oisive, le chemin qui s'étirait derrière Kaede était peuplé de promeneurs et de joggeurs. Mais l'écho de leurs voix surexcitées ne suffisait pas à dissiper la torpeur qui enveloppait la jeune femme depuis son trajet à bord de ce train chauffé dont les vibrations l'avaient confortablement bercée.

Mince, j'ai encore sommeil... Elle retint un bâillement.

— Combien de temps comptez-vous vous reposer, au juste ? lança une voix irritée.

Derrière elle se dressait Iwata, en survêtement, dans une pose digne d'un roi-gardien à l'entrée d'un temple bouddhiste.

— Plus vous vous prélassez, plus vos muscles durcissent et vos jambes s'alourdissent. Et puis, vous insultez l'esprit du marathon si vous croyez vous en tirer avec vos vulgaires tennis.

— Comment ça, de vulgaires tennis ? répliqua Kaede d'un ton boudeur.

Certes, elle avait opté pour une paire aussi terne que ses chaussures habituelles, mais elle n'en avait pas moins acheté des runnings adaptées, comme il le lui avait conseillé. Ce qu'elle ne se priva pas de lui dire.

— Dans ce cas, vous devriez redoubler d'efforts. Allez, hydratez-vous un coup et debout !

Un vrai démon, celui-là !

Après avoir pris une gorgée d'eau minérale comme il le lui avait ordonné, Kaede se hissa vers la promenade pour se remettre à courir derrière Iwata.

L'école où travaillaient les deux enseignants s'apprêtait à accueillir son marathon annuel trois semaines plus tard. Lors des éditions précédentes, une personne aussi peu athlétique que Kaede y aurait échappé, mais cette fois, les circonstances étaient un peu différentes. Par quelque caprice du destin, la jeune femme s'était vue assigner le rôle de surveillante en queue de peloton, afin d'assurer la protection des enfants. Sans doute fallait-il y voir le fruit d'une « conspiration » d'Iwata qui, comme chaque année, s'était attribué le rôle de leader.

D'un œil noir, Kaede fixait le dos de son collègue, dont les épaules ondulaient en rythme. Était-elle vraiment obligée de faire tout ce chemin en train pour venir courir si loin, non sans avoir laissé ses affaires dans un casier de la consigne automatique de la gare ?

Pourtant… alors qu'elle errait à sa suite, elle se surprit à comprendre pourquoi Iwata appréciait tant ce lieu à cette heure. D'une largeur de cinq mètres environ, la promenade pavée offrait assez d'espace aux piétons pour se croiser sans se gêner.

Un couple âgé et bien mis qui promenait son chien adressa un salut chaleureux à Iwata. À en juger par l'entrain avec lequel leur setter irlandais remuait la queue, il devait bien connaître l'instituteur, lui aussi.

Vint ensuite un jeune homme en veste de survêtement et legging – encore un coureur chevronné –, qui salua Iwata d'un signe de tête tout en abaissant son tour de cou pour découvrir ses dents blanches.

Je vois… C'est vrai que c'est plutôt agréable.

Les habitués continuèrent de se succéder sur la promenade dans une série de rencontres rafraîchissantes. Bientôt, c'était une jeune trentenaire vêtue d'un hoodie qui s'avançait vers eux dans une démarche énergique, les coudes en angle droit. Sans surprise, lorsqu'elle aperçut Iwata, elle s'arrêta avec un petit soupir.

— Bonjour, monsieur Iwata. Fidèle au poste, à ce que je vois !

Tout en buvant une gorgée de sa bouteille enveloppée dans une serviette à l'effigie de quelque mascotte colorée, elle jeta un regard furtif à Kaede.

— Tiens ?

Sa boisson calée sous le bras, elle porta les mains à ses lèvres pour murmurer à l'attention d'Iwata :

— Qu'elle est charmante ! Serait-ce votre petite amie ?

Dites donc, vous… C'était bien la peine de vous couvrir la bouche ! J'ai parfaitement entendu.

— Nous ne sommes pas ensemble, non. Pas encore.

« Pas encore » ? Quel culot !

— Désolée de vous avoir interrompus, dit la femme au hoodie. Bonne continuation !

Adressant à Kaede un sourire lourd de sens, elle reprit sa marche rythmée.

Ça, pour un malentendu…

Kaede tapota ses cuisses où l'acide lactique s'accumulait déjà.

Bah, puisqu'il m'a fait découvrir un bel endroit, fermons les yeux pour cette fois…

Gardant ses commentaires pour elle, Kaede se remit à courir derrière Iwata. Hélas, peu habituée à un tel exercice, elle se trouva bientôt à bout de souffle.

Je rêve, ou il accélère encore l'allure ? Stop ! Je ne vais jamais y arriver.

— Shiki n'est pas venu, finalement, dit soudain Iwata en se retournant vers elle, sans la moindre trace d'essoufflement. Il doit être du genre à se prélasser le samedi matin.

— H… hein ?… Q… quoi ?…

— Oh ?

Remarquant enfin la détresse dans laquelle se trouvait Kaede, Iwata s'arrêta et lui adressa un sourire attendri qui contrastait avec sa mine habituelle.

— On n'a qu'à s'arrêter là-bas, pour cette fois.

Ils mirent le cap sur le pont qu'indiquait Iwata pour entrer dans la bien nommée phase de récupération.

C'est alors qu'une voix de baryton leur parvint depuis la base du pont.

— Beau travail, tous les deux !

Shiki passa une main dans ses longs cheveux et sortit des canettes de bière d'un sac en plastique.

— Tenez, ça va vous faire du bien après cette belle suée.

Dressé au tournant de la promenade, le pont projetait une ombre gigantesque sur le fleuve.

Les trois comparses trouvèrent un coin ensoleillé sur la digue en béton où s'asseoir et ouvrir leurs canettes. Kaede sentit son corps brûlant absorber la bière encore frigorifiée.

— Délicieux, laissa-t-elle échapper.

Il lui semblait enfin apprécier le goût de cette boisson, dont, récemment encore, elle ne percevait que l'amertume.

— Ah là là. Je vais reprendre toutes les calories que je viens de brûler ! grommela Iwata, ce qui ne l'empêcha pas de vider sa canette d'un trait.

— Dans ce cas, je te la reprends volontiers, maugréa Shiki avec un regard noir.

— Au fait, pourquoi n'es-tu pas venu à l'heure prévue ? voulut savoir Iwata.

— Attends une minute, répliqua le comédien, impertinent.

Brièvement, Kaede crut apercevoir ce qu'ils avaient en commun, tous les deux. Oui, aussi différents que soient leurs caractères, ils possédaient ce même sourire charmant...

— Même toi, tu aurais dû savoir que je n'allais pas me pointer si tôt. Il faut vraiment avoir perdu tout sens commun pour aller courir un samedi matin.

— Justement, le samedi, on se retrouve à 10 heures seulement. Ce n'est pas si terrible.

— Très peu pour moi. D'autant que tu devais être ravi de courir seul avec elle, avoue.

— La ferme. Repasse-moi plutôt une bière.

— À vos ordres !

Après avoir lancé à son aîné une canette dans un geste parfaitement maîtrisé, Shiki se tourna vers Kaede.

— Au fait, quel genre de polar barbant lisez-vous ces derniers temps ?

Et c'est reparti…

« Barbant » : tel serait le mot du jour.

— Ne craignez-vous pas que ce soit barbant de m'écouter parler de polars barbants ?

— Non, parce que je trouve amusant d'en disséquer les défauts. Il s'agit d'un plaisir unique, que seul ce genre littéraire peut nous offrir.

— Minute, papillon, intervint Iwata de façon tout à fait inattendue. Vous êtes toujours en train de discuter polar comme deux bons copains. Laissez-moi parler, pour une fois !

— Pardon ? s'étonna Shiki. Qu'est-ce que tu connais au polar, toi ?

— Arrête de te moquer !

Après avoir bu une gorgée de bière pour s'humecter la gorge, Iwata reprit d'un ton fier :

— J'ai mis au point une théorie toute neuve. Vous n'allez pas en revenir. C'est la théorie de l'équivalence entre polar et catch.

Shiki le dévisagea avec des yeux ronds, étonnamment intrigué.

— Il faut que tu nous racontes ça !

Visiblement encouragé par ces paroles, Iwata respira un grand coup.

— Dites, Kaede ! Vous savez comme j'aime le catch, n'est-ce pas ?

— Pas du tout.

— Ah bon ?

Paniqué, Iwata se tourna vers Shiki en se frottant le nez.

— Écoute-moi bien. Le catch et le polar se ressemblent énormément. Par exemple, dans le polar, il y a un mot incontournable qui va faire son apparition à un moment donné. Mais savais-tu que ce terme en particulier est également bien connu dans le milieu du catch ? (Il haussa le ton.) Oh, je sais, on n'a qu'à faire un quiz ! Question : quel mot de deux syllabes apparaît aussi fréquemment dans les polars que dans le catch ? Le premier qui trouve a gagné !

— Carnage, répondirent les deux jeunes gens à l'unisson.

— Correct…, grommela Iwata, visiblement vexé. Comment le saviez-vous, tous les deux ?

— C'est un peu léger, répliquèrent-ils, toujours en chœur.

— Arrêtez ce petit numéro !

— Allons, ne me dis pas que c'est ton seul argument ? s'enquit Shiki d'un air inquiet face à un Iwata boudeur.

— Ne dis pas de bêtises. J'ai une montagne de preuves pour étayer ma théorie !

Iwata sortit un carnet de son sac banane et se lécha le pouce pour en feuilleter les pages.

— J'ai bien fait mes recherches, vous savez. Il y avait autrefois un catcheur nommé Killer Karl Kox. Pas mal, comme nom de scène, hein ! On le surnommait « le tueur ». Alors, qu'est-ce que vous dites de ça ?

— C'est un peu léger, répétèrent les deux fans de polar d'une seule voix.

— Je vous ai dit d'arrêter avec ça ! Qu'est-ce que j'ai d'autre… Il y a plein de catcheurs avec des noms dignes de criminels de roman. Steve Williams, par exemple, appelé « Dr Death ». Un docteur assassin, ça a de quoi vous filer les jetons, pas vrai ? Sans oublier Karl Anderson, dit « Machine Gun », ou « l'homme qui enfreint la loi sur le contrôle des armes » comme on le décrit chez nous. Qu'est-ce que la police va faire contre ça, hein ? Et j'en ai d'autres ! Sans conteste le plus célèbre : The Convict, « le détenu ». Son personnage est celui d'un détenu attendant son exécution dans le couloir de la mort et uniquement relâché pour les matches.

Iwata referma bruyamment son carnet dans une attitude de triomphe.

— Euh… tu as fini ? hasarda Shiki.

— J'ai fini, oui. On a déjà bien assez de matériel comme ça.

— Qu'est-ce qu'il m'énerve…, souffla Shiki en se passant une main dans les cheveux. Si tu veux établir une équivalence entre polar et catch, tu dois d'abord en examiner les fondamentaux. Certes, les deux genres ont pas mal de points communs. Mais si les personnages excentriques des catcheurs partagent une ressemblance avec l'image que renvoient les assassins de roman, c'est de façon purement ironique. Tâchons de prendre un peu de hauteur afin de contempler le décorum du catch dans son ensemble.

— Ça a l'air compliqué…

— Au contraire, c'est tout bête. Dans une exhibition de catch bien préparée, il se produit toujours une sorte d'« incident » à même de surprendre le public lors du match d'ouverture. Par exemple, un débutant que l'on dit puissant fait montre d'une force démesurée et vient à bout du champion incontesté de l'organisation, ou alors c'est la structure même de l'organisation qui doit être revue à la hâte à la suite d'une intrusion ou d'une trahison inopinée – ce genre de happenings orchestrés dès l'ouverture de saison constituent un parfait équivalent au « point de départ inattendu » d'un roman policier.

Arrivé là, on n'allait plus pouvoir l'arrêter.

— Alors que la tournée nationale se met en branle, cet incident survenu à l'ouverture donne voie à un écheveau d'histoires imprégnées de thèmes variés. Rancœur, amitié, justice, vengeance… Il arrive même parfois qu'on aborde le sujet du grand âge ! Autant de points que l'on retrouvera au fil de l'intrigue d'un polar.

Le jeune homme poursuivit, sans prêter attention à ses deux interlocuteurs ébahis.

— Toutes ces histoires vont immanquablement converger lors de la grande bataille finale. Le champion toute catégorie est un détective de génie doté d'une intelligence divine, qui vient à bout de ses ennemis les plus puissants et les plus retors à l'aide de techniques inédites… Lorsqu'il quitte l'arène, le public éprouve une catharsis comparable à celle que l'on ressent après avoir lu un polar écrit avec art. Une telle affinité n'est possible que parce que dans les deux cas, il s'agit d'une « fabrication », au sens le plus noble du terme. Qui plus est…

— Oh, la barbe ! maugréa Iwata, qui n'y tenait plus. Ça ne se fait pas, de voler les théories des autres sans leur demander la permission ! Surtout si c'est pour aller plus loin…

— La tienne était trop légère.

— Tu m'agaces. Et puis, toi qui détestes tant le sport, comment peux-tu parler de catch avec autant de passion ?

— Le catch, ce n'est pas du sport. C'est de la romance.

— P… pardon ?!

— Ce ring de six mètres carrés, c'est une toile sur laquelle les catcheurs peignent le récit de leur propre vie. Et puis…

— Rentre chez toi, espèce d'ivrogne ! As-tu la moindre idée de ce que tu racontes ?

Pendant que les deux hommes continuaient de s'asticoter tels deux catcheurs en verve, Kaede ouvrit une nouvelle canette de bière, qu'elle but en inhalant l'air hivernal qui se réchauffait peu à peu. L'ambiance qu'ils partageaient tous les trois avait quelque chose de délicieux, tout comme la bière, songea-t-elle alors.

Mais soudain…

Kaede sentit comme un regard étrange posé sur elle. Levant un œil prudent, elle aperçut une silhouette juchée sur le pont, les mains agrippées à la balustrade, penchée vers elle.

Qui la regardait.

Ou qui semblait la regarder, du moins.

De là où se trouvait la jeune femme, l'individu, placé à contrejour, n'était rien de plus qu'une ombre énigmatique. Elle eut pourtant l'impression que cette « ombre » avait précisément choisi cet endroit afin de l'observer sans craindre d'être identifiée.

— Dites, je m'excuse de vous déranger, mais…, murmura Kaede à ses deux camarades. Il y a quelqu'un sur le pont.

— Ah ? fit Iwata.

— En effet, confirma Shiki.

— À vrai dire, depuis un mois environ, j'ai l'impression d'être suivie. Enfin, ce n'est sans doute que de la paranoïa de ma part… Mais depuis un mois, je reçois quotidiennement des appels silencieux. Ha, ha, excusez-moi, ne faites pas attention. Je me prends trop la tête.

À peine eut-il entendu ses confidences qu'Iwata se dirigea sans un mot vers l'escalier du pont pour le monter quatre à quatre.

— Iwata, attendez !

— Laissons-le faire, dit Shiki en portant la main à son menton. Dites-moi, Kaede. Je suppose que tous ces appels proviennent d'un numéro masqué ?

— Tout juste. Mais la plupart semblent passés depuis une cabine téléphonique.

— Y en a-t-il une près de votre domicile ?

— Oui, juste au pied de la résidence. Même si elles se font rares, de nos jours…

Le regard posé à la surface de l'onde scintillante, Shiki se mura dans le silence. Ne supportant plus son mutisme, Kaede lui adressa un sourire forcé.

— Allons, ce n'est sans doute qu'une farce. Je n'aurais pas dû vous embêter avec ça.

— Au contraire, lui répondit Shiki le plus sérieusement du monde. Il faut creuser cette histoire.

— Celui-là…, grommela Iwata en revenant vers eux, à bout de souffle. Il a déguerpi en un clin d'œil. C'est qu'il court vite, le bougre !

— Il faut creuser cette histoire, répéta obstinément Shiki.

L'auras-tu remarqué ?
Aujourd'hui, maintes fois, je t'ai parlé
D'un lieu bien plus proche
Que tout ce que tu peux imaginer

2

Huit jours plus tard exactement, Iwata courait seul sur la promenade, le long de la même berge. La température ressentie semblait plus froide encore que la semaine précédente. Les prévisions météorologiques, pourtant, indiquaient une hausse de trois degrés.

C'est impossible. Il fait plus froid !

Une pensée embarrassante traversa l'esprit du jeune homme.

Serait-ce parce que Kaede n'est pas là ?... N'importe quoi. Ne sois pas ridicule, Iwata !

Combien de fois était-il déjà venu courir ici le samedi matin, en solo, sans jamais se sentir seul ni malheureux ? Et puis, n'était-ce pas lui qui avait insisté pour qu'elle ne vienne plus, arguant qu'elle se mettait en danger si elle était véritablement épiée et suivie ?

Il s'était déjà bien assez ridiculisé la semaine précédente. Alors qu'il lui aurait suffi de l'inviter à sortir, tout simplement.

Mais, craignant d'être rejeté, je n'ai pas pu m'empêcher d'inviter Shiki aussi...

Puis, quand celui-ci n'était pas venu à l'heure indiquée...

J'en ai été si heureux !

Iwata secoua la tête et accéléra.

Par chance, le coupe-vent qu'il avait enfilé en prévision de la pluie agissait comme un sauna, si bien que son corps se réchauffa en un rien de temps. La vue du couple âgé accompagné de son setter irlandais et du jeune coureur en survêtement et legging qui le saluèrent avec le sourire acheva de chasser toute trace de froid en son for intérieur.

Ah, que c'est agréable !

C'est vraiment le meilleur endroit.

Et puis…

Si seulement j'avais pu le montrer à mes parents, aussi…

Iwata arriva au pied du pont, à l'endroit précis où ils avaient siroté leur bière la semaine précédente.

Et si je faisais une pause ?

À cinquante de mètre de là, il aperçut la marcheuse au hoodie qui approchait à son tour. Elle lui fit signe de la main et quitta la promenade pour descendre sur la berge.

Un coup de tonnerre lointain retentit dans les entrailles du ciel nuageux. Une courte averse allait tomber, comme annoncé. Sans doute était-ce pour cette raison que la rive était déserte.

Non… il y avait quelqu'un.

Deux hommes semblaient se bagarrer à l'ombre d'un des piles du pont. Un cri retentit, porté par le vent glacé.

Un cri qui n'avait rien de normal.

— Que se passe-t-il ?

Iwata dévala la berge bétonnée pour se précipiter vers les deux belligérants.

Mais, qu'ils ne l'aient pas entendu, ou qu'ils aient décidé de l'ignorer, les deux individus se mirent à se bousculer plus violemment encore, leurs bras entremêlés.

Le premier, vêtu d'un costume, devait avoir la cinquantaine. Son adversaire, qui arborait un tee-shirt orange, semblait avoir vingt ans. Le plus jeune cria quelques mots indistincts d'une voix stridente. Alors, le quinquagénaire le repoussa d'un geste brutal, comme pour signaler la fin du combat.

— Te fous pas de moi !

Puis son bras dessina un arc de cercle rapide, tel un pendule.

— Sérieux ?! laissa échapper le petit jeune, surpris.

Sans même jeter un regard à Iwata, l'homme d'âge mûr s'élança vers l'autre côté du pont.

Le plus jeune, lui, tomba à genoux. Iwata arriva juste à temps pour le retenir dans sa chute et lui éviter tant bien que mal de se cogner la tête contre le pavé.

— Ça va ?

Pas de réponse.

Le visage du garçon, qui avait les yeux clos, blêmit en un clin d'œil. Iwata fut surpris par sa jeunesse.

On dirait un des gamins de ma classe… C'est peut-être un ado ?

Alors qu'il cédait à la panique, Iwata sentit quelque chose de dur, comme une protubérance, heurter le dos de sa main. Avec une sensation bien particulière.

C'est pas vrai…

Hélas, son intuition ne l'avait pas trompé : dans le ventre du garçon était planté un couteau.

Son bras gauche, enveloppé autour de la nuque du garçon, était trempé de sueur. Mais ce n'était pas le seul fluide à maculer ses vêtements.

Il y avait aussi un liquide sombre, qui se propageait sur le tee-shirt orange du gamin et lui donnait une teinte écarlate.

Du sang.

Un meurtre.

L'arme du crime.

Pour une raison qui lui échappait, ces trois mots sortis de la conversation qu'ils avaient eue la semaine précédente lui revinrent en mémoire.

À quoi pensait-il ? Était-ce vraiment ce genre de situation ?

— Tenez bon ! J'appelle tout de suite une ambulance !

Sans lâcher le jeune homme, Iwata tenta de sortir son smartphone de son sac banane. Mais la fermeture éclair résista.

Qu'est-ce que… Merde !

Il ne tarda pas à comprendre la raison de son échec : ses doigts maculés de sang glissaient sur la tirette.

Arrête de paniquer. Calme-toi.

Chaque minute, chaque seconde compte.

C'est alors que la pluie s'abattit violemment sur lui.

Lorsqu'il leva le regard…

En haut de la berge, la marcheuse au hoodie se tenait figée, les mains sur la bouche.

Ah, une chance !

— Vous avez vu ?

Elle hocha la tête deux ou trois fois.

— Vous avez vu l'autre type s'enfuir, aussi ?

Elle acquiesça plus vivement encore.

— Excusez-moi, vous voulez bien appeler une ambulance, s'il vous plaît ? s'époumona Iwata.

Même s'il réussissait enfin à sortir son téléphone, il n'était pas sûr que ses doigts maculés de sang parviennent à interagir avec l'écran tactile.

Cependant…

La jeune femme eut une réaction inattendue : elle s'éloigna à grandes enjambées, comme si elle ne l'avait pas entendu.

— Attendez, pas si vite ! OHÉ !

Iwata crut sentir d'épaisses larmes lui couler sur le visage.

— Pourquoi ! Ohé ! OHÉ !

Pourquoi ? Ils avaient pourtant l'habitude de se saluer chaque samedi, n'est-ce pas ? Pourquoi prenait-elle la fuite ?

Bouche bée, Iwata regarda fixement l'endroit de la promenade d'où la jeune femme avait déjà disparu.

Alors que la pluie, de plus en plus forte, lui martelait les joues, il eut une révélation.

Ah, c'est vrai ! Il faut que j'appelle une ambulance !

Le moment était venu de se ressaisir.

— Calmez-vous, je vous prie, lui intima une voix à la fois douce et sévère.

Lorsqu'il se retourna pour lui faire face – un officier de police âgé se tenait devant lui, en uniforme, sa matraque brandie.

— Surtout, restez où vous êtes. Ne bougez pas.

— Monsieur l'agent ! Il faut appeler une ambulance !

— C'est déjà fait. Maintenant, écoutez-moi bien. Pas de geste de brusque. Vous allez commencer par lâcher ça.

« Ça » ? Lâcher quoi ?

Baissant les yeux, Iwata s'aperçut que ses doigts agrippaient fermement la poignée du couteau.

Qu'est-ce que je fabrique ?!

Paniqué, il lâcha le poignard toujours planté dans le corps du garçon. Peut-être s'en était-il saisi inconsciemment, alors qu'il se demandait s'il fallait le retirer ou non, par mesure de sécurité ?

— Vous voulez bien lever lentement la main droite ?

Obéissant aux ordres, Iwata leva le bras comme pour héler un taxi. Du coin de l'œil, il aperçut sa paume maculée de sang.

Un filet de mousse sanguinolente s'échappa de la bouche du garçon, qu'il soutenait encore de son bras gauche.

Je t'en supplie, ne meurs pas !

— Tournez la tête, et seulement la tête… C'est ça. Restez comme ça, ne me regardez pas.

La voix trop froide du policier trouva un écho étrangement inconfortable dans l'oreille d'Iwata. Même la politesse avec laquelle il s'adressait à lui avait quelque chose de perturbant.

Mais le pire était que l'ambulance n'arrivait toujours pas.

— Appel d'urgence, appel d'urgence. Information au QG et à tous les VP de quartier de la zone concernée…

Il devait se servir de son talkie-walkie.

« VP » devait désigner les véhicules de patrouille.

— … j'ai un blessé près des piles du pont. Suspect en visuel et à proximité. Over… c'est tout pour moi. QG, vous m'entendez ? À vous. Je répète, suspect en visuel et à proximité. Je pense pouvoir sécuriser la zone, mais il est possible que je rencontre de la résistance. Besoin de renfort des VP à proximité, en urgence. Je répète… en urgence absolue.

— Attendez, monsieur l'agent, je n'y suis pour rien ! C'est un type qui a pris la fuite…

— Ne parlez pas, s'il vous plaît.

Alors que d'autres policiers s'approchaient lentement, Iwata remarqua un bruit métallique.

(Des menottes ?)

L'averse avait déjà viré au déluge.

3

Absorbée par sa lecture matinale, Kaede n'avait même pas remarqué qu'il pleuvait. Après avoir rentré en catastrophe le linge laissé à sécher sur le balcon, elle retourna s'asseoir sur son canapé convertible et attrapa un livre de Hillary Waugh, un auteur de polars américain dont l'œuvre connaissait un regain de popularité depuis quelques années. Son titre : *Il pleuvait, cette nuit-là.*

Quel titre élégant et limpide, songea-t-elle une nouvelle fois.

Alors qu'elle en sortait avec délicatesse l'une des nécrologies de Takeshi Setogawa – trésor qu'elle avait fait plastifier et qu'elle utilisait comme marque-page – pour la déposer sur la table, elle remarqua le nombre inscrit sur l'icône des appels de son smartphone : *15*.

Elle recevait de plus en plus d'appels silencieux, ces derniers temps, au point d'avoir mis son appareil en mode « ne pas déranger ». Voilà pourquoi elle n'avait rien remarqué… Mais quand même. Quinze ?

Venaient-ils d'un numéro masqué ? Ou de la cabine ?

Peu rassurée, Kaede consulta son journal d'appels.

Iwata

Iwata

Iwata

Hein ? Oh, non…

Le même nom se répétait inlassablement pour former une colonne sinistre qui remplissait l'écran. Les quinze appels venaient tous d'Iwata. Pire : tous avaient été passés à cinq minutes d'intervalle, à peine une demi-heure plus tôt.

Là, ce n'est pas une blague.

Tentant de calmer son pouls battant, elle revint à l'écran d'accueil. Comme il fallait s'en douter, Iwata lui avait laissé trois courts messages.

la femme

elle a disparu

cherchez-la

D'après l'horodatage, les trois textos avaient été envoyés juste après les quinze coups de fil.

Qu'est-ce que ça peut bien vouloir dire ? Il s'est passé quelque chose ?

Non, pour l'heure, mieux valait ne pas spéculer sur leur signification.

Kaede tenta aussitôt de rappeler Iwata. Elle eut beau essayer maintes fois, elle n'obtint pour toute réponse qu'un message préenregistré par une voix de femme synthétique : *Le numéro que vous avez demandé n'est pas disponible actuellement, merci de bien vouloir renouveler votre appel…*

Excusez-moi, Iwata. Je suis vraiment désolée de ne pas avoir décroché.

Peut-être allait-il la rappeler immédiatement ? Après avoir désactivé le mode silencieux, elle ouvrit ses contacts afin de demander conseil à Shiki.

Au même instant, la sonnerie de son téléphone retentit à plein volume. Elle lâcha l'appareil avec un cri, avant de le ramasser précipitamment pour consulter l'écran. Elle ne reconnaissait pas le numéro affiché.

Le domicile d'Iwata, peut-être ?

Elle s'empressa de décrocher.

— Allô ? Excusez-moi de vous déranger pendant votre jour de congé, dit une voix d'homme. Suis-je bien au numéro de madame… ?

— Oui, c'est bien moi.

— Permettez-moi de me présenter : je suis… du commissariat A. À vrai dire…

Après avoir poliment décliné son nom et son grade, le policier entra dans le vif du sujet d'un ton désincarné.

— Votre collègue, M. Iwata, vient d'être interpellé, pour soupçon de coups et blessures. Nous allons procéder à sa mise en garde à vue.

— Hein ?! s'écria Kaede malgré elle.

Interpellé ? Coups et blessures ? Garde à vue ?

Il lui fallut un instant pour saisir le sens de ces paroles.

— Allô ? Est-ce que vous m'entendez ?

— Ah, oui, pardon. Je vous entends parfaitement.

— Lorsque nous avons demandé à M. Iwata qui contacter en cas d'urgence, il a déclaré n'avoir ni père, ni mère, ni frères et sœurs. Pas de parents éloignés, non plus. Il a fini par nous communiquer votre nom. Est-ce que tout va bien jusqu'ici ? Allô ?

Kaede resta de nouveau interdite. La main sur la poitrine, elle respirait tant bien que mal.

— Oui, ça va, merci.

— En temps normal, nous ne contacterions pas immédiatement l'environnement professionnel d'une personne impliquée dans un incident, vous savez. Mais la situation étant ce qu'elle est, et au vu des circonstances inhabituelles survenues au centre de détention, la politique du directeur général m'imposait de vous contacter tout de suite.

— Attendez une minute. Quelles circonstances inhabituelles ?

Rassemblant son courage, Kaede se força à prononcer le mot terrible.

— Un suicide, vous voulez dire ?

— Je ne suis pas en mesure de répondre à cette question, conformément à la politique du directeur général. Si vous le voulez bien, je vais vous expliquer la procédure à suivre pour les visites. Veuillez préparer de quoi noter.

Du calme.

Qui pouvait bien être ce « directeur général » ?

— Avant cela, pouvez-vous m'en dire plus sur les coups et blessures dont il est question ?

— Je ne peux pas répondre à cette question, car une enquête est en cours. Au passage, je vous prierai de ne pas évoquer l'affaire lors de votre visite. Autrement, nous serions contraints d'y mettre un terme prématurément.

— Ça…

Ça aussi, ça fait partie de la politique du directeur général ? se retint de rétorquer Kaede.

— Bien, au risque de me répéter, prenez de quoi noter, s'il vous plaît.

Kaede saisit un carnet d'une main tremblante. L'arrestation d'Iwata pour coups et blessures n'était pas la seule raison de son choc. Il y avait surtout le fait qu'un homme aussi jovial n'ait ni parents ni frères et sœurs.

Plus elle faisait courir son crayon sur le papier, plus Kaede sentait ses yeux lui brûler, douloureux.

— Allô, Shiki ? Vous êtes réveillé ?

— Non… Enfin, si, répondit-il d'une voix d'outre-tombe.

Kaede s'était pourtant juré de ne plus jamais l'appeler un samedi matin, mais il s'agissait d'une urgence.

— Faites un petit effort, s'il vous plaît !

Elle s'empressa de lui rapporter les détails de la situation.

— C'est pas bon, ça.

Comme il fallait s'y attendre, l'annonce semblait avoir aussitôt réveillé le jeune homme.

— Ce n'est peut-être que mon imagination, mais Iwata a dû vous appeler juste avant ou juste après avoir été interpellé. Quant aux textos, il les aura peut-être composés à la hâte, dans le véhicule de patrouille, dès que l'occasion s'est présentée…

— Oui, c'est aussi ce que je pense.

Une fois de plus, le remords s'empara de Kaede. Pourquoi n'avait-elle rien remarqué ? Si seulement elle avait jeté un coup d'œil à son écran, elle aurait pu décrocher et…

— Ils ont certainement confisqué son smartphone depuis.

— Sans aucun doute, oui. J'aimerais lui rendre visite au plus vite, afin d'en apprendre plus sur cette histoire de la bouche même d'Iwata. Cependant, comme je l'ai découvert en faisant des recherches pour préparer une pièce… les visiteurs ne sont pas autorisés à parler de l'affaire, n'est-ce pas ?

— C'est ce que m'a dit le policier, en effet.

— Et durant les trois jours qui suivent l'interpellation, surnommés « la fenêtre des soixante-douze heures », l'accent est mis sur l'interrogatoire approfondi. Je doute donc que les visites soient encore autorisées pendant ce laps de temps. Enfin, je peux toujours déposer une demande…

— J'essaierai aussi de mon côté.

— Quoi qu'il en soit…

À l'autre bout du fil, elle imagina Shiki se passant une main dans les cheveux.

— Nous aurons un plan de bataille d'ici la visite. Vous pouvez compter sur moi, déclara-t-il d'une voix sereine.

4

Comme ils s'y attendaient, ce n'est qu'après de multiples requêtes qu'ils furent enfin autorisés à voir Iwata, le mercredi suivant, soit quatre jours après son interpellation. Comme il s'agissait d'un jour ouvré, Kaede dut prendre un congé de l'école, mais on ne pouvait pas faire d'omelette sans casser des œufs.

De son côté, Iwata avait suggéré à Shiki de se faire passer pour son « petit frère » et de demander à l'établissement de le laisser prendre une semaine pour raisons familiales, afin de sauver les apparences.

La situation n'en semblait pas moins alarmante aux yeux de Kaede.

Le seul fait que le prévenu n'ait toujours pas été relâché au bout de soixante-douze heures indiquait que la police avait demandé au procureur une extension de la durée initiale de la garde à vue et, partant de là, que les soupçons des enquêteurs pesaient d'autant plus lourdement sur Iwata.

Alors qu'elle se prêtait à la procédure d'admission des visiteurs en compagnie de Shiki, Kaede s'efforçait de réexaminer mentalement tous les éléments dont elle disposait jusqu'ici.

Ce mercredi, l'affaire avait fait l'objet d'une première mention dans la presse, même s'il ne s'agissait que d'un entrefilet dans une édition du soir. L'article était trop maigre pour en tirer quelque information que ce soit. Samedi dernier, aux alentours de 11 heures, une attaque au couteau s'était produite sur la rive du fleuve A. La victime, un jeune homme de dix-neuf ans, était encore dans un état critique et inconsciente au moment de la publication. Quant au suspect, un homme de vingt-sept ans arrêté en flagrant délit pour tentative de meurtre – l'article se gardait bien de mentionner le nom d'Iwata, bien sûr –, il n'avait pas cessé de clamer son innocence. Voilà à quoi se résumaient les informations publiées dans la presse.

Restaient pour seule clé ces trois messages sibyllins qu'Iwata avait envoyés à Kaede :

la femme

elle a disparu

cherchez-la

Même si Kaede n'avait vraiment pas envie d'y penser…

Une affreuse vision du futur se formait déjà dans son esprit.

Si le garçon venait à mourir, le chef d'accusation – agression et tentative de meurtre – se verrait aussitôt requalifié en homicide involontaire, ou pire, en assassinat. À partir de là, le nom d'Iwata serait divulgué partout, associé à ce qualificatif épouvantable : suspect.

Cette visite leur permettrait-elle de s'approcher suffisamment de la vérité ?

Si la garde à vue arrivait à expiration et que le suspect était déféré devant le parquet, il n'échapperait pas à une mise en examen. Or, la réalité de la justice dans ce pays était telle qu'une fois mis en examen, on avait quatre-vingt-dix-neuf pour cent de chances d'être déclaré coupable.

Connaissant le caractère déterminé d'Iwata, il semblait peu probable qu'il dispose déjà d'un avocat à ce stade. Si l'on voulait démontrer son innocence, il paraissait indispensable de lui soutirer directement des informations. Mais s'il était permis de s'entretenir avec le détenu de sujets banals, il était interdit d'évoquer l'affaire avec lui. Et l'introduction de smartphones, dictaphones et autres appareils électroniques était strictement prohibée.

De plus, la durée de la visite se limitait à quinze minutes…

Une vraie course contre la montre !

Un jeune officier en uniforme leur ouvrit la porte.

Après avoir échangé un regard, Kaede et Shiki pénétrèrent dans le parloir.

Shiki ne lui avait pas menti.

En entrant dans la pièce, Kaede remarqua un grand panneau de plexiglas dressé au milieu, comme on en voyait souvent dans les séries télévisées. Au centre de cette partition, frontière invisible entre le « côté visiteur » et le « côté détenu », était installé un hygiaphone.

Il n'y avait encore personne côté détenu. À peine assis sur leurs chaises métalliques, les deux visiteurs fouillèrent leurs sacs respectifs à la recherche d'un carnet qu'ils posèrent sur leurs genoux. Car il n'y avait pas une seconde à perdre.

Enfin, un bruit de pas se fit entendre, annonçant l'arrivée d'une femme d'âge mûr, au tailleur aussi impeccable que sa posture.

— Bonjour, je suis Mme…, surveillante pénitentiaire, annonça-t-elle en redressant ses lunettes.

— Casting parfait, murmura Shiki de façon que seule Kaede puisse l'entendre.

Il ne croyait pas si bien dire : même aux yeux de la jeune femme, leur interlocutrice avait l'air exceptionnellement stricte et à cheval sur le règlement.

Exactement comme le président de notre association parents-professeurs, songea Kaede.

— Sans vouloir préjuger de vos intentions, nous avons déjà connu des situations où des individus s'étaient entendus pour éliminer des preuves, aussi vous prierai-je de ne pas évoquer l'enquête en cours, sous quelque prétexte que ce soit, durant votre discussion.

C'était déjà la troisième fois qu'on leur adressait cet avertissement, y compris au téléphone.

— De plus, si j'estime que votre discussion porte sur l'affaire, il sera aussitôt mis un terme à votre visite.

La surveillante jeta un regard à l'horloge murale.

— Vous disposez de quinze minutes. Bien… Numéro 5-2, veuillez entrer.

Le numéro en question devait désigner le deuxième détenu de la cellule 5.

— Le plus drôle serait que ce soit aussi le numéro de la classe dont il a la charge, murmura Shiki.

Hélas, il avait la 4-3. Enfin, si c'était encore d'actualité…

Alors que Kaede tentait de déterminer si son compagnon était simplement excentrique par nature ou s'il essayait sincèrement de détendre l'atmosphère, la surveillante rejoignit le bureau installé dans un coin du parloir, toujours accompagnée du bruit de ses talons.

Bientôt, ce fut un Iwata émacié et mal rasé qui apparut devant ses visiteurs.

Le pauvre. Il a dû en baver pendant ces trois jours, songea Kaede.

— Kaede ! Shiki ! s'écria Iwata en se précipitant vers le panneau de plexiglas. Ce n'est pas moi, il faut me croire ! C'était un quinquagénaire en costard, je l'ai vu de mes yeux ! Et alors que j'essayais de le secourir, un policier…

— Pas un mot de plus !

La surveillante se leva d'un bond.

Non… elle ne va pas déjà mettre fin à la visite, tout de même ?

— C'est trop tôt ! laissa échapper Shiki, à voix haute cette fois.

L'entrevue n'avait même pas duré dix secondes.

— Numéro 5-2 ! À quoi jouez-vous ?

La surveillante toisa Iwata de la tête aux pieds. D'un « regard qui tue », comme on dit.

— Ah, excusez-moi. C'est sorti tout seul…

— La prochaine fois, je mettrai un terme immédiat à la visite.

La surveillante regagna son siège, non sans fusiller les deux visiteurs du regard, eux aussi. Kaede poussa un petit soupir de soulagement.

Franchement, Iwata… Ressaisissez-vous !

Au moins avaient-ils appris une information nouvelle : il avait vu le vrai coupable, dont il leur avait donné le signalement.

Mais au prochain manquement, tout serait terminé. Il convenait donc d'agir avec la plus grande prudence, désormais.

— Iwata, c'est pour toi.

Comme convenu, Shiki commença par ouvrir son sac et en sortir une série de cadeaux conformes à la réglementation.

— Il y a d'abord de l'argent. J'aurais aimé t'en prêter plus, mais la limite autorisée est de 35 000 yens[1].

Cette somme devait lui permettre d'acheter tout ce dont il avait besoin à la boutique du centre de détention.

— Merci, Shiki. Tu me sauves la vie.

— Voici aussi des sous-vêtements et un jogging. Il est doublé, pour te tenir chaud.

— Ah… Ça me sera très précieux. Il fait tellement froid !

Iwata frotta sa mâchoire mal rasée d'un air sincèrement heureux.

— Enfin, voici quelque chose de ma part, spécifiquement.

Shiki plongea une nouvelle fois la main dans son sac.

Quoi ? Je ne suis pas au courant…, songea Kaede.

Son interrogation fut de courte durée : Shiki brandit une balle de baseball un peu sale.

— Je fais un lancer droit. Tâche de l'arrêter.

— Dis donc…

— Tu n'as que ça à faire, de toute façon. Tu n'auras qu'à te rappeler le bon vieux temps.

— Dis donc, répéta Iwata, la main sur la paroi. Tu es trop nul.

Son visage se contracta dans une expression étrange, différente de son sourire habituel. Il posa sur Shiki des yeux miroitants de larmes. Les deux anciens coéquipiers

---

1. Environ 225 euros.

échangèrent un signe de tête, comme ils avaient l'habitude de le faire pendant les matches.

Quelques instants plus tard, Shiki adressa un petit coup de coude à Kaede, comme pour lui demander de prendre la relève.

À moi de jouer, maintenant.

Promptement – quoique sans se presser –, la jeune femme s'humecta les lèvres, avant de débiter la réplique que Shiki lui avait fait répéter.

— Au fait, Iwata. Vous êtes bien fan de romans policiers ?

L'intéressé en resta bouche bée.

— Eh bien, c'est-à-dire que… je ne déteste pas les polars. Mais, comment dire… Ma lecture préférée, à moi, c'est plutôt *Cooking Papa*.

— C'est vrai que tu adores ça, s'empressa d'intervenir Shiki pour couvrir la réponse de son aîné.

— Qu'est-ce que tu as, toi, à me faire les gros yeux… ah !

Il allait tout faire rater !

— Ah, je vois… oui, oui, c'est vrai ! Vous avez tout à fait raison !

Iwata sourit d'une oreille à l'autre.

— J'adore les polars. Et puis, j'ai tellement de temps libre en ce moment…

Très bien, continuez comme ça…

Étant donné les restrictions sévères qui leur étaient imposées, le seul moyen pour eux d'échanger des informations était d'en passer par des euphémismes.

« La femme », « elle a disparu », « cherchez-la », disaient les textos d'Iwata. Qui était « la femme » ? D'où avait-elle « disparu » ? Et si elle était mêlée, de quelque façon que ce soit, à l'incident, quelle tenue portait-elle à ce moment-là ?

S'ils parvenaient à soutirer adroitement ces informations à Iwata, ils disposeraient des indices nécessaires pour chercher « la femme »...

— N'est-ce pas ? Voilà pourquoi je vous apporte aujourd'hui un deuxième ouvrage de cet auteur que vous aimez tant...

Kaede sortit un livre de son sac et le lui montra à travers la vitre.

— Connaissez-vous cet ouvrage de Hillary Waugh ?

— Ah, oui... Hillary !

Iwata se prêtait au jeu, quoique avec maladresse.

— C'est vrai que je l'aime beaucoup. J'avais justement envie de le relire !

— *Il pleuvait, cette nuit-là.* Un de ses chefs-d'œuvre...

Kaede lança un regard furtif à la surveillante. Occupée à écrire quelque chose, elle semblait ne se douter de rien.

Après avoir jeté un coup d'œil à la couverture, Iwata acquiesça d'un air sérieux. La vue du titre avait dû lui faire comprendre qu'ils essayaient d'aborder le sujet de l'incident, qui s'était produit par un jour pluvieux.

— Je l'ai lu sur votre recommandation, poursuivit Kaede. C'est indéniablement un chef-d'œuvre du policier dans sa tradition la plus pure. Alors j'ai eu envie de lire un autre livre de Waugh.

À ces mots, elle sortit de son sac un autre ouvrage du même auteur, publié en 1952. Il s'agissait d'un véritable joyau de la littérature policière, une œuvre sans concession connue de tous les aficionados du genre.

Prenant soin de bien articuler, Kaede récita le titre à voix haute :

— *On recherche…*

Du coin de l'œil, elle vit la surveillante qui s'apprêtait à se lever. Mais la partie n'était pas encore terminée.

— Iwata, vous qui êtes si doué pour me conseiller…, ajouta-t-elle avec conviction. Voulez-vous bien m'en résumer l'intrigue ?

5

Par chance, il y avait encore assez de lumière naturelle lorsqu'ils arrivèrent sur la promenade longeant le fleuve. Sur la berge en contrebas, l'herbe hivernale semblait encore plus pâle que deux semaines plus tôt.

L'entrevue avec Iwata s'était avérée fructueuse. Tout en marchant aux côtés de Shiki, Kaede ouvrit son carnet pour vérifier une nouvelle fois les informations recueillies par le biais du « résumé » de *On recherche...*

La « femme » évoquée dans les textos n'était autre que la marcheuse au hoodie qu'ils avaient croisée ensemble au même endroit. Iwata n'avait pas la moindre idée de son identité ; il s'agissait juste d'une habituée qu'il saluait tous les samedis matin.

Quant à sa tenue, comme d'habitude, elle consistait en un hoodie de couleur terne.

Pour une raison qui leur échappait, la femme avait « disparu » de la scène de crime alors même qu'elle avait assisté à l'incident dans son entier – depuis l'instant où le vrai coupable avait poignardé sa victime et pris la fuite, jusqu'à celui où Iwata s'était précipité pour porter secours au blessé.

Rien d'étonnant, donc, à ce que Iwata leur ait demandé de « la chercher ». Si seulement elle acceptait de témoigner, l'innocence du pauvre homme serait aussitôt démontrée.

Bien sûr, il n'avait pas manqué d'implorer la police de rechercher cette marcheuse.

Cependant, l'enquête avait déterminé que cette femme n'existait pas.

— À notre époque, j'ai du mal à y croire, marmonna Shiki à côté de Kaede. Je me demande si la police n'aurait pas tout simplement décidé de la culpabilité d'Iwata, et par conséquent abandonné les recherches.

— Ce serait du bluff ?

— Autrefois, ce genre de pratique était courante.

— Quand même…

Kaede serra les poings.

Nous n'avons pas d'autre choix que de retrouver cette femme.

C'est alors qu'elle aperçut à l'horizon deux silhouettes familières – celles du couple âgé qui se promenait avec son chien.

— Ah, là-bas !

Kaede incita Shiki à presser le pas.

— Excusez-moi. Je ne sais pas si vous vous en souvenez, mais nous nous sommes croisés ici même il y a dix jours, le samedi…

La dame, aux cheveux blancs impeccablement coiffés, lui adressa un sourire gracieux.

— Bien sûr que je me souviens, répondit-elle. Même si c'était la première fois que je vous voyais, je vous ai trouvée charmante. Par la suite, mon mari n'a pas arrêté de parler de vous. N'est-ce pas ?

— Ce ne sont pas des choses à dire, bougonna l'homme, visiblement embarrassé.

— Vous étiez en compagnie de M. Iwata, il me semble ?

— Oui, tout à fait. Je me demandais si vous pouviez nous renseigner sur une autre habituée… Connaissez-vous la marcheuse qui est passée juste après vous ?

— Une marcheuse ?

Mari et femme échangèrent un regard perplexe.

— Pourriez-vous vous montrer plus précise ? demanda la dame.

— Elle portait un hoodie d'une couleur sombre et terne… Je crois qu'il était gris. Elle devait avoir la trentaine. Quoi d'autre…

Kaede tenta de mobiliser ses souvenirs.

— Ce qui m'a le plus marquée, c'était sa démarche, très énergique, avec les coudes à angle droit.

Le couple échangea de nouveau une œillade.

— Ça ne me dit rien. Et toi ?

— Moi non plus, je ne vois pas.

— Ce n'est pas possible…

Le setter irlandais vint se frotter contre les jambes de Kaede.

— Arrête tout de suite !

— Nous regrettons de ne pas pouvoir vous aider. Si vous voulez bien nous excuser…

Eh, là, pas si vite !

Alors qu'elle s'apprêtait à lui demander s'il n'avait pas de question, Kaede trouva Shiki loin derrière, dans une posture défensive.

Non mais je rêve…

Le couple en profita pour s'éclipser.

— Dites, Shiki… vous n'avez quand même pas peur des chiens ?

— Ne soyez pas ridicule ! rétorqua le jeune homme, qui avait pourtant blêmi. Simplement, je n'ai pas confiance dans les êtres qui ne comprennent pas le langage humain. D'ailleurs, même dans la littérature policière, les chiens ne sont pas dignes de confiance. Le molosse démoniaque qu'affronte Holmes dans *Le Chien des Baskerville* n'est-il pas un monstre, dans le fond ?

Il y avait pourtant quantité de romans policiers mettant en scène d'adorables toutous, aurait volontiers répliqué Kaede, mais cela aurait pris trop de temps. Et puis, un autre habitué arrivait – cette fois, il s'agissait du jeune coureur en legging et veste de survêtement.

Quelle chance incroyable !

— Excusez-moi ? l'interpella Kaede, en priant pour que cette fois soit la bonne.

Hélas, lui non plus ne connaissait pas la marcheuse, pas plus qu'il ne se souvenait d'avoir croisé une jeune femme à la démarche aussi caractéristique.

Un frisson parcourut l'échine de Kaede en dépit des nombreuses couches de vêtements qui la couvraient.

Mais enfin, qu'est-ce que ça veut dire ?

Alors que le soleil se couchait, il ne restait plus la moindre personne en vue sur la promenade.

Sur le chemin de la gare la plus proche, ainsi que dans la galerie marchande attenante, les deux enquêteurs en herbe continuèrent d'interroger les passants au hasard au sujet de cette fameuse marcheuse.

Mais, comme il fallait s'y attendre, ils firent chou blanc.

Iwata la croisait toutes les semaines. Kaede elle-même l'avait vue de ses yeux. Elle avait même entendu leur conversation.

Pourtant – comme par quelque prodige –, elle semblait n'avoir jamais existé.

Sans ce témoin crucial, Iwata ne tarderait pas à être mis en examen. Auquel cas, il ne pourrait échapper aux poursuites judiciaires, ni, semblait-il, à une condamnation.

Tout cela pour la seule raison que les preuves circonstancielles le désignaient coupable.

Il n'y avait plus un instant à perdre.

6

Ils firent une bonne partie du trajet du retour en train dans le silence. À l'instar de Kaede, Shiki semblait troublé et perdu dans ses pensées.

Ce n'est que lorsque les gratte-ciel du centre-ville apparurent dans le paysage que Kaede ouvrit la bouche.

— Cela me rappelle un certain type de récit policier. Un schéma dans lequel tout le monde déclare n'avoir jamais vu ni rencontré la personne recherchée. On pourrait presque dire que cette femme n'est qu'un fantôme…

Le chef-d'œuvre de William Irish, *Lady Fantôme*, faisait figure de fer de lance de ce genre bien particulier.

— C'est exactement la réflexion que j'étais en train de me faire, répondit Shiki. Si nous pouvions éliminer ce schéma, nous parviendrions peut-être à retrouver le chemin de la vérité.

— En connaissez-vous d'autres exemples ? s'enquit Kaede.

— Le plus célèbre, je pense, est un opus court de John Dickson Carr, *Le Mari fantôme*.

— Je ne connais pas… Au fait, Shiki, je croyais que vous détestiez Carr ?

— Ah, euh, non, enfin…

Une fois n'est pas coutume, le comédien fut bien en peine de répliquer.

— Ce sont ses romans qui me déplaisent. Là, comme il s'agit d'une pièce radiophonique, c'est, disons, plus dans mon domaine.

— Je vous taquine. Alors, quelle en est l'intrigue ?

— La protagoniste embarque à bord d'un paquebot de luxe en compagnie de son nouvel époux. Pendant la traversée, cependant, son mari disparaît… Et lorsqu'elle interroge l'équipage, personne n'est en mesure de lui dire où il est passé. Pire, tous vont jusqu'à nier l'avoir jamais vu à bord. « Vous avez embarqué seule, lui assurent-ils. Il n'y avait personne pour vous accompagner… »

— Ah, maintenant que vous le dites, je me souviens de l'avoir lue !

Carr n'était jamais aussi bon que lorsqu'il mettait en scène son personnage préféré, le célèbre détective Fell.

— Ce n'est pas tant la trame principale que la légende urbaine à laquelle elle fait référence qui l'a rendue célèbre. C'est une anecdote citée dans de nombreux romans…

— Qu'est-ce qu'elle racontait, déjà ? demanda Shiki d'une voix où pointait une légère irritation.

— Une mère et sa fille à la relation harmonieuse visitent Paris pendant l'Exposition universelle. Hélas, la mère tombe malade et s'endort dans leur chambre d'hôtel. La fille sort appeler un médecin… Lorsqu'elle regagne la chambre, quelques heures plus tard, sa mère n'est plus là. Elle tente de se renseigner auprès du personnel de l'hôtel, mais obtient une réponse des plus inattendues : « Mademoiselle, vous étiez seule depuis le début. » Elle a beau interroger tout le monde, tous lui font la même réponse. Le cœur brisé, la fille finit par rentrer dans son pays, seule et triste.

— Ah oui, ça me revient à présent, murmura Shiki d'une voix défaite. En réalité, la mère avait contracté la peste en Inde, avant d'arriver à Paris... Et elle avait rendu l'âme pendant que sa fille cherchait un docteur. Mais si l'information s'ébruitait alors que l'Exposition universelle battait son plein, la capitale française basculerait dans le chaos, et cela porterait un coup fatal aux affaires de l'hôtel. La direction de l'établissement s'était donc entretenue en urgence avec la municipalité, le corps de la mère avait été mis en quarantaine dans un autre lieu, et par-dessus le marché, ordre avait été donné à toutes les parties impliquées de nier qu'un tel incident ait jamais eu lieu...

— C'est une histoire plausible et très bien racontée.

— Pour en revenir au genre inspiré de *Lady Fantôme*, il est un autre exemple incontournable, déclara Shiki avec ardeur. Certes, il s'agit d'une série télévisée, mais il ne faut pas passer à côté de cet épisode de *Furuhata Ninzaburô*, « Furuhata est enrhumé ». Dans un village isolé, l'acolyte du détective fait la rencontre d'une femme ravissante, avec qui il passe la soirée et visite différents lieux. Mais, l'aube venue, la belle a disparu sans laisser de traces. De surcroît, les villageois et même la police locale déclarent tous n'avoir jamais vu cette femme. « Vous étiez seul depuis le début », lui assurent-ils. La majorité des épisodes de la saison 3 de *Furuhata Ninzaburô* sont de petits bijoux qui s'attachent à explorer les poncifs du polar, et celui-ci fait partie des plus réussis.

Kaede ne pouvait que partager cet avis.

Et voilà que le pauvre Iwata se trouvait à son tour aux prises avec ce schéma, dans sa version la plus désastreuse

– or, jusqu'à présent, toutes ces énigmes désastreuses n'avaient pu être résolues que par des génies : Gideon Fell dans *Le Mari fantôme*, ou le lieutenant Ninzaburô Furuhata dans la série qui portait son nom.

Mais…, songea Kaede. *Je connais un homme capable de rivaliser avec ces deux cerveaux.*

7

Après avoir pris un deuxième jour de congé (en se jurant que ce serait le dernier), Kaede se rendit à Himon'ya, chez son grand-père.

Alors qu'elle parcourait l'étroit sentier bétonné, en prenant soin de ne pas toucher les camélias de Noël du jardin, elle entendit la voix du Glacier – le physiothérapeute – s'échapper par la fenêtre de l'étude.

— Expirez au maximum... Très bien, on va faire un match !

Un match ? Visiblement, ils ne plaisantaient pas avec la rééducation. Selon les dires du Glacier, tant que l'on se maintenait en forme et que l'on s'entraînait correctement, on pouvait continuer de développer sa musculature, y compris dans le grand âge.

Arrivée dans la maison, Kaede frappa à la porte de l'étude.

— Pfiou. C'est toi, Kanae ? Ou Kaede ? demanda grand-père à travers le battant.

— C'est Kaede.

— Attends un instant, je te prie. Allez, monsieur le Glacier, encore une fois.

Oh, quelle attitude positive !

— Désolée de vous déranger. Travaillez bien !

Dans le salon, à gauche du couloir, Kaede trouva Miss Kappa, l'aide-soignante en chef, en train de tamponner un compte-rendu d'examen.

— Et voilà ! dit-elle, satisfaite.

— Merci pour tout ce que vous faites pour mon grand-père.

— Je vous en prie. Son état est excellent, ces derniers temps. À croire que cette histoire de loutres n'a jamais eu lieu. Au fait… (Elle esquissa un sourire.) Aujourd'hui encore, il a demandé à passer le test de Hasegawa. Il a obtenu un score parfait.

Du petit doigt, elle essuya une larme au coin de ses yeux.

L'échelle de Hasegawa – ou, plus précisément, l'échelle révisée de la démence mentale développée par le docteur Hasegawa – était un test d'évaluation de la fonction cognitive destiné à fournir un moyen simple de suivre l'évolution de la maladie. Le test, qui commençait par demander au patient sa date de naissance et le lieu où il se trouvait, s'attachait ensuite à évaluer l'état de sa mémoire, y compris via sa capacité à se rappeler immédiatement ce qu'il venait de dire, ou encore à effectuer des calculs mentaux. Le score maximal était de trente points ; en dessous de vingt, on diagnostiquait une démence probable – mais il n'était pas inhabituel, pour les patients atteints de démence à corps de Lewy, d'obtenir une note étonnamment élevée.

Néanmoins, décrocher un score parfait…

Outre les symptômes typiques de sa maladie, qui se faisaient plus prononcés par temps froid, grand-père avait vu ses capacités d'orientation spatiale diminuer.

Malgré tout, ce score parfait au test d'évaluation de la fonction cognitive indiquait qu'il n'avait rien perdu de son exceptionnelle intelligence.

Miss Kappa glissa le compte-rendu dans son sac et prit congé avec un petit signe de tête. Bientôt, le Glacier émergea de l'étude et se retourna pour adresser un salut à son patient. Kaede éprouva un sentiment étrange en remarquant le regard du physiothérapeute, dénué de sa gentillesse habituelle.

Je n'arrive pas à mettre le doigt dessus. On dirait plutôt…

Oui. L'émotion qui transparaissait sur son visage s'apparentait à de l'hostilité.

— Bonjour, mademoiselle Kaede.

Ah…

— Merci pour votre travail.

— Aujourd'hui encore, il est dans une forme excellente. Si vous voulez bien m'excuser…

Le sourire hâtivement plaqué sur ses traits n'affichait déjà plus aucune émotion lisible. Sans doute n'était-ce qu'un caprice de l'imagination de Kaede. Peut-être faisait-il partie de ces gens dont le regard se faisait plus acéré lorsqu'ils prenaient un air sérieux.

— Grand-père, c'est bon ? Je peux entrer ?

— Je n'ai pas fini mes exercices, mais je t'en prie.

Lorsqu'elle pénétra dans l'étude, elle le trouva installé sur son fauteuil à bascule, en train d'étirer et de contracter un tube en caoutchouc au-dessus de sa tête.

— Désolé de t'avoir fait attendre.

— Ne t'inquiète pas pour ça. Mais n'en fais pas trop non plus.

Il devait être en pleine phase de récupération.

Son exercice terminé, grand-père s'épongea le visage avec une serviette avant de se brosser les cheveux. Kaede fut heureuse de retrouver l'aïeul coquet qu'elle avait toujours connu. Bien coiffé, il semblait rajeuni de cinq ans. D'une main frémissante, il balaya une dernière fois sa mèche avant de secouer doucement la tête.

Avec sa frange qui effleurait son nez aquilin, il avait l'air d'un autre homme.

— Excuse-moi d'être venue aussi tôt, grand-père. (Elle lui tendit son carnet rempli de notes.) Cette fois, nous allons devoir nous passer d'enregistrement audio. Il se peut que j'omette certains détails, mais j'apprécierais que tu m'écoutes jusqu'au bout pour me donner ton avis. Après tout, il en va…

Elle hésita un instant. Comment le formuler ? Les mots justes se dérobaient à elle.

— Il en va de la vie d'un ami proche.

Elle entreprit alors de lui rapporter les faits en détail, pour autant qu'elle s'en souvenait, depuis l'incident survenu sur la berge, en passant par les textos d'Iwata et leur entrevue au parloir, jusqu'à l'« enquête de proximité » qu'elle avait menée sur la promenade.

Après l'avoir écoutée, grand-père joignit les mains, clairement intrigué.

— *On recherche*… Voilà qui me rappelle de bons souvenirs. Bien ! Pour commencer, la clé de cette affaire réside dans l'objet que votre « marcheuse » tenait à la main.

— Sa serviette, répliqua Kaede, impatiente.

Un sourire énigmatique sur les lèvres, le vieil homme lui fit signe de poursuivre.

— Elle était vêtue d'un hoodie sombre, de couleur terne, tout ce qu'il y a de plus banal. Son seul signe distinctif était la serviette bariolée qui enveloppait sa bouteille… J'ai bien essayé de me creuser la mémoire.

Il y avait une mascotte dessus, j'en suis sûre. Puis je me suis souvenue que le personnage en question était vert. Alors, d'un coup, ça m'est revenu : il s'agissait de Teiranon'non, le bébé dinosaure.

— Teira… quoi ? s'esclaffa grand-père.

— Teiranon'non. C'est le personnage principal d'un programme éducatif à destination des jeunes enfants. Il est très mignon, il utilise une coquille d'œuf comme maison, comme un bernard-l'ermite. C'est alors que ça m'est tombé dessus. Cette « marcheuse »…

Guettant la réaction de son aïeul, Kaede lui servit sa conclusion :

— Elle doit avoir un enfant à la crèche ou en maternelle.

— Remarquable ! applaudit grand-père. Tu as tout à fait raison. Je ne sais pas si ce personnage est connu des adultes, mais puisque cette femme utilise un produit à son effigie, on peut supposer sans craindre de se tromper qu'elle a un enfant qui regarde le programme en question. Pour simplifier les choses, appelons-la donc désormais « Walking Mama ».

— Walking Mama ? Ça me plaît, répondit Kaede.

Ça me rappelle ce fameux Cooking Papa *dont Iwata est si fan*, songea-t-elle.

— À ce stade, le mystère repose sur trois énigmes. La première : pourquoi Walking Mama a-t-elle déserté les lieux sans même appeler une ambulance, alors qu'elle a assisté à toute la scène ? La deuxième : pourquoi Walking Mama ne s'est-elle pas manifestée après l'incident ? Et enfin…

Kaede devinait déjà la troisième question.

— Pourquoi personne ne se souvient-il de Walking Mama, à part toi ?

— Oui, je dirais même que c'est le point le plus étrange dans cette affaire.

— Très bien. Dans ce cas, je t'écoute.

C'était parti.

— Quel genre d'histoire vas-tu tisser à partir de ces éléments ?

Voyons voir…

Kaede feuilleta son carnet en catastrophe.

— Il y en a deux qui me viennent à l'esprit. La première : Walking Mama est la femme ou la maîtresse de l'agresseur. Si elle a déserté les lieux, c'était pour le couvrir, et maintenant encore, elle se refuse à se manifester.

— Je vois, répondit grand-père. À vue de nez, cela semble tomber sous le sens. Mais cette théorie omet de résoudre la troisième énigme. Pourquoi les autres prétendraient-ils ne pas connaître Walking Mama ?

Kaede ne trouva rien à répondre.

Qu'allait-il dire de ça, alors ?

— Deuxième histoire…

Cette fois, elle avait un peu plus confiance dans son intuition.

— Iwata n'allait s'entraîner que les samedis matin. Autrement dit, il ne croisait Walking Mama « que » les samedis matin. De la même façon, Walking Mama n'allait marcher « que » les samedis matin, et n'était donc pas une véritable habituée des lieux. Elle n'était pas une marcheuse certifiée, mais tout au plus une « apprentie marcheuse ».

Kaede crut voir grand-père plisser les yeux un instant.

— Et ensuite ?

— Le fait que nous l'ayons croisée un samedi et que l'incident se soit produit un samedi vient étayer cette hypothèse. Rien d'étonnant à ce que ni le couple de retraités au chien ni le jeune joggeur ne se souviennent d'elle : à leurs yeux, il s'agissait d'une silhouette tout à fait banale, qu'ils croisaient une fois par semaine tout au plus.

— Pas mal. Continue.

Encouragée par les propos de son aïeul, Kaede poursuivit :

— Alors, pourquoi Walking Mama a-t-elle disparu de la scène de crime ? La vérité est parfois d'une affligeante banalité : elle ne voulait tout simplement pas avoir d'ennuis.

— Soixante-quinze points, décréta grand-père. L'idée que Walking Mama n'était pas, en réalité, une marcheuse régulière, est brillante. Cependant, l'histoire n'est pas convaincante pour autant. Quant à savoir pourquoi…

Grand-père s'interrompit pour siroter une gorgée de café.

— Car alors, Iwata aussi n'est qu'un inconnu que le couple âgé croise une fois par semaine. Pourtant, ils l'ont clairement identifié, n'est-ce pas ? Toute personne qui va se promener ou courir quotidiennement sur cette allée aura de quoi partager une certaine proximité avec lui, même si elle ne le voit qu'une fois par semaine. De plus, il faudrait une raison plus consistante pour expliquer la fuite de Walking Mama. Certes, je dois reconnaître que certaines personnes préfèrent éviter toute sorte de complication, et ce, quelle que soit la gravité de l'incident dont elles sont le témoin. Et alors ? Quoi qu'on en dise, des vies sont en jeu. Elle aurait au moins pu appeler une ambulance et relater ce qu'elle avait vu aux secouristes sans courir le moindre risque.

Kaede ne pouvait que se ranger à cet avis.

Même si elle n'avait échangé que quelques mots à peine avec Walking Mama, celle-ci lui avait paru d'un naturel affable et enjoué, pas timide pour deux sous.

Voilà pourquoi l'idée qu'elle ait pu déserter les lieux la mettait si mal à l'aise.

— Pour résumer, je suis au regret de t'informer qu'aucune de tes histoires n'est recevable. En d'autres termes…

Grand-père tendit l'index devant ses yeux.

— Nous pouvons imaginer une troisième histoire.

Dehors, le vent qui faisait rage quelques jours plus tôt était retombé, et la clarté hivernale qui filtrait par la fenêtre vint illuminer le profil ciselé du vieil homme – comme pour signaler que le rideau se levait sur une nouvelle pièce de théâtre. C'est le moment que grand-père choisit pour prononcer sa phrase rituelle :

— Kaede, tu veux bien me passer une cigarette ?

— Je vois la scène.

Grand-père tira sur sa cigarette, dont l'extrémité embrasée émit un petit crissement.

— Laissons pour l'instant de côté l'histoire de Walking Mama, dit-il en inhalant la fumée. J'aimerais commencer par discuter de cette agression à l'arme blanche. Ce n'est qu'une supposition… mais je pense qu'il devait s'agir d'un deal de drogue qui a mal tourné. Étant donné qu'on n'a pas retrouvé de stupéfiants sur la victime, je dirais que c'était le quinquagénaire qui dealait et que le jeune homme était son client.

De la drogue ?

Kaede en resta sans voix.

— Veux-tu dire que le jeune homme était accro ?

— Rappelle-toi l'état dans lequel il était quand Iwata lui a porté secours. Il avait le cou trempé de sueur, n'est-ce pas ? Il transpirait de façon anormale, a fortiori en plein hiver… C'est un des signes caractéristiques de l'addiction aux stimulants.

— Oui, j'en ai entendu parler. Mais ne trouves-tu pas surprenant de se livrer à un tel trafic en plein jour, dans un lieu ouvert comme celui-là ?

— Au contraire, c'est l'endroit parfait, à l'ombre d'un pont, au bord d'un vaste fleuve. Il est facile de s'y donner rendez-vous, on y a une vue dégagée sur les environs, et l'on peut rapidement prendre la fuite à la moindre alerte – c'est un peu comme être au pied d'un phare. Maintenant que j'y songe, j'ai entendu dire aux informations que d'aucuns étaient même allés jusqu'à cultiver ouvertement de la marijuana sur les berges de la rivière T ! Et si tu veux mon avis, ce n'était pas une coïncidence si la police est arrivée à point nommé, juste après l'incident. Ils devaient patrouiller la zone après avoir entendu dire qu'il s'agissait d'un spot fréquenté. La police n'est pas stupide. Même si elle tenait Iwata pour suspect, elle devait se douter qu'il y avait un lien avec le trafic de drogue.

Kaede ne pouvait qu'acquiescer.

Voilà qui expliquait comment un policier était apparu sur les lieux sans que personne ne l'ait appelé.

— Partant de là, réfléchissons à la véritable identité de Walking Mama.

On entre enfin dans le vif du sujet !

Kaede se pencha en avant pour ne pas en perdre un mot.

— Comme je te le disais plus tôt, la clé de cette affaire réside dans l'objet que votre marcheuse tenait à la main.

— Sa serviette colorée, oui.

— C'est à moitié juste, mais aussi à moitié faux, car le plus important est ce que cette serviette dissimulait.

— Hein ?

Grand-père ne prit pas de gants.

— Elle ne cachait ni une bouteille d'eau minérale ni une boisson énergisante. Il s'agissait d'une canette de bière ou de soda alcoolisé. Notre jeune femme est une alcoolique qui ne parvient pas à décrocher de la boisson. Autrement dit, cette affaire repose sur la rencontre entre deux addictions : l'alcool et la drogue.

— Elle n'avait pourtant…

— Pas du tout l'air d'une alcoolique ? Dans ce cas, j'aimerais que tu te remémores ta rencontre avec elle. Après avoir échangé quelques mots avec Iwata, elle a porté les deux mains à ses lèvres, n'est-ce pas ?

Ah…

— Pourquoi s'être donné la peine d'utiliser ses deux mains, et non une seule ? Il n'y a qu'une seule explication possible : c'était pour empêcher l'odeur de l'alcool de se répandre. Cela me chagrine de le dire, mais j'espérais que tu le devines de toi-même.

Grand-père esquissa un sourire taquin.

— Après tout, toi-même, tu n'as rien contre siroter une bonne bière après l'entraînement, pas vrai ? L'option « alcool » aurait donc dû te venir naturellement à l'esprit.

Eh bien. Voilà qui était sérieusement gênant ! Certes, elle avait bien vidé deux canettes de bière. Mais…

— Pourquoi marchait-elle d'un pas si énergique ? Pourquoi agitait-elle les bras ainsi, les coudes à angle droit ?

— Je suppose qu'elle faisait des efforts exagérés pour les seuls yeux d'Iwata. Peut-être a-t-elle un petit faible pour lui ?

— Alors… le couple de retraités au chien et le joggeur en veste de survêtement…

— Eux aussi la connaissent, naturellement. À ceci près que l'image qu'ils ont d'elle n'est pas celle d'une marcheuse athlétique, mais d'une alcoolique errant sans but. Cela vaut aussi pour les gens que tu as interrogés dans la galerie marchande et aux environs de la gare. Ils sont familiers de l'alcoolique du quartier, pas de Walking Mama.

Kaede formula une dernière objection.

— Mais dans ce cas, pourquoi avoir fui sans même appeler une ambulance ?

— Parce qu'elle n'a pas eu le choix, bien sûr.

Grand-père ralluma sa Gauloise.

— Elle doit être en pleine procédure de divorce, ou engagée dans une bataille juridique pour la garde de son enfant. Le motif étant, bien entendu, son addiction à l'alcool. Si elle ne parvient pas à décrocher, elle perdra la garde. Pour cette raison, elle se rend tous les samedis matin dans une clinique qui traite les troubles addictifs.

— Je vois. Ça expliquerait en effet sa présence sur les lieux à ce moment-là.

— Le jour de l'incident, elle était sur le chemin du retour et devait repasser chez elle avant d'aller chercher son enfant au parc. Mais elle n'a pas pu s'empêcher de s'arrêter dans une supérette devant la gare pour y acheter à boire, avant d'errer avec sa boisson. L'alcoolisme est une terrible maladie, tu sais. Elle n'a même pas pu tenir dix minutes, le temps de rentrer chez elle. Et c'est alors qu'elle a été témoin de l'incident…

— Mais si elle se retrouvait mêlée à l'affaire, on saurait qu'elle avait bu…

— Et je pense que ce n'est pas la seule raison pour laquelle elle ne s'est pas manifestée par la suite. N'oublions pas qu'il pleuvait abondamment ce jour-là. Je m'avance peut-être un peu, mais… sans doute que, dans sa hâte, elle aura pris le volant pour aller chercher son enfant, et ce alors même qu'elle avait bu. Auquel cas, elle aurait conduit en état d'ivresse. Elle ne pouvait donc pas se rendre au commissariat pour témoigner.

Ce n'était pas de l'ordre de l'impensable. Sans doute que si elle n'avait pas couru le risque d'être épinglée pour conduite en état d'ivresse, elle se serait manifestée.

— Dis-moi, grand-père… Comment dois-je m'y prendre pour la retrouver ?

— C'est tout bête, répondit le vieil homme. Essaie de trouver un hôpital avec un service d'addictologie dans un rayon de trois à quatre stations de la gare la plus proche de la rive du fleuve. Si elle s'y rend en train plutôt qu'en voiture, c'est qu'il n'y a pas de parking sur place. Autrement dit, il doit s'agir d'une petite clinique.

Comme à regret, grand-père souffla un dernier nuage de fumée.

— Vas-y le samedi matin… Elle y sera forcément.

Puis il écrasa sa Gauloise.

— Je la vois. Là-bas, assise en salle d'attente, ajouta-t-il. Elle a un visage doux – elle me rappelle un peu Kanae. Son enfant, c'est sa raison de vivre. C'est sa vie même. Et quand elle pense à Iwata, son cœur manque d'exploser, pulvérisé par le remords.

Dehors, il faisait un temps magnifique.

Main dans la main, Kaede et grand-père allèrent s'asseoir côte à côte sur le porche, comme autrefois.

— Kaede, regarde !

Les yeux rivés sur le ciel hivernal parfaitement dégagé, grand-père désigna un point à l'ouest.

— Tu vois ces trois nuages, là-bas ? Essaie de tisser une histoire à leur sujet.

Mais à la différence d'autrefois, il n'y avait pas un seul nuage à l'horizon.

Sans s'en préoccuper, Kanae se lança dans son récit.

— Le premier à gauche, c'est toi, quand tu étais jeune. Celui du milieu, c'est papa, quand il était jeune. Et le plus à droite, c'est maman, quand elle était jeune.

À mesure qu'elle tissait son histoire, ses inspirations se firent plus froides et son haleine plus blanche sous l'effet de la tristesse.

Elle regretta d'avoir choisi ses parents comme protagonistes.

8

Ce week-end-là, Shiki invita Kaede à fêter leur succès dans un restaurant.

— Désolé de vous avoir appelée à la dernière minute, j'ai été soudainement libéré de mon job alimentaire. Santé !

Le jeune homme avait déjà ingurgité plusieurs bières, semblait-il. Son visage cramoisi le faisait paraître plus jeune que ses vingt-cinq ans.

Kaede songea à la première phrase de *Lady Fantôme*, incipit le plus célèbre de l'histoire du roman noir : *La nuit était encore jeune, et lui aussi...*

— En tout cas, je suis heureux pour Iwata. La jeune femme retrouvée à la clinique a accepté de témoigner, et le jeune homme blessé a repris connaissance. Lui aussi est prêt à répondre aux questions de la police.

Comme l'avait deviné grand-père, l'incident était dû à un deal de drogue qui avait mal tourné. Iwata devait être relâché le lundi suivant.

— Au fait, Kaede, j'ai quelque chose pour vous, ajouta Shiki d'un ton mal assuré. D'après votre prénom, j'ai déduit que vous deviez être née vers la fin de l'automne. Alors, même si j'ai un peu de retard... voici votre cadeau. Joyeux anniversaire.

D'un geste brusque, il déposa un livre emballé sur la table.

C'était un recueil de nouvelles de Robert F. Young incluant « La Fille aux cheveux d'or » – l'ouvrage même que grand-père avait offert à Kaede à la fin de la primaire.

Elle n'en avait jamais parlé à Shiki. C'était un pur hasard.

— C'est le seul récit que j'apprécie en traduction, expliqua-t-il. Dedans, une jeune femme à la chevelure d'or voyage à travers le temps et l'espace pour retrouver l'homme qu'elle aime, sans jamais craindre de finir seule au monde… Enfin, je suppose que vous en connaissez l'histoire, mais je me suis dit que vous seriez heureuse d'en lire une nouvelle traduction. Belle couverture, n'est-ce pas ?

La vue de cet ouvrage – qui aurait dû la réjouir – lui provoqua un picotement étrange derrière les yeux.

— Merci, souffla-t-elle, avant d'ajouter d'une voix frémissante : Shiki… À votre avis, quelle est la locution de trois mots la plus triste qui soit ?

— Pardon ?

Sans doute ne s'attendait-il pas à une telle question. Sa main se figea dans ses cheveux.

— Pour moi… c'est « seule au monde ». Vous savez…

Les mots dévalèrent de la bouche de Kaede, sans qu'elle puisse les arrêter, comme si une digue s'était rompue.

— Quand mon grand-père partira, je serai seule au monde.

— Mais vous avez encore…

Shiki esquissa un sourire crispé.

— Vous vous relayez avec votre mère pour prendre soin de lui, non ?

— C'est seulement ce que croit mon grand-père.

Tiens bon, ne pleure pas.

— Quand ma mère s'est mariée, elle était déjà enceinte de moi. La cérémonie devait avoir lieu dans une église, au cœur d'une petite forêt. Elle, avec son gros ventre…

— « Devait » ?

— Oui. Hélas, lorsqu'elle est arrivée à la porte de l'église au bras de mon grand-père, un homme a surgi de derrière un arbre, armé d'un couteau, et s'est écrié « Comment peux-tu m'abandonner ! » avant de la poignarder en pleine poitrine.

Une pluie glacée avait commencé à marteler les fenêtres.

— On dit qu'en un clin d'œil, sa robe blanche avait viré au rouge écarlate. Mon grand-père est resté là, ma mère dans les bras, hébété, pendant un long moment… Elle est morte une semaine plus tard… mais j'ai miraculeusement survécu dans son ventre.

Shiki demeurait figé, muré dans le silence.

— J'étais au collège quand mon père est décédé d'un cancer… C'est lui qui m'a raconté toute l'histoire, juste avant de mourir. Depuis, j'ai toujours eu peur des hommes, et je suis incapable de porter des vêtements blancs.

Au coin de la table, elle aperçut la couverture du recueil de Young, avec la fille aux cheveux d'or drapée dans une robe immaculée.

— Depuis que sa démence s'est déclarée, mon grand-père voit régulièrement ma mère, mais ce ne sont que des hallucinations, bien sûr. Plusieurs fois, il a cru me voir couverte de sang, mais ce n'était pas de moi qu'il s'agissait – c'était ma mère, jeune. Sauf que je ne pouvais pas le lui dire…

C'était peine perdue. Sa vision se déformait déjà.

— Excusez-moi, Shiki. Cette histoire n'a rien à voir avec vous.

— Je vous en prie, continuez.

La mine sérieuse, le comédien posa les coudes sur la table et croisa ses longs doigts.

— Par où commencer ? Ah, je sais. J'adore mon grand-père. Je ne lui ai désobéi que deux fois. La première, c'était juste avant la mort de mon père, quand son cancer a récidivé.

Jamais, encore, Kaede n'avait osé confier ce secret à qui que ce soit.

Ce jour-là aussi, une pluie glaciale faisait rage.

Vêtue de son uniforme scolaire, Kaede se trouvait dans la chambre d'hôpital de son père, où régnait une odeur de médicaments.

— Où avais-je la tête… Tu vas bientôt fêter tes quinze ans ! Te voilà presque adulte…

Cette seule idée avait suffi à faire monter les larmes aux yeux du malade. Il avait déjà survécu une fois à un cancer de stade 4, mais il fallait s'attendre à des rechutes.

Le moment tant redouté était venu.

— Qu'est-ce qui te ferait plaisir, pour ton anniversaire ?

Étendu sur son lit, émacié et bardé de tubes en tout genre, il parlait d'une voix inhabituelle, peut-être sous l'effet des antidouleurs qu'on lui avait administrés.

« Je n'ai besoin de rien, tout ce que je souhaite, c'est que tu ailles mieux », aurait voulu lui répondre Kaede

– mais, enhardie à l'idée qu'elle pouvait peut-être allonger la vie de son père jusqu'à son anniversaire au moins, elle s'était risquée à lui demander une écharpe à carreaux.

— Pas de problème, lui avait-il répondu, avant de tourner la tête vers elle d'un air déterminé. Quoi qu'il en soit, j'ai quelque chose à te dire, Kaede.

Il avait toussé avant de poursuivre :

— C'est au sujet de ta mère, qui est censée être morte de maladie, à l'hôpital. Ce sera un lourd fardeau à porter pour toi, mais la vérité ne pourra pas rester cachée indéfiniment. Tu finiras bien par l'apprendre un jour, d'une façon ou d'une autre…

Alors, il lui avait raconté leur histoire, depuis le moment où ils s'étaient rencontrés, lui et sa mère. Elle travaillait comme infirmière dans le service où il était traité pour son cancer. Peu optimiste quant à leur avenir ensemble, grand-père s'était fermement opposé à leur union.

Le jour de leur mariage, la mère de Kaede avait été poignardée par un homme qui la harcelait. Le coupable s'était enfui et n'avait jamais été interpellé. Aux urgences, la victime avait brièvement repris conscience – juste assez longtemps pour articuler un mot de ses lèvres silencieuses : « Bébé… »

Jusqu'à sa mort, grand-père s'était rendu quotidiennement au sanctuaire shintô de Himon'ya pour y adresser ses prières à la divinité locale.

Après avoir séché ses larmes, Kaede avait fini par demander :

— Quel genre de prières ?

— Il se livrait au rituel de l'*ohyakudomairi*, dans lequel on implore cent fois la divinité. Mon beau-père, ou plutôt ton grand-père, tenait à ce que cela reste secret, mais les voisins l'ont aperçu.

Malgré son jeune âge, même Kaede avait été surprise d'apprendre que son aïeul, pourtant si rationnel, ait pu implorer une divinité. Cela n'en rendait son comportement que plus affligeant.

D'un autre côté…

Kaede en avait éprouvé de la colère, aussi. Elle n'avait pu s'empêcher de poser une deuxième question, autrement déplacée. Rétrospectivement, peut-être n'avait-ce été pour elle qu'un prétexte pour détourner son attention de la maladie de son père et s'en prendre à son grand-père.

— Pourquoi ne s'est-il préoccupé que de maman ? Pourquoi n'est-il pas venu une seule fois te rendre visite ?

Le dire à voix haute n'avait fait qu'exacerber sa colère. Elle en tremblait dans son uniforme.

— Est-ce parce que vous n'êtes pas liés par le sang ? Parce qu'il était opposé à votre mariage ? Ou alors…

Elle ne pouvait plus s'arrêter.

— Ou alors… Parce qu'il a déjà abandonné tout espoir ? Parce qu'il a trop peur de te voir dans cet état ?

— Ça suffit, Kaede.

Ce jour-là, pour la toute première fois, son père avait haussé le ton.

— Jamais je ne tolérerai que tu dises du mal de ton grand-père. Fin de l'histoire.

— Mais…

— Je suis un peu fatigué, alors je vais me reposer, si tu le veux bien. Je demanderai à grand-père de s'occuper de l'écharpe. Bien sûr, c'est moi qui paierai…

— Je m'en fiche, de l'écharpe !

Kaede avait quitté la chambre d'hôpital en courant.

Tard ce soir-là, quand la pluie avait cessé, grand-père était enfin rentré à la maison.

Installée dans le vestibule comme pour l'attendre, Kaede avait déversé sa colère sur lui :

— Grand-père, que tu es cruel !

— Pardon ? Qu'est-ce qui te prend, tout d'un coup ?

— Pourquoi n'es-tu pas venu voir papa à l'hôpital ? Je sais que tu es très occupé à l'école, mais quand même ! Peut-être n'est-il qu'un étranger à tes yeux, mais pour moi, c'est le seul père que je connaîtrai jamais ! Mais le temps est compté… il n'en a plus pour longtemps !

Grand-père en était resté interdit, là, dans le vestibule. Sans s'en préoccuper, Kaede avait couru à l'étage, où elle s'était affalée sur son bureau. C'était la première fois qu'elle osait élever la voix face à son grand-père bien-aimé.

Quelques jours plus tard, le médecin les avait informés qu'il n'y en avait plus que pour deux ou trois jours. Les larmes de l'adolescente s'étaient déjà taries. Ne tenant guère à croiser son grand-père, elle avait fait un détour en rentrant du collège.

Passant près de la caserne des pompiers, elle avait gravi une colline en pente douce. Sur sa droite se dressaient de vieilles habitations, et à sa gauche, elle apercevait le bosquet touffu entourant le sanctuaire de Hachiman. L'endroit – tout comme l'air qu'elle y respirait – semblait figé depuis des temps immémoriaux. Enfant, elle se souvenait avoir maintes fois escaladé cette pente, entraînée par la main de son père – et dans son esprit, les paysages du passé et du présent se superposaient, quasi identiques.

La seule différence résidait dans la hauteur de son propre regard…

Et l'absence de papa.

Lorsqu'elle était arrivée au sommet de la colline, les arbres s'étaient écartés comme les battants d'un portail pour laisser paraître un pilier de pierre portant une inscription : *Entrée visiteurs.* Celle-ci se trouvait à l'arrière de la statue de la divinité locale.

Kaede avait jeté un regard à l'intérieur…

Là, vêtu d'une chemise blanche crasseuse, son grand-père faisait des allers-retours ininterrompus entre le portail *torii* et le sanctuaire même. Il avançait d'un pas furieux, comme pour pénétrer jusque dans le pavé même. Sa démarche suffisait à exprimer la colère et l'impuissance qui étaient les siennes face à ce monde absurde.

Tapie à l'ombre d'un arbre, Kaede avait été saisie par la honte en repensant à la violence avec laquelle elle s'était adressée à lui. Son aïeul avait passé tout son temps à implorer la divinité, sans même s'autoriser un moment pour rendre visite au malade. Comme elle l'avait découvert après que son père lui en avait parlé, le rituel de l'*ohyakudomairi*, qui avait pour but d'accumuler les bonnes actions dans le plus grand secret, devait impérativement se pratiquer à l'abri des regards.

Sans quitter sa cachette, Kaede avait jeté un nouveau coup d'œil à son grand-père. Même à cette distance, sa rage était palpable.

— Merde !

Il répétait inlassablement ce juron qui lui ressemblait si peu.

— Merde !

Il pleurait des larmes de colère.

Le même jour, tard dans la nuit, le père de Kaede était mort. Il n'avait même pas tenu le temps prédit par le médecin.

Kaede revint à elle en sursaut, arrachée à ses souvenirs par un bruyant coup de klaxon. Shiki, lui, n'avait pas bougé d'un pouce, le regard toujours baissé.

— Après avoir appris ce qui était arrivé à ma mère, je ne parvenais plus à lire ces romans policiers que j'aimais tant… Il m'a fallu trois ans, je crois.

Non – quatre.

— Jusqu'au jour où j'ai eu une révélation : n'était-ce pas le fait qu'ils donnaient à voir un monde imaginaire qui conférait leur beauté à ces récits ? Alors… j'ai recommencé à lire, en me mettant dans la tête que ce qui était arrivé à ma mère, aussi, s'était produit dans un monde imaginaire. Peut-être ne faisais-je que fuir la réalité, la déformer. Mais…

Tout est matière à histoire, dès lors qu'on la tisse.

Tout événement qui se produit dans ce monde est une histoire.

C'est ce qui rend ces histoires si belles.

Le monde réel, les romans policiers, la science-fiction… mais aussi les pièces de théâtre.

— Je pensais que vous, au moins, Shiki, vous pourriez me comprendre… ne serait-ce qu'un instant.

L'écoutait-il encore ? Il demeurait prostré, mutique. Ce qui n'empêcha pas Kaede de continuer à parler.

La deuxième fois que Kaede s'était opposée à son grand-père remontait à la veille. Elle avait fini par laisser échapper une pensée qu'elle entretenait depuis quelque temps déjà.

— Dis, grand-père… Il y a quelque chose dont j'aimerais discuter avec toi.

— Qu'est-ce donc ?

— Ne veux-tu pas qu'on emménage ensemble, tous les deux ? J'ai trouvé un appartement pas mal dans le quartier, et je ne serais pas contre déménager dans un logement un peu plus grand.

— J'apprécie ton attention, lui avait répondu l'aïeul d'une voix douce mais qui ne laissait aucun doute quant au fait qu'il rejetait la proposition. Mais si j'acceptais, je ne serais plus « M. Himon'ya », pas vrai ?

— Mais…

— Je te l'ai déjà expliqué maintes fois, n'est-ce pas ? Bunraku Katsura, huitième du nom, était surnommé « Kuromonchô ». Hayashiya Hikoroku, « Inarichô »…

— Yanagiya Kosan, « Mejiro », et Kokontei Shinchô, « Yaraichô », c'est ça ?

Un éclair de surprise avait parcouru furtivement les traits de grand-père.

Un silence gêné s'était installé dans l'étude. Au fil des ans, tous ces noms d'acteurs et d'humoristes de l'ère Shôwa dont grand-père avait l'habitude de parler s'étaient gravés dans la mémoire de Kaede, même si elle-même ne les avait jamais connus. Mais ce n'était pas ce qui avait provoqué la réaction de grand-père. Plus que tout, il semblait un peu blessé par la force avec laquelle elle avait répliqué.

La jeune femme n'en avait pas moins persisté :

— Mais, grand-père… Quelle importance cela peut-il avoir, comment les gens t'appellent ?

De toute façon, tu passes tes journées reclus chez toi, se garda-t-elle d'ajouter.

— Je m'inquiète pour toi. J'aimerais être à tes côtés, pour garder un œil sur toi.

— Je regrette, Kaede.

Une ombre était passée sur le visage du vieil homme, comme s'il rechignait à refuser trop frontalement l'offre de sa petite-fille, ou au contraire comme s'il se réjouissait de le faire.

— J'aime profondément ce quartier de Himon'ya. J'aime entendre les voix des élèves de l'école maternelle. J'aime voir s'envoler les moineaux du bosquet de bambous dans le parc et danser les pétales des cerisiers du sanctuaire de Hachiman. J'aime ce minuscule jardin où grouillent les insectes. J'aime le parfum de ma femme qui flotte encore dans cette maison, même s'il ne cesse de s'estomper au fil des ans. Je n'arrive pas à trouver les mots justes, mais… elle a beau me manquer, elle n'apparaît que rarement dans mes hallucinations. Mon unique « fils » et partenaire de beuverie préféré – ton père, Kaede – n'apparaît jamais, quant à lui. Mais cette maison abrite un petit cerisier que ce fils a planté pour moi. La commode qu'utilisait ma femme. Sa machine à coudre. Sa coiffeuse, aussi, que tu utilises à présent. Il me suffit de l'apercevoir pour me sentir heureux.

Kaede avait senti son cœur se serrer. Jamais elle ne se serait doutée qu'il guettait les visions de sa grand-mère et de son père.

— Dans ce cas… avait-elle insisté. Et si je revenais vivre ici, avec toi ?

— Kaede, reste dans ton appartement, avait-il rétorqué d'un air grave, comme l'avait fait son père autrefois. Les personnes âgées ne doivent pas priver les jeunes gens de leurs plus précieuses années. Heureusement, Kanae me rend visite tous les jours. Si d'aventure mon corps ne pouvait plus bouger – ou si mon esprit devait complètement me lâcher –, j'irais dans un établissement spécialisé. J'ai déjà pris mes dispositions, tu n'as pas à t'en inquiéter.

Alors, il lui avait adressé un sourire doux – celui qui, autrefois, lui aurait valu le titre de playboy.

— Excusez-moi, c'était beaucoup trop long, conclut Kaede d'un ton qu'elle voulait léger.

C'est alors que Shiki sortit enfin du silence.

— On dirait une traduction barbante, dit-il d'une petite voix.

— Hein ?

Le jeune homme avait le visage caché derrière ses longs cheveux. Quelques gouttes tombèrent néanmoins sur la nappe. Shiki jeta un regard furtif à la fenêtre battue par la pluie. Puis, toujours prostré, il se frotta précipitamment les yeux.

— Excusez-moi. Je ne sais pas ce que je dis, marmonna-t-il.

— Je vous en prie.

— J'ai parlé si légèrement de la solitude…

— Ce n'est rien.

— Jusqu'à récemment encore, je ne savais même pas qu'Iwata n'avait ni parents ni frères et sœurs. (La voix du comédien se mit à trembler.) Et dire que je dépends toujours de mes parents…

La salle du restaurant résonnait à présent de ses reniflements.

— Je n'ai fait que sécher le travail pour m'occuper de ma pièce…

— Où est le mal ? Sur scène, vous êtes formidable.

— Dites, Kaede…

Soudain, Shiki leva la tête pour la regarder en face.

— Vous souvenez-vous de cette phrase célèbre dans « La Fille aux cheveux d'or » ?

— Bien sûr.

— « Avant-hier, j'ai rencontré un lapin… »

— « Hier, un daim… »

Les yeux dans les yeux, ils récitèrent la suite d'une seule voix :

— « … et aujourd'hui, vous. »

Après un moment de silence, ils échangèrent un rire – à moins que ce n'ait été un sanglot, pour l'un comme pour l'autre.

— Je ne voulais pas le dire aujourd'hui, marmonna Shiki d'une voix à peine audible, avant d'ajouter : Kaede. Cela ne date pas d'aujourd'hui, ni d'hier, ni même d'avant-hier. Je vous ai aimée dès l'instant où je vous ai rencontrée.

LIVRE 6

L'ÉNIGME DU HARCELEUR

I

Tu n'es pas seule
Nous sommes seuls tous les deux
Mais te voilà de nouveau seule
J'ai hâte que nous devenions deux
C'est avec cette seule pensée
Que je passe mes journées

C'est Iwata lui-même qui avait suggéré que les trois amis se retrouvent chez lui pour fêter sa relaxe – mais aussi la victoire de sa classe, qui avait remporté le marathon de l'école.

— Normalement, c'est à l'entourage d'organiser ce genre d'événement, maugréa Shiki, pince-sans-rire.

— Oh, la ferme, répliqua simplement Iwata en apportant le premier plat de leur dîner fait maison dans son salon exigu.

Heureusement qu'on est tous les trois, songea Kaede, soulagée.

« Je ne vous demande pas de sortir avec moi, je voulais juste vous faire part de mes sentiments », avait expliqué Shiki après lui avoir fait cette déclaration soudaine. Une ambiance un peu gênante ne s'en était pas moins installée entre eux. Elle n'avait même pas été capable de soutenir son regard une seule fois depuis qu'ils s'étaient installés autour de la petite table basse – un fait dont le jeune homme devait avoir conscience, et qu'il tentait d'oublier à l'aide de la boisson.

Iwata, lui, semblait n'avoir rien remarqué.

— Le secret, pour un *kakuni*[1] réussi, disait-il avec fierté, c'est d'utiliser l'eau de cuisson du riz pour faire bouillir la viande. Ainsi, on neutralise son odeur.

Kaede, qui était particulièrement peu douée pour la cuisine, ne pouvait qu'être impressionnée. Shiki, lui, contemplait les cubes de porc encore fumants.

— Rien qu'à les voir, on sait déjà qu'on va se régaler…, dit-il.

— N'est-ce pas ? L'autre secret, c'est…

Tandis que le cordon-bleu continuait de dérouler sa recette, Kaede promena son regard dans l'appartement. C'eut été mentir que de prétendre qu'elle n'était pas intriguée – car, après tout, c'était la première fois qu'elle se trouvait dans l'appartement d'un homme célibataire.

Ils se trouvaient à une vingtaine de minutes à pied de la station d'Idogaya, sur la ligne Keikyû, dans la banlieue sud de Tôkyô. L'escalier en acier avait grincé sous le poids des trois convives lorsqu'ils avaient rejoint la résidence, un bâtiment en bois qui devait dater d'une cinquantaine d'années. « J'aimerais déménager dans un endroit plus vaste et plus propre, mais la propriétaire refuse de me laisser partir », avait déclaré Iwata d'un air heureux. Sur les murs, dont le plâtre pelait çà et là, on avait collé dans un arrangement méticuleux une collection de cartes colorées, signées par les élèves.

---

1. Entremets à base de poitrine de porc fondante et sucrée, spécialité de Nagasaki.

Merci Gan-chan ! de la part de la classe 2-1

Ce surnom affectueux de « Gan-chan » – dérivé de la prononciation alternative du premier caractère de son nom de famille, *iwa*, qui signifiait la pierre – plaisait particulièrement à l'intéressé.

Courage, Gan-chan, vous allez bientôt trouver une copine ! Classe 5-4

On pouvait toujours compter sur les écoliers pour écrire des messages amusants !

On t'adore, Gan-chan ! Classe 1-3

Celle-ci était écrite au marqueur noir, en grosses lettres mal assurées, ce qui ne l'en rendait que plus attendrissante.

Kaede ne pouvait qu'envier son collègue, elle qui n'avait jusqu'à présent reçu qu'un seul de ces sésames, de la part de « Harry » et de ses copains – un trésor qu'elle chérissait, elle aussi. Cet assortiment de cartes était l'illustration de l'extraordinaire popularité d'Iwata.

Alors qu'elle admirait le collage, cependant, Kaede remarqua un détail curieux. L'une des cartes exposées, un peu jaunie, semblait nettement plus vieille que les autres. De surcroît, l'inscription qu'elle portait était trop bien calligraphiée pour avoir été tracée par des écoliers. Lorsqu'elle comprit pourquoi, Kaede regretta de s'être montrée aussi indiscrète.

Gan-chan, félicitations pour ton entrée au lycée ! Allez grand frère, cours décrocher ton rêve !

Le message venait de l'orphelinat où avait grandi le jeune homme.

— La garniture des *gyôza* aura une texture plus agréable si tu haches grossièrement le chou et la ciboulette, comme ceci. Et l'astuce, pour le *miso*…

— Je m'en fiche, de tout ça. Tout ce que je veux, c'est manger !

Iwata était toujours en train de se vanter de sa recette.

L'assortiment de *kakuni* et de *gyôza*, qui revenait à ajouter de la viande à la viande, semblait typique d'une cuisine masculine, mais ce n'était pas pour déplaire à Kaede.

Selon grand-père, si l'on voulait connaître une personne, il suffisait de regarder le contenu de sa bibliothèque. Avec une pointe de culpabilité, Kaede s'intéressa au petit meuble en contreplaqué qui semblait remplir cet office. Elle y trouva l'intégrale de *Cooking Papa*, ainsi que des manuels de préparation à l'agrégation bardés de post-it, qu'Iwata n'avait, semble-t-il, pas eu le cœur de jeter une fois ses examens passés. Comme elle comprenait !

Il a dû traverser des difficultés que je ne peux même pas imaginer, songea Kaede.

Un autre rayon contenait quant à lui des DVD : les séries des *Avengers*, *Fast and Furious* et *Terminator.*

— Ça alors ! laissa échapper Shiki, qui dégustait enfin le contenu de son assiette, en suivant son regard.

Il reposa ses baguettes.

— La collection ciné d'Iwata… Sacrée sélection.

— Qu'est-ce que ça veut dire ? maugréa l'intéressé.

— Rien, je suis juste époustouflé par cet assortiment de films d'action décérébrés.

— Tu te fiches de moi ?

Iwata fusilla son camarade du regard, clairement vexé.

— Tu veux que je te dise ? Les meilleurs films, c'est ceux qui commencent par un *bang !*, sont remplis de *ratatata* et de *pif paf poum* et qui se terminent en feu d'artifice.

— Trop d'onomatopées et de pyrotechnie. Et pas assez de variété.

— Je ne suis pas d'accord ! s'entêta Iwata. D'ailleurs, la plupart des polars sont comme ça. C'est plus intéressant s'ils se terminent en apothéose, non ?

— Je ne peux pas te laisser dire ça. Dans le monde du polar, il existe toute une catégorie de récits dits « d'énigme », qui se terminent sur une fin ouverte.

Kaede crut sentir un instant le regard de Shiki se poser sur elle.

Le roman d'énigme, dans lequel on laissait le lecteur tirer ses propres conclusions à la fin, était traditionnellement considéré comme un genre difficile à écrire, car si la narration n'était pas soignée, ils pouvaient se terminer en queue de poisson.

D'ailleurs, d'où venait cette expression : « se terminer en queue de poisson » ? Faisait-elle allusion à un type de poisson en particulier ?

Mieux vaut ne pas tirer de conclusions hâtives. Je chercherai plus tard sur internet.

Pendant que Kaede se perdait dans ces considérations, Shiki s'était lancé dans un de ces monologues acerbes dont il avait le secret :

— Même si je n'aime pas les œuvres traduites, je pense que la nouvelle de Frank R. Stockton « La Femme ou le tigre ? » est un incontournable du genre. Non seulement ce n'est pas un récit policier à proprement parler, mais c'est un classique de la littérature du XVIIIe siècle, il n'y a donc aucun mal à en révéler l'intrigue – mais si tu préfères éviter les spoilers, Iwata, je te conseille de t'éloigner. Va donc nous préparer quelques *gyôza*.

— Ne sois pas si dur, moi aussi, je veux connaître l'histoire ! protesta Iwata. Mais bon, va pour les *gyôza*, grommela-t-il en se levant pour rejoindre la cuisine.

— Dans ce cas, je raconte tout jusqu'à la fin, avertit Shiki de sa voix de baryton, assez fort pour que leur hôte puisse l'entendre. Il était une fois, dans un certain pays, un jeune homme qui s'était épris de la princesse, la fille du roi. Mais lorsque le roi l'apprend, il décide de soumettre le jeune homme à un terrible procès : il le fait jeter dans une arène bondée agrémentée de deux portes, avec l'ordre de choisir laquelle ouvrir. Derrière l'une est cachée la plus belle femme du pays – s'il opte pour celle-ci, ses crimes seront pardonnés et il devra épouser cette femme sur-le-champ. Derrière l'autre l'attend le tigre le plus féroce du royaume. Le jeune homme adresse un regard implorant à la princesse, assise dans le public… car, oui, la princesse connaît la réponse.

— Comme c'est intéressant… Et alors ?

Un grésillement appétissant se fit entendre – sans doute les *gyôza* en train de frire.

— La princesse est en proie à un dilemme effroyable. Naturellement, elle ne souhaite pas voir son amant dévoré par le tigre. Mais d'un autre côté, elle ne peut tolérer qu'il épouse une femme plus belle qu'elle. Après une longue hésitation, elle parvient à une décision. Alors, d'un geste discret de la main, elle indique l'une des portes au jeune homme. Et là…

Shiki marqua une pause.

— Est-ce la femme qui en sort ? Ou bien le tigre ? C'est là que l'œuvre se referme, laissant le lecteur sur cette question.

— Hein ? Ça se termine vraiment comme ça ?

Incrédule, Iwata transvasa le contenu de sa poêle sur un plat d'un geste désordonné.

— C'est quoi cette histoire ? C'est malsain… Il a bâclé la fin, ou quoi ? Et au passage, tu parles d'un spoiler ! Il n'y a rien à spoiler !

— N'est-ce pas justement ce qui en fait tout le sel ? Ne vois-tu comme c'est intéressant ? Je suis sûr que Kaede doit connaître plein de romans policiers inspirés de cette nouvelle, argua Shiki sans pour autant la regarder.

— Pas tant que ça, à vrai dire. Je ne vois que *La Femme et le tigre*, de Jack Moffitt.

Plus familier des auteurs nippons, Shiki prit le relais.

— Oui… Il y a aussi « La Femme ou la pastèque ? » de Reitarô Kada.

— Qu'est-ce que c'est que ce choix ? Une pastèque ? Ça n'a rien d'effrayant ! s'impatienta Iwata.

— « L'Homme ? Ou l'ours ? » de Jirô Ikushima.

— Dans un cas comme dans l'autre, on est perdant !

— Lis-les d'abord, avant de rouspéter, répliqua Shiki le plus sérieusement du monde. Toutes les œuvres qui se sont inspirées de cette nouvelle sont devenues des classiques reconnus. Mais ce qui est fascinant, c'est l'énigme posée par l'original de Stockton. La princesse se laissera-t-elle guider par l'amour ou par la jalousie ? La femme, ou le tigre ? Plus on y réfléchit, moins on est sûr de la réponse, n'est-ce pas ?

— Non, n'importe quelle personne normale trouverait la réponse en une seconde.

— Pardon ?

— Je peux t'assurer que c'est la femme qui est sortie de la porte choisie par le jeune homme.

— Hein ? Comment peux-tu l'affirmer ? Sur quelle base ? voulut savoir Shiki.

Je parie que c'est une raison stupide, semblait dire son visage.

— Tu pars du principe que je suis incapable de m'exprimer de façon logique. Bon, laisse-moi t'expliquer, répliqua Iwata en ouvrant une canette de soda alcoolisé. Commençons par quelques vérifications. L'arène était remplie d'une foule compacte, n'est-ce pas ?

— En effet. Il me semble même qu'il est même fait mention de groupes de gens massés à l'extérieur car ils n'ont pas pu entrer.

— Et ces gens savaient pour quelle raison ce jeune homme était jugé ?

— Oui, bien sûr. Certains avaient même fait un long voyage pour venir assister à la conclusion de sa romance contrariée avec la princesse.

— Dans ce cas… c'est bien la femme qui sort de derrière la porte.

— Mais comment arrives-tu à cette conclusion ?!

— Un peu de patience ! Écoute-moi bien. Pensons d'abord à l'état d'esprit de la princesse. C'est une erreur de penser que pour elle, le choix se réduit à deux options, l'amour ou la jalousie. La psychologie humaine n'est pas si simpliste. Il y a une troisième option, j'en suis convaincu.

— Laquelle ?

Le regard d'Iwata s'assombrit légèrement lorsqu'il répondit :

— La préservation de soi. (Il prit une gorgée de son cocktail avant d'ajouter :) Au moment du verdict, les spectateurs ne se contentent pas de regarder le jeune homme, ils guettent aussi les moindres faits et gestes de la princesse, qu'ils savent partie prenante. Le jeune homme lui adresse un regard discret. Troublée, la princesse pointe furtivement l'une des portes. Mais quelqu'un dans l'assemblée aura forcément remarqué son geste, puisqu'elle-même est assise dans le public.

— Je vois. C'était donc ça, dit Shiki, rapide à la détente.

Iwata se mordilla le pouce avec un sourire entendu.

— Le receveur observe le geste du frappeur et pense à la répartition sur le terrain… Il n'y a que toi pour y réfléchir en ces termes, Iwata.

Kaede, elle, avait ses doutes. Elle n'était pas sûre de comprendre où son collègue voulait en venir.

— Attendez, Iwata. Il me semble avoir vu une traduction intégrale de la nouvelle sur internet.

Elle s'empressa de retrouver le texte en question sur son smartphone.

— C'est écrit noir sur blanc dans « La Femme ou le tigre ? » : « Personne ne vit ce geste à part le jeune homme. Tous les regards étaient tournés vers lui, debout au centre de l'arène… » Puisque Stockton lui-même l'a écrit, tous les spectateurs regardaient le jeune homme et n'ont donc pas pu remarquer le geste de la princesse.

— Non, pas forcément.

Contre toute attente, c'était Shiki qui avait répondu. Il secoua son verre à cocktail, dans lequel il ne restait plus qu'un glaçon esseulé. Ainsi enfermé dans sa cage de verre, le petit cube avait tout l'air du jeune homme posté dans l'arène.

— Admettons que, comme l'écrit Stockton, tous les regards soient fixés sur le jeune homme. Ce faisant, voyant qu'il interroge la princesse des yeux, les spectateurs ne seraient-ils pas enclins à la contempler, eux aussi ?

Shiki se tourna lentement vers le seau à glace et s'empara d'une poignée de cubes qu'il versa dans son verre.

— Vous voyez ! dit-il en esquissant un sourire juvénile. Tous les deux, vous avez suivi mon regard jusqu'au seau à glace. Les gens ont tendance à se laisser appâter quand on attire leur attention. Moi aussi, tout à l'heure, j'ai suivi inconsciemment le regard de Kaede lorsqu'elle s'est intéressée à cette étagère.

Il désigna la collection de DVD de leur hôte.

— D'un point de vue psychologique, ça se tient, en effet, admit Kaede, les yeux fixés sur le front de Shiki pour éviter de croiser son regard. Dans ce cas, pourquoi Stockton a-t-il écrit ce passage, au risque de créer une incohérence ? Cela reviendrait à mentir.

Shiki porta ses doigts graciles à son menton.

— Non, attendez..., dit-il d'une voix empreinte d'une rare excitation. Peut-être faut-il lire ce passage du point de vue de la princesse, et non comme extrait d'une narration omnisciente ? Car c'est ce qu'elle-même se dit, probablement : « Personne n'a pu voir mon geste, puisque tout le monde est occupé à le regarder, lui. » En d'autres termes, il ne s'agit là que d'un piège tendu par Stockton pour enfumer le lecteur. Il a « osé » omettre certaines phrases complémentaires, telles que « la princesse en était alors convaincue », ou encore « c'est ce qu'elle espérait du fond du cœur ».

Kaede inspira un grand coup.

— Ce serait une astuce narrative ?

— Tout juste. Si Stockton avait sciemment cherché à faire passer le point de vue de la princesse pour une narration omnisciente, « La Femme ou le tigre ? » ne serait pas un simple roman d'énigme, mais incontestablement le premier roman policier au monde. Car si on lit ce passage attentivement, du point de vue de la princesse, on ne peut arriver qu'à une seule conclusion…

La théorie était pour le moins inédite : à la fois précurseur et parfait représentant du roman d'énigme, « La Femme ou le tigre ? », classique du XIXe siècle, serait un roman policier reposant sur un tour de passe-passe narratif.

— Shiki ! s'emporta soudain Iwata. Et moi, alors, tu m'écoutes ? Je n'avais pas fini mon explication !

— Désolé pour cette digression. Je t'en prie, continue.

— Bien, supposons donc que quelqu'un, dans le public, aura forcément remarqué le geste de la princesse. C'est bon ?

Kaede et Shiki l'encouragèrent d'un signe de tête.

— Et je doute qu'il n'y ait qu'une ou deux personnes dans ce cas. Ils devaient être des dizaines, voire des centaines, suivant le contexte. Si, malgré cela, la princesse indiquait la porte au tigre et que le jeune homme se faisait dévorer, que se passerait-il ? Peut-être le public, qui espérait assister à un spectacle cruel, en serait-il momentanément satisfait. Mais… le peuple ne tarderait pas à échanger des rumeurs : « Rongée par la jalousie, la princesse a livré son amant au tigre ! » « Je l'ai bien vue lui faire signe ! » « Oui, oui, moi aussi ! » « Quelle femme cruelle ! »

— Cela mènerait inévitablement à la révolution, fit valoir Shiki.

— Or, d'après ce que tu disais, la princesse est fille unique, poursuivit Iwata sans s'en préoccuper. En d'autres termes, elle finira par épouser un noble ou un prince d'un autre pays pour en devenir la reine. Jamais une femme dans une telle position ne s'abaisserait à jeter son amant au tigre, car elle s'attirerait aussitôt les foudres du peuple. Quelqu'un d'aussi remarquable doit faire passer sa propre personne avant tout. En fin de compte, une seule solution s'offre à elle : indiquer la porte dissimulant la femme. C'est… comment s'appelle-t-il, déjà ? Stocking ?

— J'étais sûr que tu allais écorcher son nom. Stockton.

— Voilà, c'est la conclusion que Stockton et ses petits camarades avaient en tête.

Ça alors… Iwata me rappelle un peu grand-père.

La démonstration était implacable – ou, du moins, assez convaincante. « La Femme ou le tigre ? » était un récit policier dont la « révélation » était préparée en amont. Mais Kaede n'était pas tant impressionnée qu'intriguée par la formulation d'Iwata. Que « quelqu'un d'aussi remarquable doive faire passer sa personne avant tout » – la tournure avait quelque chose d'étrangement sombre, qui ne ressemblait pas à l'instituteur.

Peut-être avait-il lui-même fait les frais des tactiques de préservation des adultes, par le passé.

— Alors là, je suis bluffé, déclara Shiki en posant ostensiblement ses baguettes pour l'applaudir, avant d'ajouter : Si je puis me permettre, rien n'obligeait la princesse à précipiter le jeune homme dans la gueule du tigre. Elle pouvait très bien attendre qu'il ait épousé la beauté avant d'ordonner à ses hommes de l'assassiner en toute discrétion.

— Dis donc, toi..., laissa échapper Iwata, irrité. Pourquoi faut-il toujours que tu en rajoutes dans l'horreur ? D'ailleurs, qui aurait envie de lire une histoire au sujet d'un gamin qui se fait bouffer par un tigre ? C'est pas une fin en feu d'artifice, ça !

— Mais puisque je te dis que ce n'est pas ce genre d'hist...

— Vous, les fans de romans policiers, vous êtes tous rasoir ! Ça suffit pour aujourd'hui, je vous interdis de parler encore polar, tous les deux ! Videz-moi ces assiettes ! Et lisez *Cooking Papa*, plutôt !

Kaede échangea un petit rire avec Shiki. C'était la première fois que leurs regards se croisaient ce jour-là.

Sans doute était-ce par égard pour Kaede, qui devait prendre le train pour rentrer – Iwata avait eu la prévenance de préparer des *gyôza* sans ail. Les boissons peu alcoolisées qu'elle pouvait boire avaient disparu aussi vite que les *edamame* assaisonnés à la perfection.

— Bon, je vais y aller, annonça-t-elle en faisant mine de se lever.

Iwata s'empressa de la devancer.

— Restez encore un peu ! Allez, Shiki, on va faire quelques courses !

— Hein ? Pourquoi je dois sortir, moi aussi ?

Malgré son ton contrarié, le jeune homme se leva aussitôt pour enfiler sa veste. Peut-être était-il soulagé de ne pas se retrouver seul avec Kaede.

— Mais juste un peu, alors. Je te rembourse plus tard.

— C'est ma tournée ! proclamèrent les deux hommes à l'unisson.

Échangeant un regard noir, ils sortirent de l'appartement et s'engagèrent avec fracas dans l'escalier extérieur. Le bruit de leurs pas synchronisés résonnait étrangement à la même longueur d'onde.

On sent que ce sont d'anciens coéquipiers.

Satisfaite de ce délicieux repas, Kaede se leva pour faire la vaisselle. C'est alors qu'elle remarqua un objet mis en évidence sur le rayon inférieur de l'étagère, où il occupait toute la place. À en juger par l'absence totale de poussière tout autour, il devait avoir été placé là tout récemment.

Une balle, délicatement juchée sur trois petites battes de baseball entrecroisées.

Ah, c'est celle que Shiki lui a apportée en prison.

Aux yeux d'Iwata, il devait s'agir d'un trésor inestimable.

Kaede ne put s'empêcher de jeter un nouveau regard à la vieille carte affichée sur le mur. Aussitôt, une question qui la taraudait depuis un moment trouva sa réponse : pourquoi Iwata s'astreignait-il à prendre le train pour aller courir au bord du fleuve tous les samedis matin ? Certes, c'était un bon endroit pour pratiquer le running. Mais si le but était simplement de courir dans un environnement agréable, il devait sûrement se trouver plein d'endroits plus proches…

Alors, pourquoi ?

Elle venait d'en comprendre la raison. Enfin.

L'orphelinat d'où provenait cette carte – et dont le nom était inscrit au-dessus du message – se trouvait dans les environs du fleuve, lui aussi.

Toutes les semaines, après avoir fait son footing sur la berge du fleuve près duquel il avait grandi, Iwata récupérait ses affaires à la consigne de la gare et allait rendre visite aux enfants qui lui avaient succédé.

Et alors, peut-être... Non, c'était même sûr...

Il leur distribue des douceurs faites maison. Il lui en reste toujours un peu après.

Kaede jeta un regard au tablier suspendu au-dessus de l'évier. C'était une vieille pièce tricotée à la main et tellement usée qu'elle en tombait en lambeaux. Elle portait une inscription : *Grand-frère Gan-chan.*

Les surnoms ne changeaient pas, quel que soit l'âge.

Sans doute le personnel et les pensionnaires de l'orphelinat l'appelaient-ils encore ainsi, même maintenant. Il n'était pas seul au monde, bien au contraire. Il avait des dizaines de « petits frères » et de « petites sœurs ».

Moi aussi, songea alors Kaede. *Moi aussi, j'ai grand-père.*

Mais aussi...

Sentant ses joues s'embraser, probablement sous l'effet de l'ébriété, elle porta à ses lèvres un verre rempli de glaçons et laissa l'eau qui résultait de la fonte glisser dans sa gorge.

Au même instant, son smartphone se mit à vibrer violemment sur la petite table.

Qu'est-ce qu'ils veulent ? Honnêtement, à ce stade, n'importe quel alcool ferait l'affaire.

Elle consulta l'affichage : on l'appelait d'un téléphone public. Lequel des deux s'y était collé ?

Ils ont oublié leurs téléphones ? se demanda-t-elle en décrochant.

— Si c'est pour choisir une marque, je vous laisse faire. Désolée, je n'y connais pas grand-chose.

Iwata ou Shiki ?

Shiki ou Iwata ?

Pas de réponse au bout du fil – rien que le silence.

Oh non…

Son ivresse se dissipa aussitôt, et un filet de sueur froide lui dévala l'échine.

Elle courut à la fenêtre et écarta le rideau de quelques centimètres pour jeter un coup d'œil au-dehors.

— Allô ?

Pour la première fois, elle entendit la voix de son « interlocuteur ». Mais celle-ci, modifiée par un appareil électronique, avait ce timbre métallique, d'âge et de genre indéterminés, que l'on entendait parfois dans les vidéos en ligne.

— Mademoiselle Kaede ?

Sans dire un mot, Kaede scruta la petite rue qui s'étirait au pied la résidence. Quelque chose lui disait que son interlocuteur se trouvait tout près, elle en était convaincue.

— Je vous ai fait attendre, pas vrai ?

Où ? La voie, large de cinq mètres à peine et éclairée avec parcimonie, était presque toute noire sous le clair de lune.

Non – il y avait là un point lumineux.

— Vous avez dû patienter.

À une centaine de mètres de là, devant un petit square.

Une cabine téléphonique se dessinait vaguement, telle un mirage.

Kaede se rappela avoir vu aux informations que l'utilisation de plus en plus répandue du smartphone avait précipité la disparition de ces téléphones publics.

Aux yeux de la jeune femme, cette cabine en particulier prenait l'apparence de quelque bâtiment étrange et sinistre venu d'un autre monde, ou d'une créature préhistorique à la peau épaisse et dure.

Là-bas, dans cette boîte, se tenait la personne qui avait passé ces derniers mois à la bombarder quotidiennement d'appels silencieux.

— Oh ! Tu m'écoutes ?

Voilà que la personne changeait radicalement de ton.

— Ne t'avise pas de m'ignorer !

Qui eût cru qu'une voix désincarnée pouvait inspirer un tel effroi lorsqu'elle était emplie de colère ?

— P… pardon…, répondit Kaede malgré elle.

Iwata et Shiki lui avaient pourtant martelé dans le crâne de ne jamais répondre à son harceleur.

Désolée, je n'ai pas pu m'en empêcher. J'ai trop peur.

— Je ne vous ignore pas. Simplement, comme je ne sais pas qui vous êtes, je…

— Comment ça, tu ne sais pas qui je suis ? répliqua son interlocuteur, incrédule.

— Eh bien, oui, c'est pourquoi je vous demande d'arrêter de m'appeler, s'il vous plaît…

— Je vais te tuer.

Pour une raison mystérieuse, elle ne comprit pas tout de suite le sens de ces paroles.

— Excusez-moi. Euh. Bon, je vais…

— *Si tu me parles aussi froidement, je vais te tuer.*

Kaede sentit son cœur tambouriner dans sa poitrine.

— Tu m'écoutes, Kaede ?

— Oui…

Sa voix se brisa sous le coup de l'effroi.

S'il vous plaît.

Iwata…

Shiki…

Revenez vite !

— J'ai déjà tout préparé, tu n'as à te soucier de rien. C'est ce que j'avais à te dire aujourd'hui.

Puis il raccrocha.

Une silhouette émergea de la cabine nichée dans les ténèbres et, après lui avoir adressé un grand geste de la main, se fondit lentement dans le noir. Elle donnait l'impression d'être parfaitement assurée qu'à cette distance, sous le couvert de la nuit, on ne pouvait distinguer ni sa taille, ni son âge, ni même son genre.

2

Que pensent les gens en me voyant ?
Que pensent-ils en voyant mon comportement ?
Est-ce que je leur semble « lourd » ?
C'est ce qu'on pense autour de moi, rien de plus
Toi, tu me comprends, j'en suis sûr
Je ne suis pas lourd du tout

Le lendemain, en début d'après-midi, Kaede se surprit à prendre tout naturellement le chemin de la maison de grand-père. Alors qu'elle passait devant le sanctuaire, une bourrasque solitaire se leva et fit bruire les arbres du bosquet. Instinctivement, elle resserra son manteau noir autour de son cou.

Le retour du froid n'était pas la seule cause du frisson qui la traversait, bien sûr. Depuis la gare, elle n'avait cessé de se retourner, avec l'impression qu'on la suivait.

Elle n'avait pu se résoudre à parler de son mystérieux interlocuteur à Iwata et à Shiki, en partie parce qu'elle pensait qu'ils lui reprocheraient d'avoir décroché, mais aussi – surtout – parce qu'elle ne voulait pas gâcher l'ambiance chaleureuse qui régnait entre eux.

En plus des appels silencieux dont la fréquence ne faiblissait pas, cette sensation d'être filée s'amplifiait de jour en jour. Jusque-là, elle avait résolu d'y faire face par ses propres moyens. Comme en ce moment, par exemple, où elle portait les chaussures de course qu'elle avait achetées pour le marathon, afin de pouvoir prendre la fuite à tout moment. (Elles n'allaient pas très bien avec son manteau, mais il fallait savoir faire des sacrifices.)

Elle avait également tenté de prendre des dispositions concernant son téléphone. Du moment que les appels venaient de la cabine ou d'un numéro masqué, il lui suffisait de bloquer ces derniers pour ne plus les subir. En réalité, le répit n'avait duré que quelques jours, mais c'était assez pour lui permettre de respirer un peu.

Hélas, en tant qu'institutrice en charge d'une classe de trente et quelques élèves, elle ne pouvait maintenir ce dispositif indéfiniment. La règle selon laquelle les enseignants responsables devaient impérativement être contactés par le biais de l'école n'était rien de plus qu'un principe. Outre les appels urgents des parents – qui n'avaient pas toujours conscience que leur téléphone était réglé de façon à masquer leur numéro –, Kaede ne voulait pas risquer de se trouver injoignable dans le cas où un enfant avait un accident ou se trouvait impliqué dans une affaire de harcèlement scolaire.

Escortée par Iwata, elle s'était donc rendue au commissariat. Comme elle s'y attendait, cependant, il en était ressorti qu'en l'absence d'éléments concrets prouvant qu'elle avait subi un préjudice et d'indices permettant d'identifier la partie opposée, la police ne pouvait intervenir.

Même si elle s'en voulait de lui causer inutilement du souci, elle avait essayé d'en toucher deux mots à grand-père. Elle avait beau savoir que son aïeul, qui ne quittait que rarement son domicile, ne pourrait rien faire, elle s'était sentie étrangement rassurée lorsqu'il lui avait intimé avec sa gentillesse habituelle de ne surtout pas s'inquiéter.

— Grand-père ? Je suis arrivée !

Alors qu'elle se déchaussait dans le vestibule, manquant de trébucher sur le palier dans sa hâte, elle entendit un bruissement de l'autre côté de la porte coulissante de l'étude. Un affreux pressentiment l'étreignit.

Je crois que ça ne va pas fort...

Dans le salon, elle trouva Miss Kappa en train de remuer énergiquement une tasse de thé chaud augmenté de sirop afin d'en épaissir le contenu.

— Je suis désolée, vous devriez avoir fini votre service depuis longtemps...

— Ce n'est rien, lui répondit l'aide-soignante avec un sourire, le front perlé de sueur. Le collègue qui devait me relayer n'est pas encore arrivé. Mais surtout, votre grand-père n'est pas au mieux de sa forme, aujourd'hui.

Son instinct n'avait donc pas trompé Kaede. Dire que son état semblait si bon, ces derniers temps ! Quelle déception...

Les patients atteints de DCL pouvaient voir leur condition physique changer drastiquement du jour au lendemain – voire du matin au soir, quand ce n'était pas d'une heure à l'autre –, et ce au point qu'ils semblaient devenir une tout autre personne. Lorsque les symptômes s'aggravaient, leurs muscles se raidissaient et ils devenaient incapables de déglutir correctement. Ils étaient alors victimes de fausses routes, où la nourriture, en pénétrant dans les poumons au lieu de l'œsophage, provoquait des pneumonies, qui pouvaient mener directement au décès du malade. Les exercices de diction et les massages de la gorge administrés par les orthophonistes dans le cadre de la rééducation avaient pour but d'écarter un tel risque.

Que grand-père, qui d'ordinaire pouvait ingurgiter n'importe quel aliment sans la moindre difficulté, se trouve réduit à boire du thé épaissi signifiait que son état se dégradait.

Après avoir remercié Miss Kappa d'un signe de tête, Kaede s'empara du breuvage chaud et frappa le plus doucement possible à la porte de l'étude.

— Grand-père… je peux entrer ?

— Hmm, lui répondit une petite voix, ni affirmative ni négative.

Kaede s'efforça de bricoler un sourire et ouvrit la porte.

Grand-père était installé sur son fauteuil à bascule, comme à son habitude… à ceci près que son buste penchait lourdement à droite.

Le syndrome de la tour de Pise…

Kaede sentit son cœur se serrer. Comme son nom l'indiquait, ce syndrome se caractérisait par une inclinaison latérale importante du buste rappelant celle de la fameuse tour, due à un grave dysfonctionnement des facultés d'orientation spatiale. Grand-père lui-même pensait être parfaitement d'aplomb.

— Je t'ai apporté du thé chaud. Il a juste été épaissi.

Inexpressif, le malade secoua la tête, comme pour signifier un refus. Ce « masque » aux expressions extrêmement limitées qui affectait parfois son visage était lui aussi caractéristique des patients atteints de DCL. Kaede n'était même pas sûre que son grand-père la reconnaissait.

En dépit de ses scrupules, elle lui raconta les événements de la veille. Après tout, dans son cas, cela ne pourrait que lui faire du bien de se livrer à des exercices de spéculation.

Peut-être n'était-ce qu'un caprice de son imagination, mais il lui sembla apercevoir un début de sourire se dessiner sur les lèvres du vieil homme lorsqu'elle lui exposa sa théorie nouvelle selon laquelle « La Femme ou le tigre ? » était un roman d'énigme à la réponse préalablement fixée.

En parlant de tigre…

Elle se remémora cette conversation durant laquelle son aïeul, alors atteint de graves hallucinations, lui avait rapporté avoir vu un tigre bleu s'introduire dans son étude, et ce avec une mine on ne peut plus sérieuse.

L'homme était indéniablement atteint de démence… La vue de Kaede s'assombrit devant cette implacable réalité.

Lorsqu'elle lui confia que son mystérieux interlocuteur ne se contentait plus de lui passer des appels silencieux, mais qu'il s'était également adressé à elle directement, pour lui faire cette annonce cryptique – que « tout était prêt » –, elle crut voir un éclair de colère briller dans les yeux de grand-père. Mais peut-être ne s'agissait-il, là encore, que d'un souhait de sa part.

Grand-père l'écoutait en dodelinant de la tête, tel un vieux loup de mer qui s'assoupissait tout en ramant.

Et si…

Et s'il devait rester ainsi… que vais-je faire ?

Il était inhabituel, pour un patient atteint de DCL, de voir sa maladie s'aggraver aussi soudainement. Il s'agissait d'un processus graduel, qui se développait mois par mois, semaine par semaine, puis jour après jour, mais qui finissait par vous enfermer dans une forme de rumination. Dans les mauvais jours, l'entourage du malade pouvait se laisser gagner par la frustration, avec l'impression de voir du sable leur couler entre les doigts, et ce pour une raison simple : il était possible que la santé du patient se dégrade de façon irréversible, le laissant incapable de communiquer.

La sonnerie de l'interphone retentit, bientôt suivie d'une voix familière – celle de l'orthophoniste, alias Papa Gaga –, tirant Kaede de sa sombre réflexion. Par la fenêtre, un rayon de soleil crépusculaire inondait le visage encore figé de grand-père.

Je n'aurais pas dû lui en parler. Peut-être était-ce trop pour lui…

Un regard paniqué à l'horloge posée sur la commode informa la jeune femme qu'elle avait monologué près d'une heure, sans discontinuer.

— Grand-père, je vais ranger quelques affaires d'hiver, puis je vais rentrer, d'accord ?

L'espace d'un instant, elle crut voir grand-père bouger la main, comme pour la remercier. Mais peut-être n'était-ce rien de plus qu'un de ces frémissements dus à la maladie.

Kaede plia soigneusement quelques pulls et vestes et ouvrit un tiroir de la commode. Elle s'attendait à le trouver rempli à ras bord, mais par chance, il restait juste assez d'espace pour y ranger ces vêtements d'hiver.

Il fallait savoir se réjouir de ces petites choses.

Tout n'allait pas si mal.

Tout arrivait à point nommé.

Même s'il était encore trop tôt pour sortir les tenues printanières, Kaede s'autorisa à déplier un des cardigans préférés de grand-père.

Il n'y avait pas de cerisiers plus beaux que ceux du voisinage. Bientôt, comme autrefois, ils pourraient se rendre ensemble au sanctuaire pour y admirer leur floraison. Alors qu'elle se saisissait de la brosse à cheveux de la coiffeuse pour se refaire rapidement une beauté, Kaede plaqua tant bien que mal un sourire sur son visage.

On frappa à la porte.

— Excusez-moi... Est-ce que je peux entrer ? demanda Papa Gaga de sa voix timide.

— Oui, bien sûr.

Elle sentit son cœur se serrer en entendant le timbre rond et doux de l'orthophoniste.

— Vous avez de bien belles runnings ! Je les ai aperçues dans l'entrée.

— Oh, elles n'ont rien d'exceptionnel...

— Je parie qu'elles iraient drôlement bien à ma fille. N'est-ce pas, m'sieur Himon'ya ? Qu'est-ce que vous en pensez ?

Il tentait de faire rire grand-père avec son badinage. Bien sûr, le patient n'était pas en état de lui répondre aujourd'hui. Mais cela ne changeait rien au fait qu'il devait être stimulé.

— Bien, qu'est-ce que je peux faire pour vous, aujourd'hui ? demanda Papa Gaga avec son sourire habituel tout en tapotant son crâne impeccablement rasé.

Pas de doute, c'est bien un professionnel, songea Kaede, un peu rassérénée, avec un nouveau sourire. Puis, après avoir salué l'orthophoniste, elle quitta la maison de grand-père, comme à regret.

Apercevant Kaede qui sortait de la maison, l'homme prit soin de se glisser discrètement à l'ombre d'une clôture afin de ne pas être vu.

— Kaede, murmura-t-il d'une voix si basse que c'était à peine s'il s'entendait lui-même.

Puis, avec l'attention méticuleuse qui le caractérisait, il se mit à la filer, comme il en avait pris l'habitude.

3

La nuit était tombée depuis longtemps lorsque Kaede regagna enfin sa résidence dans le quartier de Gumyôji.

Elle déverrouilla la porte d'entrée de l'immeuble et pénétra d'un pas lourd dans l'ascenseur, où elle s'adossa à la cloison. Elle ne put s'empêcher de remarquer que son état physique semblait synchronisé à celui de grand-père. *Ce soir, je vais prendre le temps de profiter d'un bon bain*, songeait-elle, lorsqu'elle sortit de l'ascenseur et remarqua un objet conique suspendu à la porte de son appartement. Elle plaqua une main sur sa bouche, retenant de justesse un hurlement.

Oh non…

Qu'est-ce que ça pouvait bien être ? La lumière de l'ascenseur dans son dos, elle approcha craintivement pour y jeter un coup d'œil. Un bouquet de roses noires était accroché, tête en bas, au bouton de la porte. Les fleurs étaient enveloppées dans un tissu de dentelle dont la blancheur contrastait violemment avec leur teinte d'obsidienne. Ainsi disposé, avec le bouton de porte en guise de tête, on aurait dit une mariée dans sa robe immaculée – ou, si l'on faisait preuve d'une imagination plus macabre, un cadavre pendu à une corde.

Une « poupée » de roses noires. Alors que Kaede elle-même portait un manteau de la même couleur. Coïncidence ?

« Tout est prêt », lui avait dit l'inconnu au téléphone. Que voulait-il dire par là, exactement ?

Elle promena discrètement son regard dans le couloir. Pas un chat.

Soit l'intrus était reparti juste après avoir accroché le bouquet…

Soit il se cachait encore quelque part, là, tout près.

C'est ça…

Soit il était encore là, tout près.

Il fallut un courage démesuré à Kaede pour oser se retourner encore une fois. Plongeant la main dans la poche de son manteau, elle agrippa son smartphone comme une arme. Puis elle inspira un grand coup et regarda derrière elle.

Personne.

Sans même s'en rendre compte, elle s'était mise à transpirer de la tête aux pieds.

Un détail concernant la rose noire lui revint soudain en mémoire. Elle s'empressa de consulter son smartphone pour en vérifier la signification dans le langage des fleurs.

Sa mémoire ne lui avait pas fait défaut : deux expressions au sens contradictoire s'affichèrent sur l'écran : « Tu n'appartiens qu'à moi. »

Mais aussi…

« La haine. »

Une brise souffla dans le couloir et fit danser le bouquet, tandis que la lumière de l'ascenseur et de l'écran du smartphone en illuminait la « tête » sous des angles différents.

4

Je veux voir ton sourire
Je veux voir tes larmes
Je veux voir ta colère
D'assez près pour sentir ton souffle

Kaede n'avait plus la moindre envie de dormir chez elle.

Heureusement, c'étaient les vacances.

— Tu tombes bien, je viens d'ouvrir une bonne bouteille de vin. Tu as eu le nez creux ! Inutile de te justifier, dépêche-toi de venir, lui ordonna Misaki lorsqu'elle l'appela en lui demandant si elle pouvait passer la nuit chez elle

Il était clair qu'elle faisait semblant d'être ivre afin d'épargner toute gêne à son amie. Ne souhaitant pas l'inquiéter, Kaede se garda de lui parler de son harceleur. De son côté, Misaki avait bien remarqué que quelque chose la tracassait, mais elle n'en fit pas mention.

— Allez, bois ! se contenta-t-elle de lui intimer. J'ai du camembert à ne plus savoir qu'en faire !

Cette sollicitude mit du baume au cœur de Kaede. Pour la première fois depuis qu'elle avait atteint l'âge adulte, il lui semblait avoir ce qu'il convenait d'appeler une « meilleure amie ».

Le matin venu, Kaede s'empressa de retourner chez grand-père. Elle voulait lui parler du bouquet, bien sûr, mais plus que tout, elle s'inquiétait de son état de santé. Elle traversa le jardin d'un pas vif et posa la main sur la poignée de la porte d'entrée.

— Grand-p…

C'est alors qu'elle sentit un tissu moelleux plaqué contre sa bouche. Au même instant, des bras puissants l'empoignèrent par-derrière, comme dans un étau. Elle sentit aussitôt une chaleur corporelle insupportable, typiquement masculine, se propager dans son dos.

Accompagnée d'une odeur qu'elle avait déjà humée quelque part.

— Désolé de vous avoir fait attendre, mademoiselle Kaede, glissa une voix tiède à son oreille tandis que des lèvres brûlantes en effleuraient le lobe.

Un sanglot lui échappa tandis qu'une force insurmontable lui écrasait la poitrine.

— Pas un mot, pas un geste, lui ordonna son agresseur dans un rythme ternaire absurde qui lui rappela une partie de « Jacques a dit ». Hochez la tête si vous avez compris. Si vous n'obéissez pas… je vous tue.

Cette fois, elle saisit aussitôt la menace.

Saisie par la peur, Kaede acquiesça tant bien que mal d'un signe de tête. Le bras qui lui enserrait la poitrine dur comme fer s'écarta un instant.

Aussitôt, elle sentit une douleur à la nuque.

— J'ai vu trop de films pour m'abaisser à utiliser du chloroforme. En fin de compte, c'est le moyen le plus sûr.

Le chiffon s'éloigna enfin de sa bouche.

C'est maintenant ou jamais !

Au secours, s'époumona Kaede, mais aucun son ne sortit de sa bouche.

Tiens ?

Comment fallait-il s'y prendre pour prononcer ces trois syllabes, déjà ?

Sa langue, engourdie, refusait de bouger.

Non, il n'y avait pas que sa langue – ses mâchoires aussi.

Non…

Son corps tout entier était figé.

Un fracas retentit dans le jardin.

La dernière chose que vit Kaede alors que son champ de vision rétrécissait était une seringue abandonnée sur le sentier bétonné.

5

Était-ce un rêve, ou la réalité ?

— A, é, i, ou… é, o, a, o…

La voix de grand-père résonnait au loin.

Il faisait ses exercices de diction.

— A, é, i, ou… é, o, a, o…

Il projette bien, tant mieux. Il a l'air en forme, aujourd'hui.

Kaede poussa un soupir de soulagement – mais elle ne parvint pas à expirer normalement.

Quelle était cette étrange sensation de suffocation ?

— Ka, ké, ki, kou… ké, ko, ka, ko…

Était-elle endormie ?

Ses paupières étaient lourdes.

Trop lourdes, même.

Elle tenta de les soulever – en vain. Quelque chose lui bloquait la vue.

— Ka, ké, ki, kou… ké, ko, ka, ko…

Elle ne pouvait bouger les mains.

Les pieds non plus.

— Sa, sé, shi, sou… sé, so, sa, so…

Sa joue droite était collée à une surface lisse et froide – le sol.

Deux odeurs différentes parvinrent simultanément à ses narines.

La première était celle du désinfectant utilisé dans la maison de grand-père. Aussitôt, comme réveillée en sursaut après avoir rêvé qu'elle tombait d'une falaise, Kaede comprit la situation dans laquelle elle se trouvait : les yeux bandés, bâillonnée, avec du ruban adhésif sur la bouche, pour faire bonne mesure. Les poignets liés derrière le dos, les genoux attachés, les chevilles aussi.

Étendue par terre dans le salon de la maison de grand-père.

Quant à cette deuxième odeur…

C'était un parfum léger, qu'il lui semblait avoir déjà humé quelque part.

Elle n'était pas désagréable, cette odeur – mais son essence était masquée par celle, plus forte, des agents antibactériens.

— À la différence d'hier, vous avez la langue bien déliée, aujourd'hui. Avez-vous discuté avec quelqu'un ? s'étonna Papa Gaga dans l'étude juste à côté.

— Oh, pas tant que ça… même si j'espère bien arriver à la rangée des « ra », répondit grand-père, optimiste.

— Inutile d'en faire trop, lui rappela l'orthophoniste avec une sollicitude toute paternelle. Ça ira pour les exercices de prononciation. À présent, laissez-moi vous masser la gorge.

Un claquement caractéristique retentit tandis qu'il enfilait des gants en caoutchouc.

Où est passé l'homme qui m'a attaquée ?

Peut-être était-elle revenue à elle plus tôt que ne l'avait prévu son agresseur.

Mais qui savait quand il allait revenir…

Et alors, en fonction de la situation, peut-être la tuerait-il sur-le-champ.

Si seulement…

Si seulement je trouvais le moyen de les alerter, tous les deux, de ma présence…

Tout en s'exhortant à se calmer, elle tenta de faire le point sur la situation.

Elle avait la vue complètement obstruée.

On lui avait ôté son manteau, semblait-il, pour la laisser vêtue de son pull noir et de son pantalon slim.

Son flanc droit, en contact avec le sol, rencontrait une sensation dure et rêche.

Lorsqu'elle en comprit l'origine, elle perdit tout espoir.

Elle n'était pas seulement pieds et poings liés…

Son corps tout entier était enroulé dans un tapis de bambou et ne pouvait même pas changer de position.

Il ne lui restait plus qu'un seul outil : sa voix.

Elle se rappela avoir lu dans quelque polar qu'avec assez de temps et de motivation, il était possible de se débarrasser d'un bâillon, même recouvert d'un adhésif.

Vite, mais sans paniquer…

De sa langue, qui avait enfin retrouvé sa mobilité, elle entreprit d'humidifier le tissu qui lui obstruait la bouche.

— Comment va votre gorge ? demanda une voix non loin.

— Ah, que c'était agréable… J'ai l'impression de revivre. Est-ce déjà l'heure ?

— Non, il nous reste encore une dizaine de minutes.

Kaede, elle, ne pouvait qu'espérer rester le plus longtemps possible dans cette maison.

L'étude où s'entretenaient les deux hommes possédait deux portes. La première donnait sur le salon où elle se trouvait, l'autre sur le couloir menant vers l'entrée. Si

Papa Gaga empruntait cette dernière, il rentrerait chez lui sans même remarquer la présence de Kaede.

— Voulez-vous que je vous serve du thé ? On m'a dit qu'il ne serait pas nécessaire de l'épaissir, aujourd'hui.

— Non merci. Mais accepterais-tu de rester un peu t'entretenir avec un vieillard ?

— Bien sûr ! Comme je le dis toujours, discuter, c'est la meilleure des rééducations.

Bientôt, grand-père prononça ces mots inattendus :

— À vrai dire, ma petite-fille est la cible d'un harceleur.

— Hein ? laissa échapper Papa Gaga d'une voix teintée d'inquiétude, comme s'il avait été surpris en plein mensonge. Votre petite-fille... Mlle Kaede, vous voulez dire ?

— C'est bien cela. Non seulement il la bombarde d'appels silencieux, dernièrement, il se serait même mis à la suivre.

— Excusez-moi, ce n'est peut-être pas à moi de vous le dire, mais... ce genre de comportement est voué à l'escalade. Ne pensez-vous pas qu'il vaudrait mieux avertir la police au plus vite ?

— Hélas, elle les a déjà consultés, semble-t-il. Mais on lui aurait répondu que sans indice sur l'identité de cette personne ni préjudice tangible, la police ne pouvait pas intervenir.

— Hmm... Je comprends, mais... ce côté bureaucratique me met hors de moi.

— C'est alors que m'est venue une idée : à l'inverse, si l'on pouvait, en employant la logique, démasquer le harceleur et mettre au jour les circonstances exactes du préjudice subi, alors, la police pourrait intervenir.

— Je vois… Mais pensez-vous vraiment qu'une telle chose soit possible ?

— Rien ne permet de garantir que cela marchera. Mais accepterais-tu de m'écouter, comme dans un jeu de déduction ?

— Vous excitez ma curiosité !

— Pour commencer, appelons notre harceleur X. Je suis presque certain qu'il s'agit d'un homme. Car lorsque l'ami de Kaede, M. Iwata, lui a donné la chasse, il n'a pas réussi à le rattraper. Qu'en dis-tu ?

— Je pense qu'il doit s'agit d'un homme, en effet. Après tout, sa victime est une si jolie femme…

— Kaede m'a par ailleurs dit ne pas avoir la moindre idée de l'identité de X. Je doute qu'il s'agisse d'un de ses amis ou collègues. Bien sûr, le risque zéro n'existe pas, mais, dans le cadre de notre petit jeu, partons du principe que X est une personne extérieure à ces deux cercles. Jusqu'ici, tu me suis ?

— Parfaitement. Si un ami ou un collègue se mettait à vous harceler, en règle générale, on s'en rendrait compte.

— Mais cela soulève alors une autre interrogation.

— Une autre interrogation, dites-vous ? Hmm…

— Tu ne vois donc pas ?

— Je regrette, je donne ma langue au chat.

— Comment X a-t-il eu le numéro de portable de Kaede ?

— Ah, maintenant que vous le dites…

— Par les temps qui courent, les jeunes femmes protègent précieusement leur numéro de téléphone. Pourtant, X a pu obtenir sans peine celui de Kaede. Alors, comment ?

— Attendez, m'sieur Himon'ya. Ne me bousculez pas comme ça… Dites-moi !

— Il n'y a qu'un seul endroit dans ce monde où les coordonnées de Kaede sont inscrites en gros, noir sur blanc, et où X aurait pu les récupérer sans difficultés. Cet endroit, c'est ici, sur la fiche de contacts d'urgences accrochée à ce mur. Toutes les personnes qui, comme moi, ont besoin de recevoir des soins à domicile, disposent d'une de ces pancartes. Autrement dit, X fait partie des gens qui vont et viennent dans cette maison.

À mesure qu'elle écoutait leur conversation se dérouler dans l'étude, Kaede sentait son cœur s'affoler dans sa poitrine.

Jamais elle n'aurait cru que son harceleur faisait partie de ces gens…

À force de remuer la bouche, elle avait commencé à déloger peu à peu son bâillon.

De l'autre côté de la cloison, grand-père reprit la parole.

Kaede s'efforça de tendre l'oreille.

— Tu sembles surpris.

— Évidemment ! J'ai le cœur faible, vous savez. Il ne faut pas m'effrayer comme ça !

— Dans ce cas, une fois que tu seras calmé, tâche de réfléchir… Quelle histoire vas-tu tisser pour moi à partir des ingrédients fournis, cher Papa Gaga ?

— Une… histoire ? Qu'entendez-vous par là ?

— Pour le dire simplement, l'identité de X.

— Hmm… Je ne sais pas si je peux le dire…

— Je t'en prie, ne te gêne pas.

— En préambule, gardez à l'esprit que tout ceci ne sont que les réflexions de mon cerveau stupide. X est un homme. Cependant, la plupart des membres de l'équipe soignante, à commencer par « Miss Kappa », jusqu'à la chef qui passe de temps à autre, sont des femmes. Autrement dit, si l'on doit se concentrer sur les hommes qui fréquentent cette maison, cela réduit considérablement les possibilités.

— Bravo ! Tu es tout sauf stupide… Tu es même doué pour la logique, à vrai dire.

— Pour le dire sans détour, les seuls hommes au sein de l'équipe sont moi-même, votre orthophoniste, et votre physiothérapeute : « Papa Gaga » et « Le Glacier ».

— Tout juste.

— Mais s'il faut pousser le raisonnement plus loin, pour ma part, je déclare forfait.

— Ne dis pas ça, voyons. Mais je comprends ta réserve. Laisse-moi donc prendre le relais. Nous savons que X est capable de courir vite. Or, comme tu viens de le rappeler toi-même, tu es un sexagénaire atteint d'une pathologie cardiaque, qui n'a rien d'une gazelle. À l'inverse, le Glacier est un homme robuste, qui n'hésite pas à aller donner un coup de main dans la boutique familiale. Les bidons de lait, c'est lourd, tu sais.

— Dans ce cas…

— D'ailleurs, la physiothérapie est aussi un travail éprouvant. Il n'est pas rare pour ses praticiens de devoir soulever les patients. Partant de là, l'identité de X… s'impose d'elle-même.

— Voilà pourquoi je dis toujours qu'on ne peut pas se fier aux apparences. Enfin, je n'aime pas dire du mal des autres, mais…

— Je sais bien. Puisque c'est moi qui t'ai demandé ton opinion, tu n'as pas à t'en vouloir.

Une sueur froide s'empara de Kaede.

Alors, comme frappée par la foudre, elle identifia enfin la seconde odeur.

De la vanille !...

Bien que diffuse, c'était à n'en pas douter la même que celle qui avait titillé ses narines la dernière fois qu'elle avait croisé le Glacier.

Pour une raison étrange, en dépit de la situation critique dans laquelle elle se trouvait, son esprit lui rappela aussitôt un personnage dans un chef-d'œuvre d'Ellery Queen.

Qu'est-ce que ça voulait dire ?

Son harceleur n'était autre que le Glacier, à la mine si sincère ?

Lorsqu'elle repensa à la rapidité exceptionnelle avec laquelle il se déplaçait et à la puissance avec laquelle il était capable d'étreindre son prochain, elle ne put que se rendre à l'évidence.

S'il devait apparaître ici en cet instant...

L'image avait de quoi glacer le sang.

— À vrai dire, j'ai une autre raison de soupçonner le Glacier.

— Oh ? Voulez-vous bien me dire laquelle ?

— À première vue, il semble honnête, mais... il m'a menti sur un point, clair comme de l'eau de roche.

— Un mensonge, dites-vous ?

— Comme tu le sais, dans mon jardin vivent des grillons à la stridulation ravissante. Il m'a imploré de les enregistrer pour lui à l'aide de mon smartphone.

— Oui, moi aussi, je les ai enregistrés avec un appareil spécial.

— Justement ! Comme je l'ai lu dans un guide des insectes que des enfants m'ont offert récemment, la stridulation des grillons a une fréquence bien trop élevée pour être captée par le micro d'un simple smartphone. Il faut non seulement recourir à un enregistreur PCM linéaire, ou à un de ces enregistreurs IC haut de gamme comme tu en possèdes, mais il faut également s'approcher au maximum des insectes afin d'obtenir un son propre.

— Ça alors… Je ne savais pas.

— Pourtant, il m'a dit avoir mis cet échantillon en sonnerie sur son téléphone. Un mensonge éhonté ! Il devait avoir une bonne raison de me mentir. Mais laquelle ?

— Hmm… Peut-être était-ce un moyen de tromper votre vigilance ?

— C'est une piste crédible, oui.

— Dans ce cas, comme je vous le disais au début, ne vaudrait-il pas mieux alerter la police au plus vite, avant que son comportement ne déraille complètement ?

— Inutile d'aller jusque-là, cher Papa Gaga.

— Que voulez-vous dire ?

— D'après les quelques éléments dont je disposais, j'étais d'abord parvenu à la même conclusion que toi. Mais… après y avoir longuement réfléchi, je suis finalement arrivé à un tout autre résultat.

— Vraiment ?

— En effet. Commençons par nous demander pourquoi il m'a menti au sujet de cet enregistrement. Ne crois-tu pas mal avisé d'essayer de tromper ma vigilance afin de gagner mes faveurs ? Il courait le risque d'être pris en flagrant délit de mensonge.

— Je vois. Après tout, personne ne ferait confiance à un menteur.

— Dans ce cas, que dis-tu de ce raisonnement : il a remarqué la présence d'un grillon qui chantait, tapi quelque part dans les herbes de mon jardin, mais malgré tous ses efforts, il ne l'a pas trouvé. Pour ma part, je voyais clairement où était l'insecte, mais pour une raison quelconque, je n'ai pas pu m'en rapprocher suffisamment – malgré tout, il a prétendu que l'enregistrement avait bien capté le chant de ce grillon, afin de me rassurer.

— Ne me dites pas que ce grillon…

— Tout juste ! Ce grillon n'était qu'une hallucination. Certes, lui m'a menti. Mais c'était purement par bonté d'âme.

— Ah, c'était donc ça… Alors, quelle est votre conclusion ?

— Je m'apprête à te l'exposer. Mais avant cela, j'ai une faveur à te demander.

— À un moment pareil ! Je vous écoute.

— Excuse-moi… tu veux bien me passer une cigarette ?

— Vraiment ? Je ne savais pas que vous fumiez.

— Seulement à l'occasion. Elles sont juste là, dans le tiroir de cette coiffeuse. C'est la boîte bleue, marquée *Gauloises*. Il doit aussi y avoir un briquet. Veux-tu bien me l'allumer ? Tu seras bien aimable. *Pfff*… Ah, merci.

— De rien, voyons. Mais je vous en prie, continuez votre histoire.

— Mon histoire ? Laquelle ?

— Ne soyez pas méchant ! Vous alliez me raconter comment vous en étiez arrivé à une autre conclusion concernant l'identité du harceleur.

— Ah, oui. Commençons par nous intéresser au « préjudice tangible » que le comportement criminel de X a fait subir à Kaede, même si elle-même ne semble pas en avoir conscience... La plupart des harceleurs souhaitent posséder quelque chose appartenant à leur victime. *Pfff*... Le cas de X est différent, cependant. Il lui a dérobé « quelque chose », et ce en plein jour.

— En effet, c'est un comportement typique de ce genre d'individu. Mais quel lien cela a-t-il avec votre conclusion ?

— Patience, j'y viens ! Lorsque Kaede est passée hier, elle a rangé mes vêtements d'hiver dans le tiroir de cette commode et en a sorti ce cardigan rouge. Qu'en penses-tu, est-ce qu'il me va ? Pour ma part, je le trouve un peu trop voyant, même pour le printemps...

— Il vous va à ravir ! Je vous envie.

— Tant mieux... Ah, non, ça ne va pas du tout, au contraire !

— Pourquoi dites-vous cela ?

— Oh, pour rien. Je viens juste de me rendre compte que mon cardigan allait prendre l'odeur du tabac.

— Pardonnez-moi si je me trompe, mais j'ai comme l'impression que vous aimez me faire marcher.

— Que vas-tu chercher ?

Il tira sur sa cigarette.

— Voyons voir... Où en étais-je, déjà ? Ah, oui, les vêtements d'hiver. Kaede a eu l'agréable surprise de trouver juste assez de place dans le tiroir pour les y ranger. Mais, tu sais, il n'y a jamais assez d'espace dans cette commode pour tous les contenir. Autrement dit, quelques jours plus tôt encore, il devait s'y trouver autre chose.

— Autre chose… Vous connaissant, m'sieur Himon'ya, il devait s'agir de vieux livres !

— Eh non, hélas. Il s'agissait de plusieurs photos d'elle, encadrées. Lorsque nous autres patients atteints de DCL regardons des portraits ou des clichés de paysage, il nous arrive d'y surimposer nos hallucinations. Voilà pourquoi Kaede avait rangé ces photos dans la commode, par égard pour moi, mais elle-même avait fini par l'oublier. Ah, cher Papa Gaga. Es-tu sûr que je ne te retiens pas trop longtemps ?

— La discussion commence justement à devenir intéressante. Au point où nous en sommes, j'aimerais vous écouter jusqu'au bout.

— Tu m'en vois ravi. Bien, les harceleurs ne s'intéressent pas seulement aux objets, tels que des photographies, ils veulent généralement s'approprier aussi des choses organiques en lien avec leur victime. Des coupures d'ongles, par exemple. Ou une bouteille en plastique portant encore la salive de sa propriétaire. Ou encore… mais oui, des cheveux. Qu'en penses-tu ?

— Pourquoi me demandez-vous mon avis ?

— Oh, pardon, ce n'est pas ce que je voulais dire. Je faisais allusion au déroulé de l'histoire, est-ce que tu as tout compris ?

— Parfaitement, oui. Comme toujours, vous êtes un vrai conteur.

— Je te remercie. Bien, tu n'es pas sans savoir qu'il y a ici une coiffeuse dont se sert Kaede. Avant de rentrer chez elle, elle s'arrête toujours devant pour se refaire une beauté… mais j'ai remarqué un détail étrange. Quelques jours après l'une de ses visites, j'ai bien inspecté la brosse à la loupe, mais je n'ai pas trouvé un seul cheveu. Si cela n'avait été qu'une fois, il aurait pu s'agir d'une coïncidence. Mais j'ai eu beau répéter l'expérience, le résultat était toujours le même. Certes, les aides-soignantes font le ménage pour moi avec soin, mais jamais elles ne seraient allées fouiller dans la coiffeuse de Kaede. Autrement dit, c'est forcément X qui a volé les cheveux pris dans sa brosse… Du moins est-ce la conclusion que j'en ai tirée.

— Haha, c'est donc le Glacier qui a volé les cheveux de Mlle Kaede !

— Non, ça, il est encore trop tôt pour le déterminer.

— Que voulez-vous dire ?

— D'abord, sachant que X a pu échapper à un professeur dans la vingtaine adepte du jogging, on peut aisément en déduire qu'il s'agit d'une personne avec une longue expérience athlétique.

— Justement, cela ne veut-il pas dire que X est forcément le Glacier ?

— On ne peut pas le dire avec certitude. En parlant d'hommes qui courent vite… j'ai longtemps cru, cher Papa Gaga, que tu étais un athlète chevronné.

— Hein ?

— Rappelle-toi ce compliment que tu m'as adressé, ici même, au début de l'automne. Tu m'avais félicité pour mes connaissances éclectiques et m'as même comparé à un champion de décathlon moderne. Alors ? Ne me dis pas que tu l'avais oublié !

— Je m'en souviens, oui. Mais c'était juste un exemple. Ce n'est pas une comparaison si extraordinaire, et je ne pense pas que cela suffise à déterminer que j'aie moi-même pratiqué l'athlétisme.

— Non, là n'est pas la question. Elle est dans le choix des mots.

— Pardon ?

— Tu m'as entendu.

— Vous êtes sûr que ça va ? Vos propos commencent à devenir incohérents…

— Tu as parlé de décathlon *moderne*. Or peu de gens savent qu'il s'agit là de l'appellation officielle de cette discipline aux Jeux olympiques. Il faut avoir soi-même pratiqué l'athlétisme pour en connaître le nom complet.

— Vraiment ? Qu'en est-il pour vous, alors ?

— Dans mon cas, ça fait partie de mes connaissances.

— Justement ! C'est pareil pour moi, je le savais, un point c'est tout. J'ai dû le lire ou l'apprendre quelque part, et ce alors que je n'ai pas la moindre expérience en athlétisme.

— Oh, bien sûr, ce n'est pas impossible. Mais laisse-moi te poser une question. Pourquoi ton haleine sent-elle la vanille, aujourd'hui ?

— Pardon ?

— Parce que tu as bu une boisson protéinée. J'ai ouï dire que le parfum vanille était le plus populaire.

— Je ne suis pas au courant. Vous vous trompez : j'adore la crème glacée. Plus particulièrement la glace à la vanille. Malgré mon diabète, je ne peux pas m'empêcher d'en manger une ou deux par jour.

— Oh ? Première nouvelle ! Si tu es si friand de glace à la vanille, comment se fait-il que tu n'en aies jamais parlé avec le Glacier ? Le sujet aurait dû se présenter tout naturellement, ne crois-tu pas ?

— En théorie, oui… Mais j'ai oublié de lui en parler, c'est tout.

— Bien, encore une chose.

— Vous n'en avez pas fini ?

— Hier, alors que Kaede était là, tu es entré et lui as dit : « Ce sont de belles runnings que vous avez là ! »

— Je le lui ai dit parce que je le pensais…

— Mais pourquoi avoir parlé de runnings, précisément ? La plupart des gens auraient parlé de « tennis ».

— Eh… eh bien…

— Puisque tu hésites, laisse-moi expliquer. Les gens ordinaires, qui n'y connaissent rien en athlétisme, ne savent pas distinguer les différents types de chaussures de sport d'un simple coup d'œil. D'ailleurs, même M. Iwata, qui pratique la course à pied, a d'abord pris les nouvelles chaussures de Kaede pour de « vulgaires tennis ». Toi, en revanche, il t'a suffi de poser rapidement les yeux dessus pour reconnaître des « runnings ». Force est d'imaginer que tu continues de pratiquer régulièrement cette discipline.

— Et alors, qu'est-ce que ça peut faire ?

— Pardon ?

— Admettons que je sois un athlète chevronné et que je continue de pratiquer la course à pied. Cela n'exonère pas pour autant le physiothérapeute. Comparez donc notre âge, notre corpulence et notre allure, sans a priori. En fin de compte, le plus suspect n'est-il pas le physiothérapeute, plus jeune et plus alerte ?

— C'est faux. X, ce n'est pas lui.

— Ah non ? Comment pouvez-vous l'affirmer ?

— J'ai effectué plusieurs prélèvements d'empreintes sur la brosse à cheveux. Peu de gens le savent, c'est facile à faire. Avec un cure-oreille, j'ai saupoudré un peu de fond de teint sur la poignée de la brosse. Il suffisait ensuite d'appliquer soigneusement de la cellophane afin de faire apparaître les empreintes.

— Je ne comprends pas. Des empreintes sur une brosse ? Qu'essayez-vous de me dire ? Que ce sont les miennes qui sont apparues ?

— Au contraire !

— Pardon ?

— Chaque fois que j'ai essayé, seules les empreintes de Kaede sont apparues. Le physiothérapeute, lui, travaille toujours les mains nues. S'il avait touché la brosse, il y aurait laissé des traces. Autrement dit, X est la seule personne qui porte des gants lorsqu'elle est dans cette pièce.

— C'est votre dernier mot ?

— Absolument : X, le harceleur de Kaede, c'est toi.

Clac, clac.

Clac, clac.

Dans le silence, un bruit caractéristique ébranla les tympans de Kaede : celui d'une paire de gants en caoutchouc que l'on enfilait.

Elle n'en croyait pas ses oreilles.

Ce harceleur qui la suivait partout… Ce « X »…

C'était donc ce brave Papa Gaga ?

L'effroi étreignit Kaede à l'idée qu'on ait pu voler ses cheveux, et que le coupable ait été nul autre que cet homme en âge d'être son père.

Mais ce n'était pas tout…

Une autre crainte, plus pressante encore, s'insinuait dans son esprit, même si elle se refusait à l'envisager.

Comment grand-père pouvait-il rester aussi calme alors qu'il venait de démasquer son harceleur devant l'intéressé lui-même ?

S'ils en venaient aux mains…

Alors, tout serait fini. Pour grand-père comme pour moi.

Elle allait devoir sortir chercher de l'aide.

Si elle pouvait au moins couper l'une de ces cordes qui la ligotaient, elle pourrait basculer sur le côté.

Puis, si elle parvenait à rouler dans le couloir jusqu'au vestibule…

Non, mauvaise idée.

Le lit de grand-père n'était pas loin, équipé d'un bouton d'appel d'urgence relié aux services médicaux.

Si elle pouvait presser ce bouton…

Non, il était hors d'atteinte, trop haut.

Ah ! Les toilettes !

Si elle parvenait à rejoindre les toilettes, elle devrait pouvoir appuyer sur l'autre bouton qui s'y trouvait, même depuis le sol.

Malgré le bandeau qui lui recouvrait les yeux, elle savait dans quelle direction aller.

L'oreille tendue vers l'étude, Kaede entreprit un mouvement de va-et-vient sur le sol afin de couper ses liens.

— Hmm… C'est une conclusion pénétrante, digne d'un fanatique de romans policiers, concéda l'orthophoniste. Mais, dites-moi… Vous qui aimez les « coupables inattendus », ne vous donneriez-vous pas trop de mal pour faire de moi le criminel ?

— Je comprends que cela puisse procurer cette impression. Mais pas pour la raison que tu avances.

— À première vue, la théorie semble se tenir. Mais elle n'en est pas moins tirée par les cheveux.

— Crois-tu ?

— Écoutez-moi. Vous avez simplement démontré que « c'est l'orthophoniste qui a retiré les cheveux de la brosse de Kaede », rien de plus. On ne dirait pas comme ça, mais j'aime la propreté. Dès que j'aperçois des détritus, je les jette, afin de soulager les proches des malades de ce fardeau. Je ne m'attends pas à ce qu'on m'en remercie, mais de là à me traiter de harceleur…

— Dans ce cas, pourquoi n'ai-je pas retrouvé ces cheveux dans la poubelle ? Il n'y en avait pas un seul dans la grande corbeille du salon, ni même dans le trieur de la cuisine. Alors, comment l'expliques-tu ? Où sont passés ces cheveux ?

— N'est-ce pas vous qui les avez jetés, par hasard ?

— C'est donc l'angle que tu choisis ?

— Quoi qu'il en soit, l'absence de cheveux et d'empreintes ne prouve rien en soi. C'est peut-être le hasard qui a fait qu'elle n'ait pas perdu de cheveux les jours en question. Quant aux empreintes, il serait vraiment exagéré de déduire que s'il n'y en avait pas sur la brosse, c'est parce que l'orthophoniste l'a manipulée. Si mes empreintes n'y sont pas, c'est tout simplement parce que je ne l'ai pas touchée. C'est ce que penserait n'importe quelle personne normale.

— Je vois que tu te prends au jeu, cher Papa Gaga.

— Et je dois admettre que j'y prends goût, monsieur Himon'ya.

— J'ai déjà terminé ma cigarette. Veux-tu bien plonger le mégot dans l'eau avant de le jeter dans la corbeille, *cette fois* ?

— Je vois bien ce que vous sous-entendez, mais soit.

— Bien… Il est une chose que je n'ai pas mentionnée… As-tu déjà entendu parler de « traces de gant » ? Oh, je vois à ta mine que non. Bien sûr, elles ne sont pas aussi distinctes que des empreintes digitales, mais elles permettent de déterminer si des gants ont été utilisés. Cela dit, il ne sera pas nécessaire de procéder à des vérifications aussi complexes. Si la police fouille ton domicile, elle y trouvera aussitôt les cheveux et les photos de Kaede. Oh, encore une chose importante que j'ai oublié de te communiquer : tout à l'heure, tu m'as dit qu'on ne pouvait pas « faire confiance à un menteur », n'est-ce pas ? Mais tu en es un toi-même. Tu as prétendu que ta fille avait été ravie d'entendre le chant des grillons capté par ton enregistreur IC. Mais c'était un mensonge.

— De quoi parlez-vous ? J'ai utilisé un enregistreur IC dernier cri, pas un smartphone. Ne l'avez-vous pas dit vous-même ? C'est le Glacier qui a menti, pas moi.

— C'est faux. Tu mens, toi aussi.

— Je ne comprends pas.

— Ça encore, je l'ai appris dans ce guide des insectes que m'ont offert les petits : les grillons ne sont pas des créatures grégaires. Ce sont des êtres solitaires, qui stridulent chacun dans son coin, à bonne distance, dans l'herbe. Or ceux que j'ai trouvés dans le jardin étaient ensemble, à trois sur une même feuille. C'est impossible. Ce qui ne veut donc dire qu'une chose : il s'agissait encore d'une hallucination. Le Glacier a menti par bonté d'âme. Mais toi, c'est différent. Tes vils mensonges ne servaient qu'à couvrir tes traces. Tu utilisais ton enregistreur pour capturer les paroles de Kaede. Je suis certain que la mémoire de cet appareil est bourrée à craquer d'échantillons de sa voix. Et ce n'est pas tout… Tu n'es même pas un « Papa Gaga » ! Ta « fille » n'existe pas. Chaque fois que tu vantais la chevelure soyeuse de ton enfant, tu ne faisais que complimenter celle de Kaede.

— Mais qui êtes-vous, enfin ?

— Je ne suis qu'un vieillard atteint de démence.

En un clin d'œil, Papa Gaga – ou plutôt X – avait changé de ton.

Grand-père, fais attention !

Kaede avait beau frotter désespérément les cordes qui lui enserraient le haut du corps contre le sol rugueux, elle ne parvenait pas à les sectionner. Si seulement elle avait arboré des ongles manucurés comme les jeunes femmes de sa génération, elle aurait pu s'en servir pour accélérer le processus…

Ironie du sort, elle était sur le point de se débarrasser enfin de son bâillon – la pointe de sa langue atteignait presque la toile adhésive qui lui couvrait la bouche –, mais dans la situation actuelle, crier semblait une mauvaise idée.

Il est si fort…

Aussitôt, le souvenir de la violence avec laquelle il l'avait étreinte dans le jardin se rappela à elle.

— Le jeu se poursuit-il toujours, monsieur Himon'ya ?

— Je pense que nous arrivons au *game over*. As-tu des questions ?

— Quel est mon score ? Je pensais m'en être plutôt bien tiré…

— Ha ha ha, détrompe-toi. Tu as commis une erreur tout à l'heure.

— Quand ?

— Fais un effort de mémoire. C'était lorsque je t'ai dit que ma petite-fille était victime de harcèlement. La réaction normale aurait été de demander aussitôt : par qui ? Quel genre de relation entretient-elle avec cette personne ? S'agit-il d'un ami, d'un collègue ?…

Bref, peu importe, la première chose à laquelle tu aurais dû t'intéresser était l'identité du suspect. Au lieu de quoi, tu as allègrement brûlé cette étape pour suggérer directement d'en informer la police… Belle erreur. J'irais même jusqu'à la qualifier d'erreur capitale. Jamais il n'aurait dû te venir à l'esprit de contacter la police sans avoir ne serait-ce qu'une vague idée des tenants et aboutissants de l'affaire. C'était le signe que tu étais déjà mieux renseigné que quiconque sur ces détails.

— Je vois. En effet, il semblerait que le jeu touche à sa fin.

— D'ordinaire, c'est le moment que je choisirais pour allumer une deuxième cigarette. Mais le temps étant ce qu'il est, je vais devoir ronger mon frein.

— Minute… que voulez-vous dire par là ?

— Calme-toi et écoute-moi. N'est-ce pas l'occasion parfaite ? Puisque la partie arrive à sa fin, tentons d'examiner les objectifs de X le harceleur. Voici ce que tu as dit à Kaede lorsque tu l'as appelée hier depuis cette cabine téléphonique : « Tout est prêt, ne vous inquiétez pas. » De quels préparatifs pouvais-tu bien parler ? Parfois, les sentiments pervertis peuvent pousser le harceleur à orchestrer un double suicide, mais heureusement, ce n'est pas le cas ici, semble-t-il. « Je vais te tuer, si tu me parles ainsi », as-tu menacé par téléphone, mais il suffit de prendre tes propos sous un autre angle pour déterminer que ton intention n'est pas de la tuer. Ce qui veut donc dire que les préparatifs en question sont ceux d'un mariage, n'est-ce pas ? Ton domicile est actuellement décoré des cheveux et des photos de Kaede – et je ne serais pas surpris d'apprendre qu'une robe de mariée est suspendue au centre de l'appartement. Ton intention est de la séquestrer chez toi afin de vivre à jamais avec elle. Voilà à quoi se résume le « mariage » pour toi.

— Incroyable, monsieur Himon'ya. Quel dommage que vous deviez mourir dans une pièce si exiguë.

— Quoi, maintenant ?

— Si c'était le cas, que feriez-vous ?

— Alors, je te déconseillerais d'aller au bout. Ne viens-je pas de te dire qu'il était l'heure ? En d'autres termes, la police ne va pas tarder à arriver.

— Comment ?

Il devait s'être levé précipitamment, car le fracas d'une chaise renversée avait retenti.

Sacré grand-père… Il avait tout prévu.

Il les avait sauvés, tous les deux… À cette pensée, le peu de force qu'il lui restait déserta soudain Kaede.

Elle n'avait plus besoin de dépenser son énergie.

Le souffle court, elle attendit l'arrivée de la police – la tête légèrement relevée afin de ne pas perdre une miette de la conversation qui se poursuivait dans l'étude.

— Quand avez-vous appelé les flics ?

— Juste avant que tu n'arrives. Ils devraient déjà être là, mais ils semblent avoir un peu de retard.

— Il n'y a pas de smartphone dans cette pièce. Comment les avez-vous contactés ?

— Il se trouve que Kanae est passée par là… Quelle n'a pas été sa surprise quand je lui ai dit que tu étais X ! Alors, je lui ai demandé d'appeler aussitôt la police.

— Kanae ?

— Tu ne savais pas ? C'est ma fille. Elle me rend visite de temps à autre.

Ah…

Non…

Dire qu'il avait fait preuve d'une telle intelligence, jusque-là !

Arrête, grand-père.

C'est trop triste.

Maman… Maman est !…

— Certes, je parle en tant que parent, mais depuis toute petite, Kanae a toujours été d'un naturel solaire… Elle adore chanter en public. Avant d'être rénové, le salon voisin était une pièce à la japonaise traditionnelle, scindée en son milieu par des portes coulissantes. Dès que la famille élargie se rassemblait, Kanae se cachait de l'autre côté de la cloison de papier et murmurait : « Papa, je suis là. Ouvre lentement la porte. » Alors, un lecteur de cassettes se mettait en route pour jouer l'intro d'un morceau d'*enka*. « Mesdames et messieurs, je vous prie d'accueillir Kanae, cinq ans, qui va vous interpréter *Tsugaru Kaikyô. Fuyugeshiki*[1]. Toute la famille lui réservait un tonnerre d'applaudissements, ha ha ha ! Combien de fois ai-je joué les régisseurs pour elle… Et pour une raison qui m'échappe, c'est toujours ce morceau qu'elle chantait. Alors, forcément, même le jour de son mariage, elle l'a… Ah, non, je ne me souviens plus si elle a chanté lors de la cérémonie. Tiens, comment cela se fait-il ? Hmm ? Pourquoi fais-tu cette tête ?

— Je ris !

— Pourquoi donc ?

1. Chanson de Sayuri Ishikawa de 1976, dont le titre peut se traduire par *Détroit de Tsugaru. Paysage hivernal.*

— Pourquoi ? Comment pourrais-je ne pas rire ? Car, en réalité, depuis le début, il était écrit que j'allais remporter la partie.

— Que dis-tu ?

— C'était bien tenté, monsieur Himon'ya. Derrière vos airs de type futé, vous n'êtes qu'un vieil idiot.

— Un vieil idiot…

— Vous qui aimez tant vanter votre esprit logique, permettez-moi de faire la même chose. Comme il fallait s'y attendre, vous avez remarqué que les coordonnées de Mlle Kaede étaient inscrites sur la fiche placardée là-bas. Mais, dites-moi… pourquoi les coordonnées de Kanae n'y figurent-elles pas ? C'est pourtant votre enfant. Elle doit vous rendre visite souvent. Néanmoins, le numéro de téléphone de votre fille chérie n'est inscrit nulle part. Alors ? N'est-ce pas encore plus curieux que l'absence d'empreintes sur la brosse à cheveux ?

— Je ne l'avais pas remarqué.

— Avez-vous oublié la question que je vous ai posée pendant nos exercices de diction ? « Avez-vous discuté avec quelqu'un ? » À quoi vous avez répondu : « Oh, ce n'est pas ça. » Mais… juste avant d'entrer dans cette pièce, je vous ai clairement entendu vous entretenir avec quelqu'un qui n'existe plus. Contre toute attente, c'est au fantôme de votre fille que vous avez demandé d'appeler la police. Alors ça, c'est trop drôle !

— Attends un instant… Hmm, même si cela me peine de l'admettre, il se peut que j'aie parlé à une hallucination de Kanae. Mais je n'irais pas jusqu'à dire qu'elle « n'existe plus ». En réalité, ma fille Kanae existe encore bel et bien dans notre monde.

— Arrêtez, j'ai mal au ventre ! Laissez-moi reprendre mon souffle ! Après tout, j'ai dû maintenir la farce pendant tout ce temps, alors que j'avais le plus grand mal à retenir mon hilarité !

— Que veux-tu dire ?

— Laissez-moi vous l'exposer sans détour : Kanae n'existe plus dans le monde des vivants. Car je l'ai tuée, de mes propres mains, il y a vingt-sept ans, le jour de son mariage. Cette affreuse traîtresse… Alors, je regrette, mais la police ne viendra pas.

Kaede poussa un hurlement silencieux.

Maman !

Avant d'en pousser un autre, comme pour se morigéner d'avoir failli s'évanouir.

Papa !

Au même instant, un bruit sinistre retentit dans l'étude.

Sans doute le bras de grand-père avait-il dû glisser de l'accoudoir, projetant son corps contre le mur.

Kaede perdit tout contrôle et continua de hurler à travers le carré de toile adhésive.

Maman !

Papa !

Le coupable… le meurtrier, il est là !

— Ouh là, attention, où allez-vous comme ça ? Si vous refusez d'écouter mon histoire, la partie ne pourra pas se terminer, pas vrai ? Et puis, ces derniers temps, Kaede ressemble de plus en plus à Kanae… Une vraie réplique vivante, comme on dit. Elle lui ressemble tellement que je n'arrive plus à me contrôler. Oui, j'éprouve même de la haine. Tout est ta faute, Kaede ! Ah, excusez-moi cette familiarité… Mais, après tout, c'est ma fiancée… Que dites-vous ? Je ne vous entends pas…

Vous êtes vraiment mauvais perdant ! Où est Kaede en ce moment ? Je vais vous le dire. Elle se trouve dans la pièce voisine, allongée par terre, inconsciente. J'ai l'intention de prendre grand soin d'elle, du moment qu'elle se montre docile. Après tout, elle m'aime aussi. Ne vous en faites pas, vous pouvez mourir tranquille, monsieur Himon'ya.

Clac, clac.

Encore ce bruit caractéristique des gants en caoutchouc.

Sa fureur était telle que ses larmes refusaient de couler.

Jamais elle ne lui pardonnerait.

Jamais elle ne pourrait lui pardonner.

Cet homme…

Il était déjà trop tard pour appuyer sur le bouton d'appel d'urgence des toilettes, semblait-il.

Il ne lui restait plus qu'à tenter le tout pour le tout.

D'un coup de langue, Kaede écarta son bâillon et tenta une dernière fois de décoller la toile adhésive pour appeler à l'aide.

— Bien, nous allons refaire des exercices de diction. Comme il ne s'agit que de rééducation à la parole, personne ne s'étonnera de trouver des marques de gant autour de votre bouche. Pour commencer, je vais glisser mes index à la commissure de vos lèvres… Voilà, nous sommes prêts. Reprenons, voulez-vous ? « A, é, i, ou… é, o, a, o… » Que se passe-t-il, votre voix ne sort pas ? Changeons de syllabes, dans ce cas. « Ka, na, é… Ka, na, é… » Eh bien ! Toujours pas ? Où est passée toute votre énergie ? Changeons encore d'exercice. « Ka, é, dé… Ka, é, dé… » Oh là là, ça ne va vraiment pas, aujourd'hui. Dans ce cas, passons au massage de la gorge, si vous voulez bien. Ouh là, vous avez bavé partout… Je vais devoir changer de gants.

Crac, crac.

Le coin de toile adhésive qui recouvrait le côté droit de la lèvre supérieure de Kaede commençait enfin à céder.

Encore un effort…

Encore un peu…

Crac, crac.

Crac.

— Bien, je vais vous manipuler la gorge à présent. Oh là là… Je vous l'avais pourtant massée, mais elle est déjà toute raide. Je vais devoir appliquer un peu de force, je vous demande de m'excuser. C'est… l'affaire d'un instant…

Une partie de la bande adhésive s'était détachée.

Kaede inspira tant bien que mal avant de crier :

— Au secours ! Quelqu'un !

Au même instant, elle sentit des doigts tièdes se refermer sur ses lèvres.

— Silence, Kaede. C'est moi, Shiki.

Les longs cheveux soyeux du jeune homme chatouillèrent les joues de Kaede tandis qu'il lui ôtait son bandeau.

— Ah, Shiki ! Mon grand-père…

— Il ne craint rien, ne vous en faites pas. Vous auriez tort de le sous-estimer.

Un bruit sourd retentit – celui d'un corps qui s'écroule au sol – bientôt suivi d'un cri, poussé par X.

— Aïe… Ça fait mal ! Mon bras… Vous m'avez cassé le bras !

— C'est du jiu-jitsu, un art martial japonais populaire dans l'Angleterre victorienne. Sherlock Holmes, lui, parlait de « baritsu »… même s'il n'est pas clairement établi s'il a jamais maîtrisé cette clé de bras.

— Arrête, vieux fou, ou tu vas le regretter.

— Inutile d'essayer de fuir, tout est déjà joué. Les jours comme celui-ci, quand je suis en forme, je retrouve pleinement mes capacités d'autrefois. Or, il se trouve que j'ai pas mal pratiqué le bras de fer avec un certain physiothérapeute – un dénommé Glacier –, dernièrement. Oh, bien sûr, il me ménage, mais l'autre jour, pour la première fois, c'est moi qui ai gagné. Quelle n'a pas été sa déception !

Voilà qui expliquait tout…

Ce regard noir que le Glacier lui avait jeté en sortant de l'étude… Elle s'était méprise sur sa signification.

L'expression qui transparaissait alors dans ses yeux était celle de sa frustration après avoir perdu contre grand-père.

— Lâchez-moi, j'en ai assez de vos fanfaronnades… Vous voulez que je vous tue, c'est ça ?

— Plus tu te débattras, plus ce sera douloureux. Alors, mon cher Iwata ? Tout s'est bien passé ?

Un bris de verre retentit.

— Affirmatif ! Tout est dans la boîte, répondit Iwata.

— Parfait. Voilà comment on utilise un enregistreur IC !

Shiki se passa la main dans les cheveux avec un soupir.

— Je lui avais pourtant dit de passer par le vestibule !

— Je vous en supplie, gémissait à présent X. Arrêtez !

— Pas si vite. Tu vas d'abord écouter mes explications jusqu'au bout.

Grand-père parlait d'une voix si forte qu'on avait peine à croire qu'il tordait toujours le bras de son adversaire.

— Moi aussi, je me doutais que Kanae n'était que le produit de mes hallucinations. Alors, chaque fois que Kaede me rendait visite, je lui glissais une remarque, comme quoi elle venait encore de rater sa mère, et je guettais sa réaction… Et quand je la voyais esquisser un sourire forcé, j'étais fixé. L'absence de toute coordonnée pour Kanae sur la liste des contacts d'urgence suggérait un passé terrible. En repoussant encore un peu les limites de mon imagination, je ne pouvais plus écarter la possibilité que X ait harcelé « la fille aux cheveux d'or » sur deux générations consécutives. Mais… dans le fond, les humains sont de bien faibles créatures.

— La ferme ! Lâchez-moi !

— Aujourd'hui, encore, je pensais que Kanae me rendrait visite, comme d'habitude. Et quand elle est vraiment apparue et que je lui ai demandé d'appeler la police, je me suis dit qu'on allait enfin régler l'affaire. J'ai également demandé à Shiki et à Iwata de venir, en prenant en compte la possibilité qu'elle n'ait été qu'un fantôme, aussi triste que cela puisse paraître. Quant à savoir si Kanae existe réellement ou pas…

Grand-père chercha ses mots l'espace d'un instant avant de reprendre, des larmes dans la voix :

— … la question ne se pose pas. Bien… Il ne me reste plus, à présent, qu'à tisser l'une ou l'autre de deux histoires. La première : je te casse le bras ici même.

— Pour qui tu te prends, le vieux ? Vas-y, si tu en es capable, répliqua X avec emphase.

Sa voix tordue par la douleur n'était pas parvenue aux oreilles de grand-père, semblait-il.

— Mais il y en a une autre – une histoire sur la puissance de la volonté quand elle ne cède pas à la rancœur. Même mon intellect se perd un peu plus jour après jour. Si je te casse bras… je ne suis déjà plus moi-même.

Grand-père parla d'un ton ferme.

— Je ne céderai pas…

Avant d'ajouter, d'une voix nette :

— Je ne le casserai pas.

Quelle détermination !

Par la seule force de sa volonté d'airain, grand-père avait su mettre en déroute sa propre rancœur, dissipée par-delà le nuage bleuté de la fumée de cigarette.

Un bruit mat retentit – X qui reprenait possession de son corps, sans doute, comme si les forces de grand-père l'avaient déserté un instant.

Shiki se releva, prêt à bondir dans l'étude.

Mais X poussa un nouveau hurlement.

— Aïe ! Vous, maintenant ? Arrêtez ! J'ai plus de soixante ans, je vous signale !

Visiblement, c'était Iwata qui le frappait à présent.

— Tu peux parler ! s'écria-t-il tout en le rouant de coups. Prends ça, de la part de grand-père !

— Au secours !

— Et ça ! Et encore ça, de la part de quelqu'un qui m'est cher !

Iwata...

— Arrête, Iwata, finit par lancer Shiki en direction de l'étude. Même si les civils ont le droit d'immobiliser les suspects en attendant l'arrivée de la police, si tu continues, tu seras poursuivi pour voie de faits.

Alors, enfin, les sirènes des voitures de police sonnèrent la fin de la partie.

Même résigné, X continuait d'éructer quelque malédiction, quand soudain...

— Kanae...

La voix de grand-père résonna dans l'étude, d'une douceur qui tranchait avec le ton qu'il avait employé jusque-là.

— J'ai eu tort de m'y opposer. Je vous en prie... Relevez la tête, tous les deux.

Il semblait en proie à une hallucination à laquelle se superposait un lointain souvenir.

— J'ai ouï dire que tu t'y connaissais en alcool ? Ah, il doit me rester de ce scotch de Baker Street que j'avais acheté lors de notre lune de miel. Je l'avais mis de côté... Où est-il passé ?

Son timbre se fit plus doux encore.

Kaede comprit aussitôt.

Ce n'étaient pas seulement ses parents, jeunes, qui se tenaient devant les yeux de son aïeul – mais aussi sa grand-mère.

— Non, inutile de te lever, je vais la chercher. Il y a une astuce remarquable pour la partager. Ha ha, qu'est-ce que c'est que cette tête ! Je doute qu'ils se disputent, tu sais. Qui suis-je pour séparer deux êtres qui s'aiment d'amour ? D'ailleurs, quand nous nous sommes mariés... nous aussi, nous avons dû faire face à une certaine opposition, au début...

Cette histoire, même Kaede l'entendait pour la première fois.

6

Kaede se réveilla dans un lit, le visage de Shiki si proche du sien qu'elle sursauta.

— Vous avez pu dormir un peu ? lui demanda-t-il avec un sourire enfantin apaisant. Vous allez devoir rester hospitalisée cette nuit, par sécurité.

— Et grand-père ?

— Il dort à poings fermés dans la chambre voisine. Il devait être fatigué.

Dans la pièce, seul retentissait le bip du moniteur enregistrant ses constantes vitales. Le service des urgences semblait désert à cette heure tardive.

— Est-ce que Iwata va bien ?

— Il est allé témoigner au commissariat, répondit Shiki d'une toute petite voix. Il passe beaucoup de temps là-bas, ces derniers jours…

Kaede s'étira les bras avant de laisser retomber sa tête sur l'oreiller.

— Dites, Shiki… J'aimerais savoir quelque chose.

— Quoi donc ?

— Comment avez-vous su où je me trouvais, tous les deux ?

Shiki se gratta le nez.

— Quelqu'un vous épiait sur la rive du fleuve, n'est-ce pas ? J'en ai discuté par la suite avec Iwata…

Et après avoir consulté votre grand-père, nous avons décidé de veiller sur vous autant que possible, moi en semaine, et lui les week-ends.

— Alors, si je me sentais de plus en plus suivie, ces derniers temps…

— C'est peut-être à cause de nous, en effet. Même si, pour ma part, j'étais sûr de ne pas me faire prendre, ayant beaucoup travaillé les techniques de filature pour préparer une pièce mettant en scène des détectives. Si vous avez eu conscience d'être suivie, c'est Iwata le fautif.

Il laissa échapper un petit rire.

— Hier, encore, je vous ai filée de Himon'ya jusqu'à Gumyôji… Mais ce salopard avait déjà déposé son bouquet.

La sirène d'une ambulance déchira le silence qui régnait dans le service. À peine s'était-elle tue que le couloir résonna des bruits d'un brancard et de personnes qui couraient autour.

— Vous savez, Kaede…, dit Shiki d'un air grave. Toutes ces professions tournées vers l'autre – la médecine, bien sûr, mais aussi l'enseignement, tel que vous et Iwata le pratiquez, ou encore le travail des soignants –, je les considère comme sacrées. Peut-être est-ce parce qu'en tant qu'acteur, j'exerce un métier précaire, mais je les respecte vraiment du fond du cœur. N'allez surtout pas croire que je vous prends de haut. Simplement, je pense que chacun a son rôle à jouer.

— D'accord.

— Voilà pourquoi ce genre d'incident me met mal à l'aise, même si je n'y peux rien. Vous comprenez…

Il jeta un regard vers le couloir, où l'agitation n'avait pas cessé, avant de se tourner de nouveau vers Kaede.

— J'ai essayé de m'entretenir un peu avec l'équipe de soignants et d'aidants de votre grand-père. Et à vrai dire, j'ai appris des choses très intéressantes. Ce type n'était pas vraiment orthophoniste.

— Hein ?

Lorsqu'on mettait en place un dispositif de soins à domicile, physiothérapeute, orthophoniste et aides-soignants formaient une équipe placée sous la direction du care manager. Mais ce que peu de gens savaient, c'était que tous ces professionnels appartenaient à des agences différentes, et que dans de nombreux cas, ils ne connaissaient même pas les uns les autres avant de se croiser au domicile de leur patient commun.

— Il a profité de cet angle mort. Il a commencé par appeler l'agence de la care manager en se faisant passer pour votre grand-père, afin de les informer qu'il renonçait à la rééducation à la parole en raison du coût trop élevé… Puis il a fait croire à votre grand-père qu'il prenait la suite de son ancien orthophoniste, soudainement muté ailleurs. Tous ces professionnels sont débordés, vous savez. Dans les faits, de tels accidents de communication sont rares mais possibles. Même si, bien sûr, ce n'est jamais intentionnel, contrairement à cette fois.

Le poing serré sur le coin de son oreiller, Kaede regarda par la fenêtre. Toutes ces innombrables lumières qui brillaient dans la nuit… À quoi pouvaient penser tous ces gens en ce moment ? De tout temps, il s'était trouvé de sinistres individus pour fomenter des plans maléfiques dont le commun des mortels n'aurait jamais idée.

Peut-être les hallucinations de grand-père lui offraient-elles un paysage nocturne plus beau que celui-ci.

7

La première fois que j'ai pris ta photo
Tu n'as rien remarqué
Un portrait de nous en duo
Tu n'as rien remarqué

Une échographie…

D'un geste délicat, Kaede referma le journal qu'elle transportait partout avec elle et dont la seule lecture suffisait à l'apaiser. *À toi qui es dans mon ventre, de la part de Kanae*, disait la couverture, dans l'écriture de sa mère, qui l'avait héritée de grand-père.

Inondé par la douce lumière du soleil, le cerisier du Japon que son père avait planté dans le jardin se parait de bourgeons.

— Kanae est venue hier, annonça fièrement le vieil homme assis sur le porche. Elle a été ravie d'apprendre que notre cerisier fleurissait plus tôt que ceux du sanctuaire.

Assise à ses côtés, Kaede se détourna pour ravaler des larmes de soulagement. Il était donc vrai que les souvenirs négatifs s'oubliaient plus facilement – sans doute fallait-il y voir l'œuvre d'un instinct de préservation. Dans le cas de grand-père, même s'il se rappelait le récent incident dans ses moindres détails, il semblait avoir fait totale abstraction du souvenir de la mort de sa fille, et s'était même persuadé que c'était elle qui avait appelé la police.

Non, se répondit Kaede à elle-même – grand-père avait conscience de tout cela ; il « prétendait » seulement s'en être convaincu, afin de ne pas inquiéter sa petite-fille.

Elle contempla le profil de son aïeul délicatement creusé par les rides. Il était en excellente forme aujourd'hui. Les joues remplies de *castella* – un cadeau, visiblement –, il mâchait avec entrain et en oubliait même de boire son café.

— En fait, il n'y a pas que Kanae. Ces derniers temps, Iwata passe souvent, lui aussi.

— Hein ?

Alors là, première nouvelle !

— Il s'est incliné jusqu'à terre pour me demander de tout lui apprendre sur le roman policier. Pile à ce moment-là, l'adorable trio est arrivé pour m'emprunter des livres. « Ça alors, Gan-chan ! Qu'est-ce que vous fabriquez ?! » se sont-ils esclaffés, pour son plus grand embarras. Bref, pour l'heure, je lui fais découvrir l'œuvre de Poe.

— D'accord. Alors, ce gâteau…

— Oui, c'est Iwata qui l'a fait. Mais comment pouvait-il savoir que j'avais la dent sucrée ? Pour une raison étrange, toutes les douceurs qu'il m'apporte dégoulinent de saccharine.

Grand-père lui adressa un clin d'œil complice.

— Il n'a pas l'air, comme ça, mais… il a de bons pouvoirs de déduction.

Kaede ferma les yeux un moment.

Ce n'était pas une hallucination : puisqu'il avait apporté des pâtisseries faites maison, Iwata était bien venu, en personne.

Elle imagina le sourire qui devait illuminer le visage de son collègue tandis qu'il se plongeait dans le premier roman policier jamais écrit – *Double assassinat dans la rue Morgue* d'Edgar Allan Poe. Même s'il n'avait pas échappé à grand-père que ces cours sur l'histoire du polar n'étaient qu'un prétexte inventé par Iwata, qui s'inquiétait sincèrement pour la santé du vieil homme...

Ah, mince !

Toute à ses pensées, Kaede avait failli oublier la raison principale de sa venue.

— Grand-père, tu veux bien jeter un coup d'œil à cette lettre ? Il n'y a pas de mention de l'expéditeur.

Lorsqu'il eut acquiescé, elle décacheta l'enveloppe, couverte d'une écriture appliquée, et la lui tendit pendant qu'il chaussait ses lunettes de lecture. La vue du cachet postal suffit à lui arracher un sourire.

— C'est de la part de la Madone.

Après avoir pris son temps pour en lire le contenu, il replia soigneusement la missive de ses mains frémissantes.

— Elle a été nommée à la supervision du club de natation. Elle dit attendre avec impatience l'arrivée de l'été.

Même s'il ne l'avait jamais rencontrée, il semblait sincèrement heureux pour elle. Kaede renonça à lui demander où elle avait été mutée.

— Au fait...

Elle avait encore une bonne nouvelle à lui annoncer.

— Je suis retournée récemment chez Haruno. Bien sûr, l'établissement est encore fermé, mais il y avait une collection de cartes de la part des habitués collée à la devanture. Qu'est-ce qu'elles disaient, déjà ?… « Patronne, on vous attend », « Je me réjouis de goûter votre nouveau ragoût », ce genre de choses.

— C'est exactement ce que j'avais envie de transmettre.

Grand-père jeta un morceau de gâteau à un moineau venu d'un bosquet de bambous voisin. L'oiseau picora l'offrande avant de repartir à tire-d'aile en direction du restaurant, tel un pigeon voyageur transmettant les pensées du vieil homme.

Transmettre…

Kaede se décida à aborder enfin le sujet qui la travaillait.

— Dis, grand-père…

— Qu'y a-t-il ?

— Tu sais…

Cette fois, elle ne put retenir ses larmes.

— Je crois que, pour la première fois, je suis tombée amoureuse.

Lentement, comme au ralenti, grand-père changea d'expression pour afficher un sourire radieux, comme elle ne lui en avait plus vu depuis des années. Il semblait rajeuni de dix ans.

— Je vois, dit-il, avant de répéter les mêmes mots, comme pour mieux les savourer : Je vois.

Puis il tourna son regard vers le cerisier et ses bourgeons.

— C'est une affaire très complexe, n'est-ce pas ?

D'un geste charmant, il frotta son nez aquilin.

— Après tout, ils sont jeunes, tous les deux. « La Femme ou le tigre ? » Moi, à ta place, je serais bien embarrassé. Mais es-tu sûre de vouloir discuter avec moi d'une chose aussi importante ?

— Oui, j'aimerais que tu m'écoutes. J'ai besoin de tes conseils.

— Je vois, murmura une nouvelle fois grand-père, heureux.

Avant de prononcer sa phrase rituelle :

— Kaede, tu veux bien me passer une cigarette ?

Photocomposition PCA, 44400 Rezé

Achevé d'imprimer en avril 2024
par CPI BRODARD & TAUPIN (72200 La Flèche)
pour le compte des Éditions Calmann-Lévy
21, rue du Montparnasse, 75006 Paris

PAPIER CERTIFIÉ

CALMANN LÉVY s'engage pour l'environnement en réduisant l'empreinte carbone de ses livres. Celle de cet exemplaire est de :
450 g éq. CO_2
Rendez-vous sur www.calmann-levy-durable.fr

N° d'éditeur : 2930901/01
N° d'imprimeur : 3056739
Dépôt légal : mai 2024
Imprimé en France.